O amor da minha vida

ROSIE WALSH

O amor da minha vida

Tradução de
Anna Carla Castro

1ª edição

EDITORA RECORD
RIO DE JANEIRO • SÃO PAULO
2022

CIP-BRASIL. CATALOGAÇÃO NA PUBLICAÇÃO
SINDICATO NACIONAL DOS EDITORES DE LIVROS, RJ

W19a   Walsh, Rosie
          O amor da minha vida / Rosie Walsh ; tradução Anna Carla Castro. – 1. ed. –
        Rio de Janeiro : Record, 2022.

          Tradução de: The Love of MyLife
          ISBN 978-65-5587-610-9

          1. Romance americano. I. Castro, Anna Carla. II. Título.

22-80476   CDD: 813
                      CDU: 82-31(73)

Gabriela Faray Ferreira Lopes - Bibliotecária - CRB-7/6643

Título original:
The Love of MyLife

Copyright © Rosie Walsh Ltd, 2022

Imagens de capa
Casal: Shutterstock / Gabor Lajos
Flor: Shutterstock / Gannie
Rosa: Shutterstock / Elena Medvedeva

Texto revisado segundo o Acordo Ortográfico da Língua Portuguesa de 1990.

Todos os direitos reservados. Proibida a reprodução, no todo ou em parte,
através de quaisquer meios. Os direitos morais da autora foram assegurados.

Direitos exclusivos de publicação em língua portuguesa somente para o Brasil
adquiridos pela
EDITORA RECORD LTDA.
Rua Argentina, 171 – Rio de Janeiro, RJ – 20921-380 – Tel.: (21) 2585-2000,
que se reserva a propriedade literária desta tradução.

Impresso no Brasil

ISBN 978-65-5587-610-9

Seja um leitor preferencial Record.
Cadastre-se no site www.record.com.br
e receba informações sobre nossos
lançamentos e nossas promoções.

Atendimento e venda direta ao leitor:
sac@record.com.br

Para Sharon

PARTE I
Leo & Emma

PRÓLOGO

Caminhamos rumo ao norte. Tapetes de algas e poças de marés nos separavam da parte principal da praia. O mar estava repleto de espumas brancas, e as poucas nuvens no céu se moviam com rapidez, projetando sombras em espiral pela areia.

Era agradável estarmos ali, a sós, naquela fronteira onde a terra cedia espaço para o oceano. Aquele não era nosso reino. Era o reino das estrelas-do-mar e dos moluscos, das anêmonas e dos caranguejos-eremitas. Ninguém notava nossa intimidade; ninguém ligava.

Choveu por um tempo, então nos sentamos em um casebre escondido no meio das dunas, comendo sanduíches. Havia montinhos de cocô seco de ovelhas pelos cantos e a chuva tamborilando no telhado parecia um tiroteio. Era o santuário perfeito. Um lugar só nosso.

A conversa fluía, enquanto as correntes de ar avançavam e recuavam na praia lá embaixo. No meu coração, a esperança crescia.

Avistamos o esqueleto do caranguejo na outra ponta da praia, logo após nosso piquenique de almoço. Tamanho médio, morto, sozinho na orla em meio a galhos e amontoados de algas ressequidas. Havia fragmentos de amêijoas grudados em sua barriga, parte de uma rede de pesca embolada em uma antena sem vida e manchinhas vermelhas peculiares em seu corpo e nas garras.

Cansada, me sentei para examiná-lo direito. A carapaça tinha quatro espinhos. Suas garras eram cobertas de cerdas.

Observei seus olhos sem vida, tentando imaginar de onde poderia ter vindo. Eu tinha lido que caranguejos percorriam grandes distâncias em todo tipo de superfície — restos de plástico, aglomerados de algas ou até mesmo em cascos de navios cargueiros tomados por cracas. Até onde eu sabia, aquela criatura podia ter vindo da Polinésia e sobrevivido por milhares de quilômetros apenas para ter a chance de morrer em uma praia da Nortúmbria.

Talvez fosse melhor tirar umas fotos. Meus professores saberiam dizer do que se tratava.

Mas, quando fui pegar a câmera na bolsa, minha visão escureceu. A vertigem veio como uma névoa marítima, e precisei ficar parada e encurvada até que passasse.

— Pressão baixa — falei, quando consegui me reerguer. — Tenho isso desde criança.

Voltamos a nos ocupar do caranguejo. Fiquei de quatro e o fotografei de tudo quanto era ângulo.

A tontura voltou quando guardei a câmera, mas dessa vez ela ia e vinha, imitando as ondas. Comecei a sentir uma dor nas costas, seguida de uma sensação mais aguda e forte na altura das costelas. Eu me ajoelhei outra vez, colocando as mãos entre as pernas, sentindo a tontura aumentar.

Contei até dez. Palavras de preocupação murmuradas, repletas de medo, giravam em minha cabeça. O vento mudou de direção.

Quando finalmente abri os olhos, havia sangue na minha mão.

Observei com atenção. Com certeza era sangue. Fresco, molhado, espalhado pela palma da minha mão direita.

— Tudo bem — disse a mim mesma. — Não tem por que se preocupar.

O pânico subia junto com a maré.

CAPÍTULO 1

Leo

Seus cílios costumam estar molhados ao acordar, como se ela estivesse nadando em um mar de sonhos tristes. "É alguma coisa ligada ao sono, só isso", sempre dizia. "Nunca tenho pesadelos." Após um bocejo interminável, ela vai enxugar os olhos e se levantar da cama para ver se Ruby está viva e respirando. É um hábito do qual não consegue se livrar, mesmo Ruby tendo três anos.

"Leo!", dirá ao voltar. "Acorda! Me beija!"

Alguns minutos passarão até eu começar a despertar das profundezas do sono. A manhã vai se espalhar em tons de âmbar e a gente vai se aninhar, com Emma falando sem parar — embora, de tempos em tempos, ela irá fazer uma pausa, em meio a um pensamento, para me beijar. Às seis e quarenta e cinco daremos uma olhada na Wikideaths para saber das mortes da última noite, e às sete ela vai soltar um pum e dizer que foi o barulho de uma lambreta passando na rua.

Não lembro em que momento da nossa relação ela começou a fazer isso; creio que foi logo no início. Mas ela já devia saber que eu estava cem por cento comprometido àquela altura e que seria mais fácil mergulhar de cabeça do que sair correndo.

Se, até então, nossa filha ainda não tiver subido em nossa cama, nós subiremos na dela. O quarto dela é gostoso e quentinho, e nossas conversas matinais sobre o Pato são uma das maiores alegrias da minha vida. O Pato, com quem ela dorme agarradinha toda noite, sempre vive aventuras noturnas incríveis.

Normalmente, arrumo Ruby enquanto Emma "desce para preparar o café da manhã", embora quase todo dia ela acabe se distraindo com os dados marinhos coletados em seu laboratório à noite, e a comida fique por minha conta e de Ruby. Minha esposa se atrasou quarenta minutos para nosso casamento porque parou para tirar fotos dos sedimentos da maré alta na orla de Restronguet Creek, vestida de noiva. Com exceção do escrivão, ninguém ficou surpreso.

Emma é uma ecologista especialista na zona entremarés, o que significa que ela estuda lugares e criaturas que ficam submersos na maré alta e expostos na maré baixa. Emma diz que esse é o ecossistema mais milagroso e empolgante da Terra: ela está acostumada com poças de marés desde pequena; está em seu sangue. Seu principal objeto de pesquisa são os caranguejos, mas acho que dá para dizer que são crustáceos em geral. Nesse momento, ela está pesquisando vários carinhas chamados *Hemigrapsus takanoi* nos tanques especiais de água salgada no trabalho. Sei que se trata de uma espécie invasora e que ela tem observado uma morfologia específica que vem tentando compreender há anos, mas isso é tudo que consigo entender. Menos de um terço das palavras usadas por biólogos são compreensíveis para pessoas comuns; ser encurralado por eles em uma festa é um verdadeiro pesadelo.

Emma está cantando para John Keats quando eu e Ruby chegamos à cozinha hoje de manhã, com o sol se espalhando pelas bancadas e nosso cereal endurecendo na tigela. Na página que está aberta no notebook dela há palavras complicadas e rabiscos, e uma música chamada "Killer-muffin" toca ao fundo. Quando adotamos John Keats no abrigo, nos disseram que jungle em volume baixo ajudava a acalmá-lo, então essa virou a trilha sonora de nossas vidas. Hoje em dia já estou acostumado, mas levou um tempo.

Fico parado na entrada da cozinha com Ruby apoiada em meus quadris enquanto assisto à minha esposa cantando, desafinada, para o cachorro. Apesar de vir de uma família de músicos, Emma é incapaz de cantar até mesmo "Parabéns pra você" sem desafinar, mas isso nunca a impediu de continuar tentando. Essa é uma das inúmeras coisas que amo em minha esposa.

Ela nos vê e vem dançando até nós dois, sem parar de cantar de maneira pavorosa.

— Meus amores! — diz, nos beijando e tirando Ruby do meu colo.

Ela começa a rodopiar com nossa filha, e a cantoria horrível fica mais alta.

Ruby sabe que a mamãe não está bem de saúde; ela a viu perder cabelo por causa do remédio especial que toma no hospital, mas acha que Emma está melhor agora. A verdade é que a gente não sabe. Ontem, Emma fez uma tomografia para dar andamento ao pós-tratamento e tem uma consulta na próxima semana para avaliar os resultados. Estamos esperançosos e apreensivos. Nenhum de nós dois tem dormido direito.

Após dançar brevemente com sua mãe — com o Pato balançando acima de suas cabeças —, de repente Ruby se desvencilha de Emma para cuidar de algum assunto mais importante.

— Não, volta aqui! — implora Emma. — Quero ficar agarradinha com você!

— Estou muito ocupada — lamenta Ruby, que diz em seguida: — Oi — sussurrando para a plantinha da qual está cuidando, seu trabalhinho da creche. — Vou te dar um pouco de água.

— E aí, alguma novidade? — pergunto, apontando para o computador.

Emma apresentou uma série da BBC sobre vida selvagem há alguns anos, mas até hoje recebe mensagens de homens estranhos, mesmo sem aparecer na TV desde então. Há pouco tempo essa série foi reprisada e, com isso, o número de mensagens aumentou. Em geral, costumamos achar graça delas, mas ontem à noite ela confessou ter recebido algumas mais perturbadoras.

— Duas mensagens. Uma mais leve, outra nem tanto, mas já bloqueei o cara.

Eu a observo atentamente enquanto enche nossos copos de água, mas ela não parece incomodada. Acho que fico muito mais preocupado com essas mensagens do que ela. Tentei convencê-la a deletar seu perfil do Facebook, mas ela se recusa. Aparentemente, as pessoas publicam sobre os animais selvagens que vêm rastreando, então ela não quer perder essa fonte "só por causa de uns caras carentes".

Espero que seja só isso mesmo.

— Adorei o seu texto sobre o Kenneth Delwych — diz Emma enquanto observa Ruby subir na pia com o regador.

Meu jornal está em cima da mesa, aberto na página de obituários.

Eu me aproximo de John Keats e seguro uma de suas orelhas caídas e aveludadas entre os dedos enquanto aguardo um *mas*. O cachorro tem cheiro de biscoito e pelo chamuscado devido a um episódio recente com o ferro.

— Mas? — provoco.

Ela para, ao ver que foi pega no pulo.

— Não tem *mas*.

— Anda, Emma, desembucha.

Depois de uma pausa, ela ri.

— Está bem. Eu adorei, mas a pastora é a verdadeira estrela. Ruby, já está bom de água.

John Keats suspira enquanto me inclino para analisar meus artigos. Kenneth Delwych, um sujeito conhecido pelas orgias lendárias que promovia em seu vinhedo em Sussex, divide a página do obituário com um piloto que comandava um bombardeiro e uma pastora que infartou durante uma cerimônia de casamento no último fim de semana.

— Você brilha nos seus textos mais impessoais — diz Emma.

Ela coloca o pão na torradeira.

— Como era mesmo o nome daquele ator da semana passada? O escocês... Ruby, assim você vai afogar essa planta...

— David Baillie?

— Isso, David Baillie. Perfeito!

Releio meu texto sobre Kenneth Delwych enquanto Emma lida com a inevitável inundação de água e terra da planta de Ruby. É claro que ela tem razão. Apesar de ser mais curto, o texto sobre a pastora é bem melhor.

Infelizmente, Emma quase sempre tem razão. Meu editor, que desconfio de que esteja apaixonado pela minha esposa, costuma brincar dizendo que, se um dia ela decidisse abandonar a biologia marinha, ele me demitiria e a contrataria no meu lugar. Acho isso um tanto ofensivo porque, a não ser que tenha lido os artigos científicos dela sem que eu saiba, o único texto dela que ele pode tomar como base é uma pequena matéria no *Huffington Post*.

Emma é pesquisadora na Associação de Biologia Marinha de Plymouth, o que ocupa dois dias da semana dela; depois ela volta para Londres, onde leciona sobre conservação de estuários na University College London. Ela é uma ótima escritora, com um tino, no geral, melhor que o meu, e adora navegar pela Wikideaths, mas isso tem mais a ver com seu amor por boas histórias do que com um desejo de roubar meu trabalho.

Ruby e John Keats vão para o jardim, onde o sol se esgueira através das frestas dos sicômoros dos vizinhos, pontilhando nosso gramado de dourado. Tem certa fragrância de verão no ar: a grama fresca, as madressilvas, o asfalto quente.

Tento reidratar nosso cereal enquanto, lá fora, nosso cachorro corre latindo ao redor do lago, que está repleto de girinos, algo que John Keats julga ser inaceitável.

— Ei, John Keats, dá para ficar quieto? — pergunta Emma da porta, mas o cachorro nem dá bola. — Nós temos vizinhos.

— JOHN! — grita Ruby. — NÓS TEMOS VIZINHOS!

— Xiu, Ruby...

Pego algumas colheres e levo nosso café da manhã para o jardim.

— Desculpa — diz Emma, segurando a porta para eu passar. — Eu e minhas opiniões inconvenientes sobre o seu trabalho. Isso deve ser irritante.

— É mesmo.

A gente se senta à mesa do jardim, ainda coberta de orvalho.

— Mas você fala com jeitinho. O problema é que você geralmente tem razão.

Ela sorri.

— Leo, acho você um escritor incrível. Leio seus obituários antes mesmo de ver os e-mails do trabalho de manhã.

— Hum...

Fico de olho em Ruby, que está perto demais do lago.

— É sério! A escrita é uma das suas qualidades mais atraentes.

— Ah, Emma, para com isso.

Emma dá uma colherada no cereal.

— Mas eu estou falando sério. Você é o melhor escritor naquela redação. Não tem nem o que discutir.

Não consigo conter um sorriso sem graça.

— Obrigado — digo, por fim, porque sei que é sincero. — Mas você continua sendo irritante.

Ela suspira.

— Eu sei.

— Por inúmeros motivos — acrescento, e ela cai na gargalhada. — Você tem opinião sobre tudo.

Ela estende a mão sobre a mesa, aperta meu polegar e diz que sou o seu preferido, e acabo rindo também — essa é a nossa vida. É assim que nós somos. Estamos casados há sete anos, juntos há quase dez, e conheço cada pedacinho dela.

Acho que foi Kennedy quem disse que estamos ligados ao oceano — que, quando voltamos a ele, seja por esporte, lazer ou algo do tipo, estamos voltando para o lugar de onde viemos. É assim que me sinto em relação a nós dois. Estar perto da minha esposa, estar perto de Emma, é como voltar para meu lugar de origem.

Então, nos dias seguintes a essa manhã — essa manhã inocente e comum, com cães, sapos, cafés e pastoras mortas —, quando eu descobrir que não sei nada sobre essa mulher, ficarei devastado.

CAPÍTULO 2

Emma
Uma semana depois

— Vou ficar bem — repito, na escuridão do nosso quarto.

Perdi a noção do tempo. As horas parecem se confundir e, quando Leo não me responde, percebo que ele nem está na cama. Devo ter apagado.

Olho no relógio: são três e quarenta e sete da manhã. Finalmente chegou o dia da minha consulta.

Fico esperando o barulho da descarga e o ranger do assoalho, mas nada. Leo deve estar lá embaixo, comendo alguma coisa, iluminado pela luz amarela da geladeira. Uma porção emergencial de presunto, talvez: ele disse que vai virar vegano se minha quimioterapia não tiver funcionado, para me dar apoio. Eu me tornei vegana logo após o diagnóstico, há quatro anos, embora já tenha comido queijo cheddar direto do pacote no estacionamento da Sainsbury's, em Camden, em mais de uma ocasião desde então.

Eu me levanto. Antes de conhecer o Leo, nunca gostei muito de ficar agarradinha na cama, mas, quando ele não está, meu corpo sente falta do dele.

Ele não está no banheiro, então vou até a cozinha. Desço tateando a parede espessa e toda irregular, depois de décadas de demãos de tinta. Começo a cantarolar "Survivor" bem baixinho.

Passo por uma pilha grande de livros. No topo, está uma tigela esmaltada cheia de coisas que a gente nunca usa — chaves que não sabemos o que abrem, clipes de papel, uma embalagem econômica de fita adesiva para tecido. Leo vivia colocando a pilha no meio do corredor para que eu desse um jeito naquilo, mas eu sempre a coloco de volta no lugar. O que a gente precisa é de mais prateleiras, mas não sei como colocá-las.

O problema é que Leo também não sabe, então a gente fica nesse ciclo interminável.

— Leo? — sussurro.

Nada. Somente o rangido quase teatral do degrau, que as babás acham tão perturbador que acabam nunca mais voltando.

Herdei essa casa da minha avó. Além de ser Membro do Parlamento e uma violinista amadora, ela se tornou uma acumuladora compulsiva e não se desfez de nada da casa nos últimos dez anos de vida. Leo acha que apresento todos os sinais de ter herdado o mesmo problema; minha terapeuta concorda, o que é bem preocupante. *Quando se tem mais perdas do que é possível suportar, a gente começa a se apegar a tudo*, diz.

A casa fica no fim da Heath Street, uma rua cheia de imóveis geminados no estilo georgiano, onde Hampstead dá lugar ao burburinho animado de Heath. Ela está caindo aos pedaços e completamente entulhada, mas a verdade é que poderíamos ganhar uma pequena fortuna se resolvêssemos vendê-la. Só que essas quatro paredes são uma parte tão importante da minha história, parte da minha sobrevivência, que eu não conseguiria deixá-las.

Na semana passada, Leo me mostrou uma casa espaçosa de três quartos em Tufnell Park.

— Olha só o tamanho desses quartos! — murmurou, com a esperança estampada no rosto. — A gente teria um quarto extra! Um banheiro no primeiro andar!

Eu me senti mal, mas o que poderia fazer? Vender meu porto seguro só para ter um banheiro no primeiro andar?

Leo não está na cozinha. Também não o encontro em nosso pequeno escritório, o que é um alívio. Por um momento, pensei que ele pudesse estar ali, adiantando meu obituário, o que seria algo insuportável para mim.

Toda redação de jornal tem uma "gaveta" de obituários de celebridades pré-redigidos: os editores morrem de medo de serem surpreendidos pela morte de alguém importante. E, mesmo eu não sendo nenhuma celebridade, provavelmente ganharia um obituário no jornal dele.

Continuo cantando "Survivor" e sigo para nossa pequena sala de jantar, ainda que nenhum de nós tenha o hábito de ir para lá. É praticamente impossível usar aquele espaço, pois está entulhado de pilhas de lixo da vovó e suas velhas partituras de violino, mas prometi ao Leo que vou organizar tudo assim que conseguir agendar as defesas de mestrado desse ano.

— Leo?

Minha voz é a mesma de sempre. Não carrega nenhum traço do câncer. Fico pensando na possibilidade de a doença continuar circulando no meu corpo como um vinho barato, mas não parece ser o caso.

Então um medo surge do nada: e se Ruby também tiver desaparecido? Corro para o segundo andar, tão rápido que acabo tropeçando e apoiando as mãos no chão, mas ela está ali.

Claro que ela está ali. E é claro que, quando verifico, ela está respirando.

Procuro Leo na despensa, no nosso sótão nada seguro. Nenhum sinal dele.

A ansiedade começa a bater. E se algum daqueles esquisitões da internet se irritou por eu ter bloqueado suas mensagens e descontou a raiva no meu marido?

Tento me convencer de que isso é ridículo, mas a ideia já se instalou em minha mente. Leo abrindo a porta e então sendo atacado. Leo deixando o John Keats sair para fazer xixi no meio da noite e sendo espancado até a morte por um maníaco solitário que pensa que é meu dono, só porque gosta de me ver falando com os mergulhões na TV.

Não é *tão* preocupante assim, é claro, mas é pior do que eu deixo transparecer. Alguns deles ficam com raiva quando não respondo. Eu bloqueio todos, mas alguns acabam criando perfis novos para poder voltar e me xingar mais um pouco. Consegui ignorar isso por um tempo, mas agora cheguei ao meu limite. Não que eu esteja assustada, só estou de saco cheio.

Se bem que, pensando bem, acho que havia alguém esperando por mim quando saí do laboratório em Plymouth na semana passada. Vi um homem sentado na grama da pequena ladeira ao lado do acesso ao laboratório, o que só era estranho porque ele estava de costas para o mar. Quem fica encarando uma rua em uma tarde ensolarada, quando do outro lado se tem uma vista incrível da enseada de Plymouth Sound? Eu também não gostei da forma como ele cobriu o rosto com o boné enquanto eu andava naquela direção, virando a cabeça quando passei.

Provavelmente não era nada, mas aquilo me incomodou.

Eu me sento na cama, tentando me concentrar. Minha prioridade agora é encontrar meu marido desaparecido.

Vejo minhas mensagens. É raro, mas, às vezes, se alguém muito importante morre, Leo precisa ligar o notebook e trabalhar no meio da noite. Talvez algo grandioso tenha acontecido. Será que a rainha morreu? Ou o primeiro-ministro? Talvez ele tenha realmente precisado ir ao trabalho.

Não tem nenhuma mensagem dele no meu celular. Apenas o registro de minha busca no Google por um homem que eu nem deveria ter procurado; foi a última coisa que fiz mais cedo, antes de pegar no sono.

Sou tomada pela lembrança da ligação dessa manhã, como uma enchente entrando por baixo da porta. *Eu só queria falar com você*, disse no fim. *Venha me encontrar, cara a cara.*

Desliguei o telefone quando ele falou isso.

— Leo? — sussurro.

Nada.

— Leo! — repito, agora mais alto. — Eu posso estar com câncer. Você não pode me abandonar agora!

Após uma pausa, digo:

— Eu te amo. Cadê você?

Nenhuma resposta. O homem simplesmente desapareceu.

* * *

Por fim, o encontro no galpão de ferramentas no jardim. Há cerca de cinco anos, ele ficou com tanta raiva da bagunça dentro de casa que eu paguei um faz-tudo para esvaziar o galpão. Fizemos o isolamento e passamos um cabeamento, para que Leo pudesse trabalhar ali se quisesse. Coloquei um sofá, um tapete e uma estante, e prometi que nunca levaria minhas coisas para lá. Leo ficou encantado com o espaço e depois esqueceu completamente que ele existia.

Agora, no entanto, ele está sentado lá dentro, soltando baforadas de cigarro.

— Leo — chamo, parada na entrada. — O que você está fazendo?

Ele parece constrangido.

— Dando um trago de emergência.

Tem um maço de cigarro perto dele, aberto de qualquer jeito. Ao lado, está o acendedor do fogão a gás.

O cachorro, que me seguiu até ali, olha para Leo, depois para mim, como quem diz "mas ele nem fuma".

— Mas você nem fuma.

— Eu sei.

Ele pega o acendedor e o aciona. Uma chama laranja-azulada ilumina seu rosto cansado e assustado e, por mais que essa cena seja de partir o coração, começo a rir. Meu marido está no galpão, dando um trago de emergência, usando como isqueiro o equivalente a um maçarico doméstico.

— Para de rir de mim — diz, dando uma risadinha também. — Estou com medo.

Eu paro de rir. Desde meu diagnóstico, penso na possibilidade de morrer, deixando um homem que teve toda sua bagagem emocional moldada pela perda. Eu temia por mim, é claro, e era insuportável pensar na dor de Ruby, mas é Leo quem mais me preocupa. Acho que a maior parte das pessoas enxerga meu marido como um homem confiante, uma pessoa sagaz e inteligente, mas essa é só a camada mais externa dele.

Nossa pequena família foi o primeiro lugar onde ele realmente sentiu que se encaixava.

— Ai, Leo. Amor, você não podia só ter tomado um uísque?

Ele balança a cabeça.

— Prometi a você que ia parar de beber. Sou um homem de palavra.

Eu me sento ao seu lado no sofá, fazendo subir uma pequena nuvem de poeira. Seguro suas mãos enquanto ele admite ter ido com o John Keats até a loja de conveniência para comprar cigarro. Ele também comprou um chocolate vegano.

— Uma coisa horrorosa — diz, decepcionado.

Enrosco um braço no dele. Seu corpo parece retesado, como se estivesse preparado para um ataque.

— Você não precisa parar de beber por enquanto. Nem de comer carne ou laticínios.

Ele está descabelado, com olheiras enormes e a barba por fazer, mas, caramba, como é bonito.

Eu o observo, desejando encontrar uma forma de mostrar quanto o amo. Quanto quero protegê-lo do que pode acontecer comigo.

John Keats se aconchega nos pés de Leo, grunhindo.

— Vou ficar bem. Nós iremos para aquela consulta, e Dr. Moru irá nos dizer que está tudo bem, e você vai ficar ali sentado, acusando-o mentalmente de ser apaixonado por mim.

— Mas ele é.

— Não é, nada. O que importa é que ele vai dizer que não tenho mais câncer e que a gente pode retomar nossa vida. Então, a gente vai sair, buscar Ruby na creche e levar nossa filha para o parquinho, depois voltar para casa e colocá-la para dormir; aí depois a gente vai jantar, tomar um vinho e, quem sabe, transar. Só temos coisas boas pela frente.

Silêncio.

— Pode até ser que eu limpe a casa — acrescento. — Mas seria bom não criar muita expectativa.

Ele aciona o acendedor novamente e olha para mim. Afago seu rosto, e ele me aperta.

— Desculpa. Eu estava bem confiante com a consulta, mas então você dormiu e... — Sua voz vai ficando mais fraca. — Seria errado comer presunto ou tomar uísque — diz ele, por fim. — Fiz uma promessa para você.

— Então que seja o chocolate vegano e a nicotina — digo. — Mas você prometeu que só faria isso se as notícias de amanhã fossem ruins. Você está sabendo de alguma coisa que eu não sei?

Ele abre um pequeno sorriso.

— Não, Emma, não é isso. É só que eu... Sei lá, só queria fazer isso por você.

Ele fica um tempo me observando, depois me beija. Está com um bafo terrível de cigarro, mas aqui, nesse galpão frio, com nosso futuro guardado nos arquivos do NHS, o Serviço Nacional de Saúde, eu não estou nem aí para isso. Meu marido beija muito bem. Já se passaram dez anos, e eu ainda fico toda arrepiada.

— Eu te amo — diz. — Desculpa por ter entrado em pânico. Sei que não ajuda em nada.

Deito a cabeça em seu ombro e só agora percebo como estou cansada. Profundamente cansada; o tipo de cansaço que senti quando estava com oito semanas de gravidez e achava que seria capaz de dormir até em cima de um formigueiro.

Faço uma nota mental: *fadiga extrema*. Nos últimos quatro anos, desde que um médico especialista disse, com ar pesaroso, que eu tinha um câncer chamado linfoma MALT extranodal, tenho estudado meu corpo como um biólogo marinho estudaria um micro-organismo no laboratório. E, toda cada vez que percebo algo novo, ou diferente, aquele medo de sempre sobe pela minha barriga.

O câncer foi inicialmente classificado como de baixo grau e era tão pequeno que eles disseram que não havia razão para me submeter a um tratamento. Na época, Leo e eu estávamos tentando engravidar já fazia três anos e tínhamos acabado de começar a tentar a fertilização *in vitro*. A equipe oncológica nos incentivou a continuar o tratamento de fertilidade; no ano seguinte, eles reavaliariam a situação, caso a gente ainda não tivesse conseguido.

Acreditei neles quando disseram que ainda não havia motivo para começar um tratamento. Que poderia levar anos até que fosse necessário recorrer à quimioterapia, e que radiografias trimestrais do tórax mostrariam quaisquer mudanças com o passar do tempo — mas o medo ainda parecia uma farpa encravada em minha cabeça. Eu me sentia meio aérea e desligada.

Pensamentos e desejos que eu julgava estarem adormecidos havia muito tempo começaram a me sabotar. Ficava acordada de madrugada, sem conseguir dormir, tomada por ideias mirabolantes e arrependimentos dos tempos de faculdade, quando tinha meus vinte e poucos anos.

E, é claro, pensando nele.

Comecei a ter sonhos vívidos, muito realistas, em que a gente se encontrava e eu podia sentir sua pele, o cheiro do seu cabelo. Então, quando pensei em ligar para ele, não descartei a ideia de cara.

Era um pensamento recorrente. *Preciso que ele saiba que estou doente. Preciso vê-lo.*

Alguns dias após o diagnóstico, acabei cedendo e liguei para ele.

Os primeiros dois encontros foram em um hotel, a quilômetros de Londres, o terceiro foi em uma espelunca perto de Oxford Circus. Eu estremecia por conta do desejo e dos hormônios que estava injetando diariamente para o tratamento de fertilidade. A cada vez, dizia a mim mesma que estava tudo bem, que ninguém se magoaria. Aquilo era apenas a continuação de uma conversa que vinha se prolongando por dezenove anos. Mas é claro que nada estava bem. Não havia nenhuma solução que não envolvesse destruir uma família.

No fim, acabei concordando em cortar o contato outra vez.

Seis semanas depois, eu tinha um teste de gravidez positivo em minhas mãos. Mostrei para Leo, e nenhum de nós soube o que dizer. No dia seguinte, fiz um novo teste, e depois outro, e outro, até que aceitei que os testes não estavam errados. Já é difícil contemplar o ciclo da vida quando se passa anos tentando engravidar e não tem sucesso, mas, quando, além disso, você ainda está enfrentando um câncer, é praticamente impossível.

Isso aconteceu há quatro anos. O início de Ruby.

A doença continuou estagnada durante a gravidez e o sacrificante início da maternidade. As radiografias do tórax continuavam limpas, e tudo seguia normal. Leo e eu estávamos tão ocupados tentando manter uma criança viva que a gente às vezes até esquecia que eu tinha câncer.

Mas nada dura para sempre. Ano passado, quando Ruby tinha dois anos e meio, comecei a emagrecer e a sentir dores no estômago. Após uma hemorragia gástrica, eles fizeram uma tomografia e, dias depois, me mostraram a imagem de uma úlcera maligna em meu estômago.

— Infelizmente, a doença avançou — Dr. Moru, meu hematologista, disse, sem seu sorriso costumeiro.

Pelo visto, agora eu tinha um tipo agressivo de linfoma não Hodgkin e precisava começar o tratamento imediatamente.

— A gente estava tentando ter outro filho — comecei a dizer, mas ele ergueu a mão para me interromper.

— Você pode pensar nisso quando não estiver de cara com a morte.

Ele não costumava ser uma pessoa grossa.

Agora, muitos meses depois, com o tratamento concluído e a possibilidade de remissão, é o cansaço que me assusta mais. A maneira como ele parece me arrastar, a escuridão que ainda está à espreita.

Talvez eu não seja uma sobrevivente.

Leo tranca o galpão, e a gente vai andando devagar até a porta dos fundos. A grama está encharcada, apesar de não chover há dias. Deve estar quase amanhecendo.

Quando chegamos à cozinha, fechamos a porta, deixando o perfume do nosso jardim lá fora, e Leo joga seus cigarros de emergência no lixo.

— Você me promete uma coisa? — pergunto.

Ele está parado em frente à geladeira, analisando o conteúdo dela com certa curiosidade, muito embora nós dois saibamos o que ele quer. Meu marido não duraria uma semana como vegano.

— O que você quiser.

— Ai, Leo, come logo a droga do presunto.

Ele franze o cenho e abre a gaveta de vegetais.

— O que você quer que eu prometa? — pergunta, enquanto procura entre vegetais murchos, cheio de determinação.

— Que você não vai começar a fazer meu obituário se as notícias forem ruins.

Ele se empertiga e pega o presunto na prateleira de cima.

— É claro que não vou fazer isso.

Ele enrola uma fatia como se fosse um charuto e a enfia na boca.

— Talvez você se sinta na obrigação de fazer isso. Sei lá, por motivos profissionais ou pessoais. Ou os dois. Mas eu não quero que ninguém escreva sobre a minha morte enquanto eu ainda estiver viva. Especialmente você.

— Isso nem me passou pela cabeça.

Fico encarando-o por um tempo.

— Tem certeza?

— Tenho!

Ele parece chateado.

— Desculpa, querido — digo, me sentando de repente. — Desculpa. É que odeio pensar que você acha que vou morrer. Eu... eu não consigo lidar com isso.

Leo fecha a geladeira.

— Eu sei — diz ele, ajoelhando-se na minha frente. — Eu entendo.

John Keats nos observa, hesitante. Leo me faz um cafuné. Ele sabe que é melhor não dizer mais nada.

Eu me pego imaginando, assim como tantas outras vezes nos últimos anos, como deve ser o momento da morte. Quanto a gente sabe... se existe alguma sensação de liberdade. Não acredito nesse papo de túneis nem de luzes brancas, mas creio que existe um momento que a gente simplesmente sabe que acabou, quando a gente para de tentar.

E esse é o problema: não quero parar de tentar. Não quero que tudo acabe.

Depois de um tempo, Leo se levanta e coloca a música relaxante que a gente deixa tocando de noite para John. O cachorro vai para sua cama tranquilamente, e Leo vai até ele para desejar boa noite.

— Nem pense em levantar antes das seis — diz para John ao lhe dar seus petiscos noturnos.

Então, ele se levanta e olha para mim.

— Dançar ajuda?

Leo e eu mal nos conhecíamos quando fomos dançar pela primeira vez. Era para ter sido apenas um drinque em um pub. Mas uma bebida se transformou em várias, que se transformaram em espaguete com almôndegas em um pequeno restaurante italiano perto do antigo apartamento de Leo em Stepney Green, que depois se transformou em doses de rum em um bar cheio de estudantes de odontologia que tinham terminado a semana de provas. Acabamos ficando amigos, e eles nos levaram para uma boate em Whitechapel, onde todo mundo dançava como se o mundo estivesse acabando.

— Tudo bem? — gritou em meu ouvido. Leo. Trinta e cinco anos, bonito e muito engraçado com seu jeito quieto e franco. — A gente pode ir para um lugar menos caótico se você quiser...

— De jeito nenhum — gritei. — Eu estou adorando!

E estava mesmo. Tudo era tão fácil com Leo. Ele era tão tranquilo. Um cara observador, talvez tivesse cicatrizes do passado, mas era franco, de uma forma que fez com que eu me arrependesse de todos os homens complicados com quem havia me relacionado nos últimos anos, carentes de atenção e admiração e com toda aquela ladainha de sempre. Leo não parecia precisar de nada meu, a não ser eu mesma. Apertei sua mão. Estava fria e firme, mesmo naquele espaço abafado e subterrâneo.

Então ele disse:

— Certo, então vamos dançar. Sou muito bom nisso — alertou-me ele, o que interpretei como "sou péssimo".

Mas, nossa, ele sabia mesmo dançar. Uma das coisas mais atraentes do mundo é um homem que sabe dançar, e Leo, com seu jeans apertado e sua camisa, seus óculos e aquele corte de cabelo duvidoso, era incrível. Ele simplesmente deslizava no ar, entre os corpos suados ao nosso redor, como se estivesse flutuando. Fiquei olhando, embasbacada, até que ele me puxou pela cintura, como se aquilo fosse a coisa mais normal do mundo, e me conduziu pela pista de dança grudenta, como se eu também fosse o tipo de dançarina que fazia as pessoas pararem para assistir.

— Tenho certeza de que você vai receber a notícia de que está tudo bem — diz agora, enquanto dançamos devagarinho, em silêncio, no escuro da nossa cozinha. Sua voz parece cansada, mas confiante. — Não existe outra possibilidade.

Antes de nos deitarmos, dou uma olhada em Ruby. Ela está encolhida no canto da cama, de bruços, o braço ao redor do Pato. Sinto o cheirinho da minha menina adormecida.

A gente quase desistiu de tentar engravidar. Três anos alimentando esperanças que depois eram arrancadas da gente, inúmeras consultas com todo tipo de gente, de médicos a curandeiros. Fizemos todo tipo de exame que existe, mas ninguém foi capaz de me explicar por que eu não conseguia engravidar. A única coisa que todos pareciam concordar era que as chances de eu conseguir engravidar de forma natural, ou mesmo de qualquer outra forma, eram bem pequenas.

Em um determinado momento, pegamos um empréstimo e pagamos por um tratamento ridiculamente caro e "milagroso" de fertilização *in vitro* que a cunhada de Leo havia feito. Deu certo. Podia até haver um câncer de baixo grau crescendo em outra parte do meu corpo, mas, no meu útero, uma criança estava se formando.

Uma segunda chance, penso enquanto toco minha filha para sentir o movimento suave de suas costelas subindo e descendo. Por favor, Dr. Moru, me dê uma segunda chance amanhã para que eu possa amar meu marido e minha filha como prometi.

Eu desisto dele se estiver curada. Não importa quão difícil seja, eu desisto dele.

CAPÍTULO 3

Leo

Quando Emma finalmente pega no sono, volto para o galpão. Pego o caderno e o seguro com cuidado, entre dois dedos, como se ele estivesse contaminado.

Ela acertou na mosca: tenho tentado escrever o obituário dela. Sentado no metrô, rascunho alguma coisa enquanto estranhos tentam ler por cima de meu ombro. Escrevo também de madrugada, quando Emma já está na cama e somos apenas eu e John Keats, e o medo começa a me dominar.

É claro que entendo por que ela não quer que eu faça isso, mas a intenção dessas palavras não é trair sua confiança. Quero que seja algo admirável. Uma homenagem a essa mulher que amo perdidamente.

Escrever não ajudava apenas a manter minha sanidade mental, mas também me tranquilizava ao garantir que Emma nunca seria esquecida, ou subestimada. Isso é muito importante para mim.

Faça o que for necessário para ficar bem, ela disse em seu primeiro diagnóstico. *Procure um grupo de apoio, faça terapia. Vai ser tão difícil para você quanto para mim.*

Então fiz aquilo que sabia fazer, e isso me ajudou.

Ela está deitada em nosso quarto, com um dos braços esticados sobre o meu lado da cama, como se seu inconsciente soubesse o que eu estava aprontando, mas já tivesse me perdoado.

CAPÍTULO 4

Leo
Um dia depois

A notícia sobre o desaparecimento de Janice Rothschild começa a passar na televisão assim que chego ao escritório.

Estou lendo as páginas dos obituários de nossos concorrentes, quando Sheila, minha colega de trabalho, toca a campainha em sua mesa. Plim! Ela faz isso sempre que alguém morre. Em público, a gente diz que é um comportamento péssimo; mas, no fundo, a gente acha engraçado.

Plim! Todos levantamos o olhar.

— Ah, não — diz Sheila, olhando para a tela de seu computador. — Desculpem, ignorem a campainha. Foi no automático. Mas... ai, meu Deus.

Ela pega o celular, confere alguma coisa e depois volta a atenção ao seu monitor.

Nós aguardamos. Sheila faz tudo em seu tempo.

Depois de alguns instantes, ela se ajeita na cadeira e passa as mãos pelo rosto.

— Janice Rothschild desapareceu. Abandonou o ensaio de sua peça, do nada. Há três dias. Ninguém sabe do seu paradeiro.

— Sério? Que peça? — pergunta Kelvin, meu editor.

É uma pergunta indelicada até para Kelvin, que não tem muita noção das coisas. Janice Rothschild e o marido, Jeremy, são muito amigos de Sheila, e Kelvin sabe disso. Todos nós sabemos.

A pergunta de Kelvin é respondida por Jonty, outro colega igualmente sem tato:

— Ela estava ensaiando *All My Sons*. Tenho ingressos para a peça em julho. Não consigo acreditar nisso, Sheila. Por favor, me diga que você está brincando.

Ela massageia as têmporas, ignorando os dois.

— Que coisa horrível. Sinto muito, Sheila — digo baixinho.

Ela também me ignora.

— Eu... ai, meu Deus — murmura. — Coitado do Jeremy. A notícia fala que ela parecia estar deprimida nas últimas semanas, mas... Não consigo acreditar nisso. Ela sempre parece estar tão... bem.

Meu editor se lembra de que tem um trabalho a cumprir:

— Sim, é bem preocupante. Mas, bom... Nós temos algum obituário de gaveta dela?

Um obituário de gaveta é uma versão prévia do obituário. Temos milhares deles em nossos arquivos, mas Janice Rothschild, que devia ter uns cinquenta anos e nenhum problema de saúde, nunca chegou a ser cogitada para a lista de pessoas de quem deveríamos ter obituário pronto "só por via das dúvidas". Ela estava trabalhando em uma adaptação da BBC de *Madame Bovary*, caramba! Eu a vi no domingo à noite. Emma foi se deitar assim que começou, dizendo que não era fã de Janice Rothschild, mas eu achei que ela estava excelente.

Sheila se levanta de sua mesa para ligar para Jeremy.

Kelvin telefona para o departamento de imagem:

— Vocês poderiam nos enviar uma seleção de fotos da Janice Rothschild? Quem sabe algumas dela em *Madame Bovary*... O quê? Ah, desculpa, a gente acabou de descobrir que ela desapareceu. Eu sei, é um choque. Enfim, vocês conseguem também algumas dela com o marido? Só por precaução?

Jeremy Rothschild é o locutor do programa *Today* na Radio 4. Ele e Janice Rothschild estão casados há décadas. Pesquiso o perfil dele no Twitter, mas ele não postou nada nas últimas setenta e duas horas. Todo mundo da editoria de obituários está fazendo isso. Todos nós verificamos a conta de Janice no Twitter ao mesmo tempo, mas ela não publica nada faz três semanas, então Jonty se levanta e vai fazer um chá.

— Ela é maravilhosa — diz, irritado. — Se ela tiver tirado a própria vida, eu vou surtar.

Coloco os fones de ouvido, cansado de ouvir os comentários dos meus colegas, e passo alguns minutos na hashtag #JaniceRothschild. É mesmo um furo jornalístico: os tweets têm pouco mais de cinco minutos. Vejo um vídeo hilário de sua participação em *Ab Fab*, e outro, muito comovente, dela superando a vertigem ao escalar uma pedra para o Sport Relief. Quando ela chega ao topo, todos estão chorando, até o cinegrafista.

Nenhum desses primeiros tweets parece ter ideia de por que ela desapareceu. Faço uma busca rápida em nossa rede, mas só encontro uma possível pista: uma foto dela saindo de uma unidade psiquiátrica há dezenove anos, poucas semanas após dar à luz seu filho. Depois disso, nada. Ela é uma daquelas mulheres engraçadas e animadas, do tipo que você vê no programa do Graham Norton e pensa que adoraria tê-la como amiga. Eu jamais imaginaria algo assim.

Sheila volta para sua mesa com um pacote grande de jujubas e diz que não conseguiu falar com Jeremy. Ela não oferece o doce para ninguém; em vez disso, come sozinha de forma mecânica.

— Não me peçam que escreva o obituário dela — diz Sheila, pouco tempo depois. — Não acho que ela seria capaz de se matar. Não quero me envolver nisso.

— Mas você a conhece tão bem — comenta Kelvin, após uma pausa. — Seria um texto tão íntimo.

— E é justamente por isso que não vou escrever — disse Sheila em tom ríspido. — Não vou condenar uma amiga querida e perfeitamente saudável à morte.

Kelvin concorda com a cabeça. Ele é o editor-chefe, e eu sou seu adjunto, mas todo mundo sabe que é Sheila quem manda nessa editoria.

Kelvin passa a tarefa para mim, e eu começo a escrever. Sei que meus colegas dos outros jornais também farão a mesma coisa; que estamos correndo contra o tempo, verificando toda hora se anunciaram a descoberta de algum corpo.

Tento não pensar no que Sheila disse sobre se recusar a "condenar" sua amiga à morte. Era isso que eu estava fazendo ao escrever o obituário de Emma?

Ouço nas TVs do andar alguém da Polícia Metropolitana confirmando que eles estão procurando uma mulher desaparecida com cerca de cinquenta anos. Depois um ator, que não faz a menor ideia de onde Janice está, diz que não faz a menor ideia de onde Janice está.

Sheila não para de comer jujubas e mandar mensagens de texto, em seguida diz que está de saída.

— Preciso encontrar um lugar que me sirva uma dose de conhaque às dez e meia. Tem um bando de idiotas me mandando obituários amadores da Janice.

Quase ninguém acredita quando digo que nossa editoria é a mais animada do andar; que nossas risadas costumam incomodar os vizinhos. Mas, se você parar para pensar, faz sentido. Assuntos cotidianos e política são sempre deprimentes, e nós passamos o tempo celebrando a vida de pessoas incríveis. Além disso, o objetivo do escritor de obituários é falar sobre a vida, não a morte, e minha cabeça está sempre pensando nas qualidades de quem vou retratar: as cores, nuances e texturas. Não deixa de ser triste, mas é algo leve. Até escrever obituários prévios é tolerável se a pessoa viveu bastante.

Mas esse tipo de obituário, a preparação para uma morte que não deveria acontecer — um trágico acidente de carro com uma horda de jornalistas do lado de fora do hospital, o diagnóstico repentino de um câncer terminal ou um desaparecimento inexplicável —, essa é a pior parte do nosso trabalho.

Principalmente se você está esperando pela consulta com o hematologista da sua esposa.

Por volta da hora do almoço, Sheila finalmente tem notícias de Jeremy. Ela se levanta rapidamente de sua mesa e fica fora por um bom tempo.

— Nenhuma novidade — explica ao voltar. — Um dos atores da peça vazou a história. Acabou falando mais do que devia em um pub, como se não soubesse que isso ia se espalhar por Londres como um rastro de pólvora. Tem um monte de repórteres na porta do Jeremy. Ele está furioso.

Eu preferiria me jogar na frente de um ônibus a pisar no calo de Jeremy Rothschild. Sim, ele é querido por todos, mas sua habilidade em massacrar políticos é desconcertante. Ele também já deu um soco em um paparazzo, mas isso eu consigo entender.

— Ele não faz ideia de onde Janice possa estar — admite Sheila, sentando-se. — Ela saiu de casa para trabalhar faz três dias. Estavam ensaiando no Cecil Sharp House em Camden, e parece que os produtores sempre mandavam um carro para buscá-la, mas naquele dia ela quis ir dirigindo. Tudo corria normalmente nos ensaios, ela parecia estar bem; até que resolveu ir ao banheiro e nunca mais voltou. Seu carro foi rebocado e levado para o depósito de veículos. Não há imagens dela no metrô.

— Mas a gente está falando de Camden. Com certeza há câmeras por todos os lados na rua — sugere Jonty.

— Foi em Primrose Hill. Próximo ao Regent's Park. Quase não tem câmeras por ali.

Kelvin me lança um olhar nada sutil para saber se o obituário de Janice está pronto. Faço que sim com a cabeça, relutante. Sheila percebe, mas não fala nada. Ela sabe que a gente tem que fazer isso.

— Eles vão encontrá-la. E ela vai estar bem. Não engulo essa história de depressão. Eu jantei com eles tem algumas semanas. Ela bebeu um bocado, mas eu também. Ficamos cantando músicas do Queen até as duas da manhã, foi um horror. Ela parecia estar bem.

— Você percebeu algum sinal de problema no relacionamento deles? — pergunta Jonty. — Você acha que ela pode ter abandonado o Jeremy?

— Não percebi nada — responde, em tom hostil.

Jonty não se toca.

— Então não tem nada esquisito?

— Nada! — dispara Sheila, dando o assunto por encerrado.

Eu a observo arrumar sua mesa, jogar suas jujubas fora e, então, retrair e depois relaxar os ombros. É um sinal de que ela está reprimindo qualquer sentimento que possa ter por Janice até saber mais sobre a situação. Ela é uma das poucas pessoas que conheço que são realmente capazes de fazer isso.

Sheila é apenas uns dez anos mais velha que eu, mas já ocupou cargos importantes tanto no MI5 quanto nos serviços diplomáticos. Para minha alegria, ela me escolheu como seu parceiro de bebedeira quando entrou em nossa equipe há alguns anos, e nossas idas ao Plumbers' Arms na hora do almoço ainda são o melhor momento da minha rotina de trabalho. Sheila consegue tomar três canecas de cerveja em uma hora e ainda assim continuar sendo a pessoa mais lúcida do recinto.

Ninguém sabe direito como ou por que ela veio trabalhar com a gente, mas tenho a impressão de que um belo dia ela vai desaparecer tão rápida e misteriosamente como quando chegou. Um dia, haverá uma pessoa nova em sua mesa, e terei de passar o resto da vida imaginando o que ela está fazendo. Se eu tivesse de apostar, acho que ela estaria comandando um cartel de drogas multibilionário em algum lugar, andando por aí em um Humvee, com presidentes e monarcas comendo na palma de sua mão.

— A propósito, eu vi a Emma — comenta ela, agora que voltamos para nossos computadores. — Ontem.

— Ah, é?

Sheila costuma mudar de assunto do nada. Sempre ficamos perdidos durante as reuniões de equipe.

— Ela estava com uma cara triste. Não é da minha conta, é claro, mas espero que ela esteja bem.

Emma não disse nada sobre isso.

— Ela estava um pouco preocupada com o resultado dos exames — improviso, porque não quero que minha colega de trabalho saiba mais sobre minha esposa do que eu. — Hoje à tarde vamos ao hematologista.

Começo a escrever uma mensagem para ver se Emma está bem, quando Sheila continua:

— Ela estava na estação de Waterloo.

— Sim, ela trabalha em Plymouth duas vezes por semana — digo, sem tirar os olhos da tela.

Sheila sabe disso, estávamos falando sobre o longo trajeto de Emma um dia desses.

— Foi por isso que fiquei surpresa de vê-la em Waterloo: os trens para Plymouth não saem da estação Paddington?

Paro de escrever a mensagem e penso por um instante.

— É, você tem razão. Ela estava fazendo trabalho de campo em Dorset ontem. Daí, Waterloo.

Curiosamente, Emma não falou nada sobre sua viagem ontem à noite, e acabei me esquecendo de perguntar como tinha sido.

— Ah, que bom. — A voz de Sheila agora é amigável, como se estivéssemos apenas nós dois em um pub. — Onde em Dorset? Eu amo as praias de lá.

Além de irritante, esse comportamento de Sheila não é nada comum.

— Onde quer que a amiga dela esteja coletando amostras de fitoplânctons. Não lembro exatamente onde.

— Provavelmente em Poole Harbour — diz ela, concordando com a cabeça.

Como assim? Como ela pode saber de tanta coisa, até sobre fitoplânctons?

— Foi bem no finalzinho da manhã — acrescenta.

Ela dá um sorriso estranho, quase piedoso, e volta a focar em sua tela.

Jonty fica observando da mesa dele. Ele também percebeu alguma coisa.

O que ela está aprontando? Sheila e eu costumamos falar sobre Emma quando estamos no pub, em conversas mais gerais sobre a família, mas isso é diferente. Sinto como se estivesse tendo uma amostra da interrogadora que ela havia sido no passado. (Duvido que ela só cuidasse de papelada no MI5.) Ela está sendo educada e amigável, mas tem algo implícito que não estou conseguindo entender nem estou gostando.

— Ela disse que os fitoplânctons migram diariamente para o mar aberto, ou algo do tipo. Acho que estava torcendo para que isso acontecesse — digo.

Não comento que Emma está com dificuldades em ter uma rotina ultimamente — o que costuma ser um sinal de depressão, no caso dela —, mas isso não vem ao caso, pois a conversa parece ter chegado ao fim.

Às três da tarde, eu me levanto para ir ao hospital, e ninguém sabe exatamente o que dizer.

— Boa sorte — diz Sheila quando estou de saída. — Vou mandar boas energias.

CAPÍTULO 5

Leo

Não gosto de ouvir ninguém reclamando do NHS, mas, enquanto a gente fica ali esperando quarenta, cinquenta, sessenta e cinco minutos até ser chamado para o consultório do Dr. Moru, vou ficando furioso. Tento ler o obituário de um antigo Membro do Parlamento que um de nossos colaboradores de Westminster enviou, mas a raiva e a ansiedade não deixam eu me concentrar. Uma televisão no mudo pendurada no alto da sala de espera mostra imagens da casa de Jeremy e Janice Rothschild, uma linda casa de estilo georgiano em Highbury, onde não há absolutamente nada acontecendo.

Ao meu lado, Emma está quieta e mexe no celular.

O cabelo dela já cresceu uns cinco centímetros. Ela sempre teve cabelo curto, curto e ondulado, na altura do queixo, mas vai levar um bom tempo até que ele esteja novamente neste comprimento. Hoje ela está usando um arquinho preto e delicado. Ela está linda. Mesmo após meses de medicamentos tóxicos, de raios letais sendo disparados na direção de seu corpo, de inúmeros exames de sangue, lágrimas, telefonemas e um pânico reprimido, ela continua linda.

Eu me aproximo para dizer isso a ela, mas acabo batendo o olho em seu celular.

— Mas que merda é essa? — sussurro.

Ela está pesquisando caixões na Amazon.

— Quero um caixão de vime — responde, também sussurrando. — Se eu morrer. E quero um enterro natural.

Fico olhando o celular dela, petrificado. O caixão de vime que ela está vendo custa menos de quinhentas libras e foi fotografado em um bosque de jacintos-silvestres, ensolarado, com um arranjo de flores em cima.

— Emma, não! Para com isso!

— Ele é forrado com algodão orgânico — diz, na defensiva. — Enfim, eu vou ficar bem. Foi só uma pesquisa.

— Emma — sussurro, esfregando a testa. — Por favor, não faça isso.

— Todos vamos morrer um dia. Então será melhor se a gente estiver preparado.

— Eu... Está bem, faça o que você achar melhor.

Um vazio toma conta do meu peito. Eu podia mesmo perdê-la.

Emma provavelmente percebeu isso, porque ela deixa o celular de lado e coloca uma das mãos na minha, mas eu não aguento mais. Estou me dirigindo à recepção, prestes a explodir, quando o nome dela é chamado.

CAPÍTULO 6

Emma

O problema de mentir para seu marido é que isso muda tudo e nada ao mesmo tempo.

Eu amo Leo. Não de forma condicional ou parcial; é amor de verdade, tão essencial para o funcionamento do meu corpo quanto meu fígado ou baço. Eu amo suas Leozices: os lanchinhos estranhos que prepara para si mesmo, o cuidado com que dobra as roupas limpas, as horas que gasta tentando tocar, sem sucesso, o início de "The Way It Is", de Bruce Hornsby, no piano antigo da minha avó. A maneira como ele me olha, na cama, e improvisa poemas indecentes como se estivesse lendo a previsão do tempo.

Não acho um exagero dizer que ele salvou minha vida.

Quando eu estava grávida de Ruby, meus amigos avisaram que ter um filho acabaria desgastando nossa relação. Compreendi o que eles estavam tentando dizer assim que nossa filha nasceu: o caos, as noites em claro, a sensação de estar sempre na defensiva, o fim das conversas adultas e da intimidade; mas, depois daquele primeiro ano, estava mais certa do que nunca de que Leo era o melhor homem que eu já tinha conhecido. Havíamos sobrevivido ao diagnóstico do câncer, à gravidez, à depressão pós-parto, e, ainda assim, continuávamos ali, caminhando juntos. Quando não estávamos mortos de cansaço, ainda conseguíamos dar boas gargalhadas na cama antes de dormir. A gente ainda se beijava como se estivesse se apaixonando.

Eu estava desesperada para contar a verdade para ele, revelar o tipo de mulher com quem havia se casado.

Mas o motivo pelo qual eu não podia fazer isso continuava sendo o mesmo de sempre. Leo não conseguiria suportar. Poucos homens talvez conseguissem, mas meu marido não era um deles.

E, mesmo que ele fosse alguém com um passado menos complicado — alguém que pudesse me perdoar pelo que eu havia feito —, jamais me perdoaria por esconder a verdade. Leo foi rodeado por mentiras desde que nasceu e não tolera nenhum tipo de desonestidade. No ano passado, ele demitiu a babá porque ela disse que havia levado Ruby ao parquinho, quando, na verdade, tinha ido para a casa do namorado com nossa filha. Quando entrei em casa naquela noite, ele já tinha contratado uma assessoria de Recursos Humanos para verificar se a mentira poderia ser considerada justa causa e depois demitiu a babá.

Era a coisa certa a fazer: nós não podíamos deixar Ruby com uma pessoa em quem não confiávamos. Mas a raiva de Leo era tão grande que perdi a esperança de um dia poder lhe dizer a verdade.

Dr. Moru nos diz antes mesmo que a gente passe pela porta:

— As notícias são boas!

O rosto dele está radiante e, sem nenhuma hesitação profissional, ele me abraça.

— Eu estou bem? É isso?

— Você está bem. Por enquanto, pelo menos.

— Graças a Deus — murmura Leo, afastando Dr. Moru e me abraçando.

— A tomografia não apontou nada, e a nova biópsia está normal. O exame de sangue também — diz Dr. Moru, enquanto se senta tranquilamente, como se não tivesse acabado de abraçar uma paciente.

Ele começa a falar sobre os próximos passos, mas faz uma pausa, porque Leo está arrancando lenços de uma caixa em sua mesa e secando as lágrimas.

Seguro a mão de meu marido enquanto ele se recompõe. É óbvio que sei que ele estava com medo, mas ver sua ansiedade vir à tona assim é doloroso.

— Me desculpem — diz, em um tom natural, como se não tivesse nenhuma lágrima escorrendo pelo seu rosto. — Por favor, me ignorem.

Eles vão continuar me monitorando de seis em seis meses, explica Dr. Moru, mas por enquanto podemos ser otimistas quanto ao meu futuro.

— Você devia escrever sobre sua experiência no seu perfil. Seus fãs vão adorar! — sugere o médico, empolgado.

Ele já tinha admitido que havia me procurado no Facebook.

Nos anos após meu diagnóstico, li inúmeros relatos de pessoas com câncer: alguns eram escritos na confortável perspectiva da sobrevivência; outros eram interrompidos de forma abrupta com uma nota de um familiar em luto. Algumas pessoas falavam sobre cura e evolução; outras, sobre dor e sofrimento; mas todos os relatos, cada um deles, falava sobre amor. Sobre como, quando nos aproximamos do fim da vida, passamos a buscar as coisas e as pessoas que mais amamos para poder encarar a morte com coragem e de cabeça erguida.

Minha jornada com o câncer, por outro lado, havia começado quatro anos antes, com a volta de uma obsessão que poderia destruir meu casamento. Foi um período marcado pelo medo de ser descoberta e por grandes arrependimentos. Jamais conseguiria colocar isso no papel, no Facebook ou em qualquer outro lugar.

Não vamos direto para a creche de Ruby. Paramos para tomar vinho em um pub em South End Green. Peço uma tábua de queijos, e nós devoramos tudo com uma determinação que provavelmente é um pouco desconcertante para quem está observando.

Não consigo parar de sorrir, pensando naquele pequeno pedacinho de mim guardado em uma lâmina histológica em algum lugar, livre de células invasoras, registrado em uma base de dados e agora esquecido.

Mesmo com as belas imagens celulares a que temos acesso hoje em dia, as de linfoma de células B são horríveis.

— O que você pretende fazer? — pergunta Leo, sorrindo para mim. Ele está tão feliz. Eu estou tão feliz.

Pergunto o que ele quer dizer com isso.

— Você disse que tinha vários planos, caso conseguisse vencer o maldito câncer. Que havia um monte de coisas que queria fazer — continua ele.

Fico pensando nisso por um tempo. Na verdade, só quero me concentrar no amor que sinto por ele e por Ruby. E é isso que digo.

Ele me dá um beijo e depois outro. Noto uma mulher bem mais velha, em uma mesinha de canto, sorrindo para nós. Eu retribuo o sorriso. Ele é meu marido, quero dizer a ela. Senhoras mais velhas estão sempre sorrindo para Leo. Acho que são seus cílios incrivelmente longos. Talvez seja o formato natural de sua boca, que parece estar sempre tentando conter o riso.

— Gosto do seu plano. Mas e os seus caranguejos? Você não queria ir atrás deles? — pergunta ele.

Dou um sorriso.

— Claro. Vou ali em Northumberland rapidinho encontrar a colônia, agora que não estou mais presa ao hospital. Aposto que vai ser moleza.

— Engraçadinha — diz Leo.

Ele acena para o barman, pedindo mais duas taças de vinho.

Cerca de vinte anos atrás, quando eu estava na faculdade, encontrei um caranguejo morto em uma praia de Northumberland. Como notei que ele era bastante diferente, tirei umas fotos, mas a caminhada pela praia tomou um rumo inesperado e o dia terminou no hospital. Passaram-se cinco anos até que eu encontrasse o negativo para revelar.

Quando finalmente consegui ter a foto em mãos, estava cursando o mestrado em Biologia Marinha na Universidade de Plymouth. Levei a foto para uma das minhas orientadoras, especialista em decápodes.

Ela ficou um bom tempo observando, então tirou os óculos.

— Minha nossa! — exclamou a professora.

Ela explicou que havia uma espécie de caranguejo da família dos Grapsidae nativa do Japão, que provavelmente havia invadido a Europa através da água de lastro de um navio cargueiro japonês. O primeiro espécime foi encontrado em La Rochelle em 1993. Nos anos seguintes, eles se espalharam pela costa da França e da Espanha e acabaram seguindo para o norte, invadindo as águas escandinavas.

— Mas ainda não havia nenhum registro da espécie no Reino Unido — explicou. — A não ser que você tenha encontrado o primeiro há cinco anos.

O caranguejo era o *Hemigrapsus takanoi*.

— Só que ele não bate exatamente com as características da espécie — disse, franzindo o cenho. — Tem uns traços bem incomuns.

Ela me mostrou que o *Hemigrapsus takanoi* tinha cerdas nas garras e manchas coloridas na carapaça. Eles também tinham três espinhos.

— Mas o seu tem quatro. Olha! Quatro espinhos! As cerdas cobrem a garra inteira, e as manchas são vermelhas, algo que eu nunca tinha visto antes. Essa pode ser uma grande descoberta.

Fui colocada na cópia de diversos e-mails trocados entre minha professora e seus colegas especialistas em decápodes ao redor do mundo. Eu não entendi boa parte das coisas que eles diziam, mas todos pareciam concordar em um ponto: pelo visto, sem querer, eu havia encontrado um novo tipo, um fenótipo diferente do *Hemigrapsus takanoi*. Um fenótipo tão único que estava em vias de se tornar — ou talvez já fosse — uma nova espécie.

Nada mal para uma mestranda.

Voltei para a costa da Nortúmbria logo depois disso e, quando não encontrei nada, retornei de novo, e de novo. Ao longo dos anos, devo ter ido até lá umas quarenta vezes, ou talvez umas cinquenta, para revirar as areias de Alnmouth, Boulmer, entre outras regiões. Minha professora havia sugerido que, se aquela fosse mesmo uma nova espécie, a única forma que ela poderia ter evoluído seria em isolamento, longe de outros *Hemigrapsus takanoi* do Mar do Norte. Então vasculhei cada baía afastada, cada recife banhado pelas ondas, cada costa rochosa inacessível, entre High Hauxley e Berwick, mas não encontrei nada.

Continuo indo até lá. Quando estou para baixo, é isso que faço; Leo sempre me incentivou. Fico em uma pequena pousada em Alnmouth e saio andando e procurando, andando e procurando. Também estou desenvolvendo minha própria pesquisa em Plymouth — não vou desistir. Vou encontrar o "meu caranguejo", como diz Leo. Um dia eu encontro.

— Você tem razão — digo, espetando o último pedaço de queijo Tunworth e passando-o para Leo, que o come direto da faca. — Faz uma vida que não vou para lá. Vamos pensar quando dá para eu ir de novo.

Como o último biscoito, mesmo estando satisfeita.

— Na verdade, a gente podia ir junto. Ruby não aguentaria as minhas caminhadas, mas vocês poderiam ficar curtindo a praia.

Leo engole o queijo e lambe os dedos.

— Eu ia adorar. Vamos. Quer saber? Que se dane! Vamos na semana que vem! Preciso tirar uns dias de férias antes que elas vençam.

— Eu... É, quem sabe. Deixa só eu ver como vão ficar as coisas no trabalho. Mas, se não puder ser na próxima semana, iremos em breve.

Ele não percebe meu pânico. Está feliz demais para isso.

Empanturrados de queijo, vamos buscar nossa filha e a levamos para nosso lugar favorito de Heath no verão, onde Londres desaparece no horizonte cinzento e a grama comprida oferece infinitas oportunidades de aventura para uma criança de três anos. Digo para Ruby que não preciso mais ir ao hospital tomar meu remédio especial, e ela me conta que é um besouro chamado Sr. Cloris.

Leo tira várias fotos da gente, algo que tem feito desde que fui diagnosticada. No grupo do Facebook sobre linfoma, todo mundo reclama que suas famílias não param de tirar fotos deles, como se não soubéssemos ler as entrelinhas. Mas como negar isso? Se a gente morrer, são eles que terão apenas as imagens a que se agarrar.

Mais tarde, quando Ruby vai dormir, a gente toma mais vinho, sentado no jardim, e Leo diz que se sente aliviado. Eu me sinto viva, poderosa e até bonita, o que significa que devo estar bêbada. Leo fica dedilhando seu banjo baixinho, até começar a ser vencido pelo cansaço. Às nove e cinquenta e cinco, ele já está prostrado de cara na grama, dormindo. Isso é muito comum. No dia de nosso casamento, ele dormiu antes de dez e quinze.

Mando mensagens para meus amigos e colegas de trabalho, para o irmão e os pais de Leo e para minha ex-colega de quarto e amiga mais antiga, Jill, com quem dividia apartamento. Eu me recosto e examino o céu, observando a nuvem laranja de poluição ir se dissipando no céu escuro, onde apenas uma estrela pode ser vista. Mensagens de alívio começam a apitar em meu celular. Mais estrelas aparecem, cada vez mais distantes, como borrões.

Penso em meu pai, que me mostrou a Ursa Maior antes de ser transferido para Montserrat com seu comando quando um vulcão entrou em erupção. Quando voltou, ele disse que a missão tinha sido bem-sucedida, mas não quis continuar nossas conversas sobre astronomia. Eu sempre o via observando o céu, mas ele raramente falava alguma coisa.

Entro em casa para ver se Ruby está respirando e volto com uma manta para Leo. (Também tive de fazer isso no nosso casamento, quando o encontrei dormindo em um canto, enquanto nossos convidados dançavam.)

Só então, quando não há mais nenhuma tarefa a fazer, é que me permito pensar naquela ligação.

Fui pega de surpresa quando estava na estação de Waterloo ontem de manhã, com meu café intocado na mão e uma multidão a caminho do trabalho transitando ao meu redor. Sua voz parecia distante, como se estivesse ligando de uma montanha a milhares de quilômetros.

Pedi que repetisse, mas ele sabia que eu tinha entendido.

Não consegui sair de Waterloo, que dirá chegar a Poole Harbour. O letreiro com os horários foi mudando ao longo da manhã, o movimento de pessoas diminuiu, e eu continuei ali, paralisada.

Só consegui sair de lá quando liguei para Jill.

— Isso pode render. É melhor se preparar — disse ela.

Então fui logo para casa, antes que Leo voltasse do trabalho, e comecei a dar um sumiço em meus arquivos pessoais.

Só por precaução.

Escondi as coisas sob uma pilha de partituras da minha avó, no canto da sala de jantar mais afastado da porta. Leo nunca mexeria ali.

Não que ele tivesse algum motivo para sequer pensar nisso, é claro.

Cerca de trinta e seis horas depois, eu, uma mulher sem câncer, sentada na doce escuridão do meu jardim, me permito reler as mensagens que ele mandou após a ligação. Fiz uma captura de tela antes de apagá-las, mantendo a imagem bem escondida no celular.

Não pense que vou desistir assim tão fácil, escreveu. *Não vou. Preciso te ver. Pessoalmente.*

Como não respondi, ele mandou depois: *Não estou brincando. Vou aparecer na sua casa se precisar.*

Nossa vizinha, uma senhorinha, está escovando os dentes à janela de seu banheiro. Ela observa as árvores emaranhadas que cercam nossos jardins, distraída com memórias de outros tempos, talvez de outra vida.

Não posso nem devo vê-lo. Eu sei disso. É um risco muito grande.

Ainda assim, acabo respondendo logo em seguida: *Está bem. Vou te encontrar.*

CAPÍTULO 7

Leo

Meu editor, Kelvin, é um cara tímido. As reuniões costumam ser realizadas da distância segura de nossas mesas, e nossas avaliações anuais são feitas on-line. Ele não é muito bom de contato humano.

É por isso que fico surpreso quando recebo um e-mail dele me chamando para uma "conversa hoje de manhã". Eu me viro para perguntar quando e onde, já que sentamos lado a lado, mas ele está com o maxilar cerrado e digita rápido no computador, então escrevo uma resposta sugerindo que tomássemos um café dali a cinco minutos.

Nós nos dirigimos ao saguão que fica no centro do andar, onde feixes de luz geométricos atravessam o teto de vidro. Kelvin se ajeita, se esforçando para me olhar nos olhos. Ao nosso redor, há o som dos teclados, das conversas sussurradas, das notícias surgindo em telas gigantescas que pendem do teto. Eu me pergunto se estou prestes a ser demitido e por que motivo. Por ser apenas mediano? Escrevo bons obituários, mas nada que tenha o ar intelectual e o olhar forense de Sheila, ou o humor rotineiro de Jonty.

Kelvin pigarreia e diz:

— Estou muito feliz por Emma. Devo dizer que acho sua esposa incrível.

Bom, pelo menos ele é sincero.

Respondo com algumas frases prontas, porque não tenho muito a dizer. Ela terá de fazer acompanhamento periódico, é claro; sempre há a possibilidade de tumores secundários se espalharem pelo seu sistema linfático, mas as chances são pequenas. As taxas de reincidência são baixas, e Emma ainda é jovem e saudável.

Kelvin fica mexendo seu café.

— A gente deixou um obituário pronto. Para a Emma. Não está salvo na rede. Não queria que você acabasse esbarrando nele. Mas a gente tinha que escrever alguma coisa. Foi na época da quimioterapia.

Engulo em seco, pensando nos últimos meses. As refeições intocadas, as aftas na boca, as manchas na pele de Emma. Ruby com faringite bacteriana, e Emma aos prantos por não poder ficar perto dela.

— Sei que esse não é um assunto agradável, mas é claro que a gente publicaria um obituário, se ela morresse — acrescenta Kelvin.

Emma ainda é conhecida por sua série da BBC, uma série de três temporadas sobre a ecologia da costa britânica: como as condições climáticas mudaram para as criaturas que vivem em nossos estuários e em nossas costas rochosas, nossas praias e dunas. Um pesquisador da BBC a "descobriu" em um painel durante uma palestra que ela deu em um evento da Sociedade de Ecologia Britânica. Ele acabou se encantando com sua inteligência e sua rebeldia, como acontece com a maioria das pessoas, e a convidou para conversar sobre ideias de programas.

Eu vi algumas das propostas finais, que descreviam minha esposa como uma ESTRELA EM ASCENSÃO. Ela achou tudo muito constrangedor; eu achei hilário.

Um ano depois, ela apresentou uma série de três temporadas com um naturalista da BBC e — na minha opinião — o ofuscou completamente. Quando o último episódio foi ao ar, ela foi chamada para outra temporada. Os telespectadores adoraram o fato de ela se mostrar uma pessoa engraçada, mesmo quando estava pendurada em uma falésia com as ondas quebrando lá embaixo.

Emma não é uma celebridade, é claro, e até hoje não a vejo como uma pessoa famosa: ela é uma nerd assumida, uma acadêmica. Sua única motivação ao aceitar o trabalho de apresentadora foi compartilhar o amor por aquele lugar mágico onde o mundo terrestre desaparece nos mistérios do oceano. Ela não gostava da atenção e deu o mínimo de entrevistas necessárias quando *This Land* estava no auge. Até hoje não frequenta as festas da imprensa. Diz que são todos uns abutres.

Mas a verdade é que, apesar de já fazer muito tempo desde sua última aparição na TV, a gente ainda é parado na rua para ela dar autógrafos ou discutir as zonas de penhascos com homens sem traquejo social. Ela chegou a ser convidada para um programa de dança na TV. (Mas recusou.)

Creio que boa parte dos jornais escreveria um obituário, caso ela morresse.

— Agora que as coisas estão... hum... melhores, você gostaria de dar uma olhada no que a gente escreveu? — pergunta Kelvin.

— Para falar a verdade, eu também comecei a escrever.

— É mesmo? — Kelvin parece surpreso.

— Sim. Foi uma espécie de projeto pessoal, mas tenho certeza de que algum de vocês poderia lapidar o texto.

Há uma pausa. Então Kelvin diz:

— Não deve ter sido fácil de escrever, com o tratamento de câncer acontecendo ao mesmo tempo. — Seu rosto fica pálido tamanho o esforço que faz: tudo isso era emotivo demais para ele. — Mas tenho certeza de que qualquer coisa que você escrever sobre Emma será muito mais pessoal e honesta.

Quase rio da ironia da confiança que ele deposita em mim. A verdade é que meu obituário sobre Emma está cheio de lacunas. Não é nada honesto.

Emma tinha uma agente na época que apresentava a série; uma mulher dedicada e obstinada chamada Mags Tenterden, que Emma venerava. Mags estava negociando uma terceira temporada com a BBC quando Emma foi afastada da série, do nada, sendo substituída por alguém das antigas. Eles deram uma desculpa esfarrapada sobre mudanças na equipe, mas nenhum motivo razoável para o afastamento de Emma.

Eu estava com ela quando recebeu a ligação. Nunca vou esquecer a expressão estampada em seu rosto.

No início, me perguntei se eles temiam a incerteza de ter uma apresentadora com câncer de baixo grau e prestes a ter um bebê, mas Emma não tinha falado com eles sobre nada disso.

Em um gesto de extrema crueldade, Mags Tenterden tirou Emma de sua carteira de clientes na semana seguinte. Para mim, esse abandono inexplicável foi a gota d'água, pois, nos meses seguintes, Emma teve um de seus episódios depressivos mais longos. Ela passou três semanas na costa de Northumberland, isolada, a não ser pelas minhas visitas nos fins de semana. De vez em quando, mandava um e-mail com passagens abstratas sobre os segredos do oceano, mas no geral tinha se fechado completamente, mesmo quando eu a visitava.

— Estou só procurando caranguejos — disse ela certa noite, na pousada onde estava hospedada. — Isso é tudo que consigo fazer no momento. Procurar caranguejos.

Em geral, o caminho de superação daquilo que chamo de suas Fases envolve o ciclo inicial de medicamentos, mas ela estava com medo de tomar antidepressivos com um bebê a caminho. Ao voltar para Londres, Emma disse que teria de "segurar as pontas".

Ela começou a melhorar quando Ruby nasceu, mas logo depois foi arrebatada por uma intensa depressão pós-parto. Acho que ela só melhorou quando Ruby passou a dormir a noite toda, com pouco mais de um ano, mas a tristeza ainda bate de vez em quando. Sem contar que seu transtorno de acumulação com certeza está piorando.

— Sei que ela ficaria lisonjeada — comento. — Mas fui explicitamente proibido de escrever um obituário para ela. Ela não faz ideia de que estou escrevendo.

— Hum. Bom, eu adoraria que você enviasse alguns rascunhos para o Jonty ou para a Sheila…

— Mando para a Sheila. Ou talvez para o Jonty — acrescento, me lembrando do interesse repentino de Sheila em minha esposa no outro dia.

— Ótimo!

Kelvin olha para trás. Ele está desesperado para retornar para a paz das tarefas em frente ao seu computador, então agradeço pela sua discrição ao tratar do assunto e o deixo ir.

Emma sofreu dois abortos espontâneos enquanto estávamos tentando ter um bebê. Na segunda vez que voltamos do hospital, eu a coloquei na cama e fui preparar um chá. Quando voltei, lágrimas silenciosas escorriam pelo rosto dela, e John Keats estava com o focinho encostado na cicatriz de sua cirurgia de apêndice.
— Estou bem — dizia para ele. — Estou bem, John, não se preocupe.
Nem o cachorro conseguia penetrar suas barreiras. Eu conseguia, sua amiga Jill, também, mas parava aí.
É por isso que hesito em mandar as anotações que fiz para o obituário dela para Jonty. Ainda que isso contrarie tudo em que acredito como um escritor de obituários, sinto que tenho o dever de preservar minha esposa. Por que não dar ao mundo apenas a versão de Emma que ele já adora? A apresentadora de TV risonha que fala gesticulando, a pessoa que adota cachorros com nomes como Frogman e Jesus; a neta da fumante desbocada Gloria Bigelow, uma das primeiras mulheres a se tornar Membro do Parlamento.
Isso já é mais do que suficiente para compartilhar com o mundo sobre Emma.
Mando um e-mail para Kelvin e digo que eu mesmo vou escrever o obituário de Emma.

Nas semanas seguintes, vou me lembrar dessa tarde, esses últimos momentos antes de o mundo começar a perder o rumo, e vou sentir falta dessa fantasia, dessa crença de que sou uma das duas únicas pessoas que sabem tudo sobre Emma.
Essa crença de que eu a conheço.

CAPÍTULO 8

Leo

Emma tem uma amiga dos tempos de faculdade, Jill, com quem se encontra uma vez por mês para jantar. Elas estudaram biologia marinha e moraram juntas em St. Andrews, e, ainda que a amizade delas sempre tenha me parecido um pouco estranha, Emma é completamente leal a Jill.

Raramente sou convidado para esses jantares, o que talvez seja até melhor, porque, ainda que goste de Jill, não a entendo muito bem. Ela é uma daquelas pessoas que falam como se estivessem narrando um texto escrito, em vez de falar um inglês coloquial, e isso dificulta a conversa — como se você estivesse atuando em uma peça sem ter recebido o roteiro. Também acho que ela tem um senso de humor um pouco rude, embora Emma a ache hilária.

Apesar de tudo isso, acho que Jill e eu teríamos nos dado bem, se ela não tivesse simplesmente surgido em nossa casa três anos atrás e passado a morar com a gente.

Ela chegou no dia previsto para o nascimento de Ruby. Atravessou o jardim com uma mala grande e uma caixa de trufas de chocolate meio amargo, enquanto eu levava uma Emma cambaleante para almoçar. (Odeio trufas de chocolate meio amargo com todas as minhas forças, embora saiba que isso não faça muito sentido.)

— Um ótimo dia para vocês — disse, como se estivéssemos esperando sua chegada. — Vou me acomodar enquanto vocês estão fora. Começar com um pouquinho de trabalho manual.

Emma pegou minha mão e me conduziu pela rua.

— Eu falei para você que queria que ela me ajudasse quando o bebê nascesse — explicou, com delicadeza.

Na verdade, o que ela dissera foi que estava preocupada com sua saúde mental após o parto e que gostaria de ter Jill de sobreaviso caso as coisas ficassem complicadas. Ela nunca disse nada sobre Jill vir morar com a gente.

Jill ficou com a gente por duas semanas após o nascimento de Ruby. E essa era a nossa situação: estressados, exaustos, tendo de acomodar uma terceira pessoa em um espaço que já era minúsculo. Acho que, no fim das contas, Emma também se arrependeu de tê-la convidado; quando a depressão pós-parto veio como um furacão, foi a mim que ela recorreu, não a Jill.

Simplesmente tive de engolir esse enorme gesto de amizade que eu não podia — nem tinha como — entender. Talvez Emma sentisse um pouco de pena de Jill, que parecia querer um bebê também. Ou talvez fosse algum pacto que haviam feito na juventude. De qualquer maneira, não era hora de arrumar briga com Emma. No fim das contas, Jill acabou voltando para seu apartamento, e eu não disse nada.

O encontro mensal de Jill e Emma é hoje, então fui para nosso pequeno escritório para trabalhar no obituário de minha esposa. Vou demorar um tempo para transformar os trechos repletos de dor registrados em meu caderno em algo publicável, mas tenho uísque e biscoitos, e pelo menos duas horas até que Emma esteja em casa de novo.

Nossa casa está coberta por uma grossa camada de folhagem, que tenho certeza de que está causando danos à fundação do prédio, mas Emma se recusa a fazer qualquer coisa para resolver isso. Através da moldura cada vez menor de nossa janela, vejo o céu violeta escurecer rapidamente.

Releio o início do texto, rolando uma bolinha de gude de Ruby pela mesa.

A ecologista marinha e apresentadora de TV Emma Bigelow, que morreu aos ?? anos, vivia adotando cachorros abandonados e foi considerada a responsável por colocar os ecossistemas da costa britânica no mapa de conservação ambiental.

Ela foi uma inspiração para mulheres na biologia marinha, tendo recebido prêmios e bolsas de estudo que antes eram destinados apenas a homens. "Muito acima dos adoradores de corvos medíocres que costumam participar desse tipo de programa" (The Times; outubro de 2014), Bigelow apresentou duas temporadas da famosa série da BBC This Land, *de 2013 a 2015. Com o fim da primeira temporada, uma conta anônima foi criada no Instagram em homenagem aos seus gestos espalhafatosos, o que deixou Bigelow encantada.*

Após duas temporadas, Emma Bigelow voltou a dar aulas na Universidade de Plymouth e na University College London. "Estou mais para um tunicado que para um ser humano, então estou feliz de voltar à zona entremarés, ainda que vá sentir uma saudade enorme dos almoços grátis."

Não mencionei que ela disse isso aos prantos, ou que, na ocasião, eu estava furioso e ameaçava processar a BBC por tê-la demitido injustamente.

Emma Merry Bigelow era filha de um militar, e por isso estava sempre se mudando. Ela morou em Plymouth, Taunton e Arbroath. Seu pai era capelão dos Fuzileiros Navais Reais, e sua mãe, que morreu logo depois do nascimento de Bigelow, era formada em Estudos Clássicos.

Eu paro de ler.
Não estou satisfeito com o texto.
Bons autores de obituários escrevem como se conhecessem o falecido: é para isso que somos pagos. Mas, para nós, que passamos a vida

lendo esses textos — que os discutimos em fóruns e participamos de conferências sobre o tema, que lemos livros, artigos e compilações do gênero —, não é difícil notar a diferença. Se eu mesmo não tivesse escrito o texto, teria apostado que o autor nunca havia conhecido Emma. Não tem nada aqui sobre seu jeito único e encantador.

Enquanto penso em como melhorar o texto, faço uma lista dos detalhes que preciso verificar.

Emma emendou o mestrado na graduação?

Em quais lugares exatamente Emma e o pai moraram quando ela era criança? (Sei que o pai dela passou por diferentes comandos, mas não faço ideia de quais nem de quando esteve em cada um.)

Como exatamente sua mãe morreu?

John Keats está dormindo em uma poltrona atrás de mim, apesar de ter sido proibido de subir no móvel. Fico observando enquanto ele dorme, com uma das patas tremendo como uma pálpebra nervosa, considerando os prós e contras de mandar uma mensagem com perguntas para Emma, culpando Kelvin pela situação.

Descarto a ideia na mesma hora. Ela acabou de receber uma nova chance de viver; a última coisa de que precisa é ser lembrada de sua mortalidade. Hoje mesmo ela saiu para correr e depois me mandou uma foto do rosto todo vermelho. *EU TÓ VIVA! VIVA, PORRA!*, escreveu.

Também estou com vergonha de admitir que não sei como a mãe dela morreu. Ela só me contou que havia sido em decorrência de alguma complicação no parto, e nunca me senti à vontade para pedir detalhes que ela própria não havia revelado.

Emma tem uma pasta de plástico com coisas importantes chamada PASTA DE COISAS IMPORTANTES. Nunca mexi nela, mas acredito que o conteúdo seja exatamente igual ao da minha: certidão de nascimento, diploma, cartas, esse tipo de coisa. A pasta está guardada na primeira prateleira do armário de escritório dela, que costuma ficar trancado, mas tento abrir a porta mesmo assim. Isso facilitaria muito minha missão.

A porta desliza silenciosamente. Depois faz um barulhinho de nada, mas é o bastante para acordar o cachorro. Nós dois olhamos para dentro do armário.

Não me recordo de quando foi a última vez que vi esse armário aberto. Emma nunca o deixa destrancado. Ela tem pavor de que um bandido fuja com os dados de sua pesquisa que não estão salvos no computador. Quando a gente viaja, ela vem até aqui buscar o passaporte pessoalmente: *você ia acabar esquecendo de trancar,* ela diz sempre, e é a mais pura verdade.

Fico me perguntando se ela está entrando em uma de suas Fases. Não é de seu feitio esquecer de trancar o armário.

Após uma pausa, pego a pasta e ela se abre.

John Keats parece preocupado, então ponho um álbum de jungle da nossa playlist de músicas favoritas do Spotify, cujo nome é *Ghosts of My Life*, de um tal de Rufige Kru.

Mas a pasta está praticamente vazia.

Tem uma papelada recente. O diploma do doutorado; uma carta de agradecimento de uma instituição de caridade que ela tem ajudado faz uns dez anos; uma carteira de motorista vencida. Uma foto de Emma com o pai no convés de um navio enorme, um antigo crachá de trabalho. E mais nada.

O cachorro continua me olhando.

O armário raramente está aberto, mas já vi essa pasta várias vezes. Ela sempre esteve abarrotada, assim como a minha: a vida é cheia de papéis superimportantes que nunca são usados para nada. As pastas nas quais costumamos guardá-los se enchem até quase estourar: elas não se reduzem a quase nada.

Pego o crachá dela do trabalho, que ainda está preso a uma cordinha desgastada.

EMMA BIGELOW. CIÊNCIAS BIOLÓGICAS E MARINHAS. Sorrio ao ver a foto. Mesmo com a expressão neutra de praxe, minha esposa parece subversiva, linda e divertida.

Eu me afasto para ter uma boa visão do armário. Ela deve ter colocado os papéis em outra prateleira.

Só que esse não é o caso. Todo o restante está etiquetado e em seu devido lugar.

Eu poderia abrir todos os fichários um a um, mas para quê? Não é como se ela fosse furar a própria certidão de nascimento.

Subo a escada para ver se está na pilha de coisas em nosso quarto, mas não tem nenhum documento ali.

Também não há nada na bagunça do patamar da escada.

Nem na caixa que ela passou a usar para guardar documentos e que fica perigosamente no meio da escada.

Sei que estava tudo ali havia algumas semanas, quando fomos para Paris comemorar o fim da quimioterapia dela. Eu estava ao seu lado no escritório quando ela pegou o passaporte. E me lembro de ter rido do estado da pasta dela, porque estava ainda mais abarrotada que a minha.

Eu teria percebido se ela tivesse retirado os papéis: essa casa não é grande. Eu teria de mudá-los de lugar para poder apoiar uma xícara ou para impedir Ruby de sujá-los com tinta ou cola com glitter ou meleca. O fato de eles não estarem ali é um pouco estranho.

Ainda não sei disso, mas esse é o momento que começo a espionar Emma.

Desço até a sala de jantar; um mar de papéis. Tudo coisa da avó de Emma: ela morreu faz muitos anos, mas Emma ainda não organizou as coisas dela. O espaço tem menos de meio metro quadrado livre; o restante está coberto de pilhas até a altura do joelho.

Eu me espremo de um espaço vazio ao outro, procurando ao meu redor. Não vejo nenhuma pilha de papéis relacionados a Emma. São todos, em sua maioria, partituras, estudos de violino e extratos bancários amarelados que deviam ter sido descartados há décadas. Grande parte da papelada está enfiada em sacolas de compras dos anos 1980 — sacolas brancas com letras de cor laranja da Sainsbury's; da Tesco, com listras azuis espessas. Tudo coberto por uma grossa camada de poeira.

... A não ser por uma velha sacola da Marks & Spencer no canto, que eu encontrei quando me esgueirei até o espaço de chão livre mais afastado. Também é dos anos 1980, quando as sacolas da loja eram de um verde vivo com *St. Michael* escrito em letra cursiva dourada. E, embora a maior parte dessa sacola também esteja empoeirada, há pequenos pontos com as marcas dos dedos de uma pessoa. Ao que tudo indica, parecem recentes.

Faço uma pausa. Essa missão está começando a ultrapassar seu propósito de busca por informações.

Mas essa sacola.

Está no canto mais afastado da sala, parcialmente escondida sob a antiga mesa da avó de Emma. A sacola está fora do campo de visão de quem abre a porta, coberta por uma tela de lareira de latão; só consigo vê-la agora porque me esgueirei até ela.

Guardar algo nessa sacola, nesse canto, seria uma tentativa deliberada de esconder o que quer que fosse. Por que Emma ia querer esconder alguma coisa?

Eu me estico e pego a sacola.

A primeira coisa que vejo é seu diploma de mestrado da Universidade de Plymouth. O papel que pego depois é uma multa da polícia de Berkshire de quando ela foi pega dirigindo a sessenta e cinco quilômetros por hora em uma área com velocidade máxima de cinquenta quilômetros por hora em Slough, no ano passado. Abro um breve sorriso. Ela ficou furiosa com essa multa — fico até surpreso que a tenha guardado, mas também sei da dificuldade que ela tem de se desfazer das coisas. Nesse quesito, Emma é igual à avó; duas acumuladoras.

Depois vejo o cartão de despedida que a equipe e os colegas da BBC mandaram após sua demissão misteriosa. *Sentiremos saudades! Nunca mais vou olhar para uma mesa de café da manhã da mesma forma! Espero que a gente possa trabalhar junto em breve!*

Depois, o passaporte de Ruby, então dois de Emma — um é o atual, o outro está vencido, com a beirada cortada pelas autoridades.

Começo a folhear o documento vencido, sorrindo só de imaginar a existência de alguma foto antiga dela que eu talvez nunca tivesse visto, mas a página com o nome e a foto tinha sido arrancada. Continuo folheando, mas não há nenhum carimbo. Volto para a página que está faltando. Parece um trabalho amador e que alguém a rasgou de qualquer jeito, como se estivesse com pressa.

Confiro a página de foto do outro passaporte: esse, com certeza, é dela. EMMA MERRY BIGELOW.

Fico olhando o documento vencido. Será que é de Emma? Se for, por que ela o rasgaria?

Aos poucos, uma inquietação começa a correr em minhas veias, hesitante. Uma parte de mim acredita — uma parte considerável — que existe alguma explicação plausível para que essa sacola esteja escondida, mas estou tendo dificuldade de imaginar qual seria.

Começo a mexer em uma pilha com as conquistas de Emma — cartas de aceite de revistas acadêmicas, um prêmio, nomeação de bolsa de pesquisa e cátedra.

Depois encontro uma série de documentos da universidade, de onde tiro um papel com o brasão da Universidade de St. Andrews no topo. É uma carta, não um diploma.

Eu começo a ler: *Querida Em*. Então paro.

Em parte, porque seu nome está quase todo rabiscado de caneta preta, o que me surpreendeu, mas principalmente porque tenho um forte pressentimento de que esse é o limite. De um lado está minha confiança em Emma; do outro, a invasão de privacidade.

Após uma breve pausa, continuo.

Tentei entrar em contato por telefone, mas não consegui.

Reitero aquilo que disse para sua avó: recomendo, de coração, que você continue cursando a graduação em biologia marinha, mesmo que não se sinta apta a retornar imediatamente. Seria uma alegria recebê-la de volta no próximo ano acadêmico (ou até mesmo no ano seguinte, se setembro ainda for muito cedo para você).

Devo acrescentar que fiquei muito triste ao saber das dificuldades que tem enfrentado em relação à sua saúde mental, descritas por sua avó. Posso imaginar que a vida acadêmica não soe nada atraente agora. Mas muitos de nós do departamento acreditamos que você tem uma carreira promissora pela frente como bióloga marinha, e faremos o possível para ajudá-la no processo de retomada à graduação.

Eu e meus colegas desejamos tudo de melhor para você. Por favor, entre em contato por telefone ou por e-mail a qualquer hora que quiser conversar — agora ou ao longo do ano acadêmico.

Atenciosamente,
Dr. Ted Coombes
Faculdade de Biologia

Logo depois, encontro outra com o brasão da Universidade de St. Andrews. Leio essa carta, também rabiscada com caneta, como se Emma não suportasse ler seu nome nela.

É uma carta oficial de desligamento da universidade, atestando o cancelamento definitivo da matrícula de Emma. O texto pedia que destruísse sua carteirinha de estudante e desejava tudo de bom. A data era novembro de 2000, que acredito ter sido no outono do seu terceiro e último ano de graduação.

O cachorro está parado na soleira da sala de jantar, me observando. Tento pensar.

Em uma das pilhas de coisas deixadas no patamar da escada, há uma foto de Emma no dia de sua formatura. Eu amo aquela foto: sua pose solene e defensiva, um esboço de um sorriso. Nunca tive dúvidas de que aquela era uma foto de sua formatura na Universidade de St. Andrews.

Largo a papelada e subo as escadas em busca da foto. Eu a encontro rapidamente, mas, diferente da minha, não há nenhuma informação, nenhuma moldura em papel cartão com o nome da universidade ou do departamento gravado. Nada além de Emma, minha querida Emma, usando a beca preta com um capuz azul-claro de bordas douradas. Mas nenhum capelo.

Após um bom tempo, retorno ao escritório e começo a fazer umas pesquisas na internet até encontrar mais informações sobre o traje de formatura de St. Andrews.

A página demora a carregar. Lá fora, as folhas balançam com uma rajada de vento, e galhos de hera batem na janela. A casa, aquecida e entulhada, faz uns ruídos e chiados, enquanto as imagens pixeladas ganham nitidez.

Os formandos de St. Andrews da área de ciências usam um capuz roxo com bordas brancas felpudas. Pesquiso outras áreas — artes, pós-graduação, educação —, mas nenhuma delas usa um capuz azul-claro com bordas douradas. Pesquiso de novo, e de novo, até não me restar outra opção a não ser aceitar: Emma não se formou nessa universidade.

Tenho a sensação de que algo foi arrancado de dentro de mim.

John Keats, que continua me observando, acerta a poltrona com o rabo; um pequeno sinal de apoio, ou talvez um alerta — não sei ao certo. Eu me agacho diante dele, encarando seus olhos cor de âmbar, e digo que isso deve ser um mal-entendido, ainda que eu não entenda como.

Após duas doses de uísque e seis biscoitos, volto a mexer na papelada na sala de jantar. Não há mais nenhuma justificativa aceitável para meu comportamento, mas agora tenho álcool correndo pelo meu corpo e estou alterado demais para me importar.

Pego a pilha de papéis outra vez e a separo em um ponto qualquer. A adrenalina de estar fazendo algo errado faz com que eu seja rápido e eficiente: sou novamente o homem que fuçou os documentos particulares de seus pais, anos antes, determinado a descobrir a verdade.

Começo a ler uma carta do Arcediagado Naval para o pai de Emma, dizendo que aquela era a última chance de ele se manifestar antes que dessem início ao processo de desligamento.

Releio a mensagem algumas vezes, mas isso não faz o menor sentido, assim como as cartas da universidade. O pai de Emma havia morrido na República Democrática do Congo, quando ainda se chamava Zaire, antes mesmo dessa carta ter sido escrita.

Lá em cima, ouço o que parece ser os passos de uma criança no assoalho ruidoso, então guardo novamente a papelada na sacola da M&S. Enquanto faço isso, um papel menor — um cartãozinho, com a logo da BBC — cai rodopiando até chegar ao chão. Nele há um recado escrito à mão: *Oi, gata. Sinto muito por não ter te encontrado hoje de manhã. Me liga. Não quero que isso seja um adeus... Bjs, Robbie.*

Enfio o papel dentro da sacola e a coloco de novo embaixo da mesa.

Na cozinha, tomo outro uísque. As coisas parecem quietas agora no quarto de Ruby, mas meus pensamentos estão muito acelerados; não consigo refletir sobre eles nem tentar compreender o que acabei de ver.

Sem fazer nenhum esforço para me conter, vou até nosso quarto na ponta dos pés e abro o notebook de Emma. Nós sempre usamos o notebook um do outro, mas nunca fizemos nem faríamos isso para espiar o outro — até agora. Eu nem sei o que estou tentando encontrar. Só quero achar alguma coisa que acabe com essa ansiedade que estou sentindo.

Há catorze abas abertas, o que é típico dela. A maioria das abas mostra sites que falam sobre temas como a estrutura da genética populacional de crustáceos decápodes de nomes estranhos, mas também há outras três: e-mail, Facebook e o que parece ser uma reclamação no eBay de uma encomenda que nunca foi entregue.

Não consigo abrir o e-mail dela, não ainda. Isso parece ser o pior tipo de traição, perdendo apenas para a invasão de privacidade que é fuçar seu celular.

O Facebook está aberto em sua página. Ela tem mais de três mil curtidas. Não tem nada interessante ali, e estou prestes a fechar o notebook, quando aparece uma mensagem de alguém chamado Iain Nott. *Mandei 4 msgs e nenhuma resposta, tô cansado de mulheres da TV que se acham superiores, o q te custa responder?*

Irritado, abro a mensagem para escrever uma resposta bem malcriada. No entanto, ao fazer isso, acabo abrindo a caixa de entrada dela sem querer.

Quase desvio o olhar pelo mesmo motivo que me fez não querer ler seus e-mails, mas não consigo. Está cheia de mensagens de homens.

Consigo ler a primeira linha de cada uma.

Mikey Vaillant: estou te vendo no iPlayer, safadinha. Você é...

Erik Sueno: VOCÊ É LINDA, EU QUERO

Charlie Rod: Esse é o meu número, por favor, me liga, eu gostaria de

Iqbal Al-Jasmi: Ei, moça

Magrelo Varapau: vagabunda

Robbie Rosen: Oi, gata, tenho pensado em você

Fico olhando para a tela por um bom tempo.

Antes de qualquer coisa, quero saber se o Robbie da caixa de entrada é o mesmo que escreveu o bilhete. Claro que deve ser, afinal "gata" não parece ser algo que um estranho diria. Quem é esse cara?

Também quero saber por que ela não me contou sobre essas mensagens. Quando perguntei sobre isso na semana passada, ela disse que tinha recebido duas, mas tem seis mensagens — *seis* —, e essas são só as de hoje.

Não sei se sinto raiva desses homens ou se fico surpreso por Emma não ter comentado nada sobre o assunto. Por que ela esconderia isso de mim?

Por que ela esconderia de mim qualquer uma das coisas que descobri hoje?

Estou meio tonto. Apago todas as mensagens de hoje, mas, para cada mensagem que deleto, outra mais antiga surge no lugar. Paro, fecho o notebook, desço as escadas e sirvo uma última dose de uísque.

Minha mente imagina milhares de situações, passando pela foto da universidade para os pervertidos, depois para o passaporte, os papéis escondidos, o bilhete escrito por um cara da BBC. Assim como as mensagens no Facebook de Emma, cada vez que penso ter uma resposta para algo, surge outra pergunta, e meu cérebro não consegue acompanhar.

Eu me sento e tomo um gole do uísque, até ouvir um barulho no quarto de Ruby.

— Papai? Papai...

CAPÍTULO 9

Emma

Ligo para Jill para dizer a ela que tínhamos acabado de jantar juntas, quando estou a caminho de casa.

— Certo. E o que a gente comeu? — pergunta ela.

Ela parece estar de boca cheia. Jill engordou bastante nos últimos anos. Isso me deixa preocupada, mas não consigo tocar nesse assunto. A gente só finge que não tem nada acontecendo.

— O que você estiver comendo agora — respondo. — Foi isso que a gente comeu.

— Estou me atracando com as sobras de um osso de frango, como um cachorro.

— Ótimo.

Fecho bem meu cardigã em torno do corpo. Está frio para uma noite de junho: um vento forte corre entre as velhas casas de Hampstead Village, varrendo becos sujos.

— Vamos dizer que a gente foi para aquele lugar que tem frango em King's Cross — sugiro.

— O do waffle?

— Isso, perfeito.

— Será que é pedir muito que a gente vá lá de verdade? — pergunta ela. — Em breve? Não te vejo desde o fim da Idade Média.

— O quê? A gente assistiu a um filme tem duas semanas!

— Está bem. Desde o início da era Tudor.

— Era Stuart, pelo menos.

Jill começa a rir.

— Você não é mole, não, Emma.

— Nem você.

O ônibus 268 segue pela Heath Street, sendo golpeado pelo vento. Agarro minha bolsa para me aquecer e penso em planejar um jantar de verdade na semana que vem.

— Como estão as coisas no trabalho? — pergunto.

Jill agora presta consultoria para pesca em águas profundas e odeia o chefe.

Há um momento de silêncio, enquanto ela engole o frango. Um carro esportivo absurdamente caro passa pela rua, fazendo um barulho desnecessário ao subir a ladeira.

— Continuo pensando em me demitir qualquer dia desses — diz Jill. — Mas isso não importa. Você está bem?

— Eu... Não. Não estou bem.

— Isso quer dizer que você foi se encontrar com ele?

— Sim.

— E aí?

Hesito em responder. Não quero falar sobre isso com ninguém, nem mesmo com minha amiga mais antiga, mas Jill esteve do meu lado desde o início. Quando éramos apenas estudantes em St. Andrews, cheias de sonhos bobos, sem nenhum dinheiro no bolso, ela me salvou. Nos anos seguintes, ela continuou do meu lado. E, quando me meti em uma roubada durante uma viagem a Northumberland quatro anos atrás, ela não só me ajudou a esconder a situação de Leo, como também encarou treze horas de estrada para me socorrer. Não importa quão fundo seja o poço aonde caio, Jill sempre está lá para me tirar dele.

Falar sobre o que aconteceu hoje é o mínimo que posso fazer.

— Difícil, como já era de se esperar. Pior, talvez. Um papinho furado constrangedor, seguido de uma conversa bem desagradável sobre a esposa dele.

Ouço o som de alguém respirando fundo do outro lado da linha.

— É mesmo? O que ele falou dela?

— Foi quase um interrogatório. Ele estava obcecado com a ideia de que eu tinha falado com ela. Falei que jamais faria isso, mas não sei se ele acreditou.

Ergo a mão e vejo que estou tremendo novamente.

— Por que você acha que ele não acreditou? — pergunta Jill. — Ele estava com raiva?

Fico pensando nisso por um tempo. Não com raiva, exatamente, mas fiquei assustada quando estava sentada na frente dele. Ele estava alterado, sua energia caótica impregnava o ambiente — parecia um interrogatório, não uma conversa. Eu tinha meus receios em relação a toda aquela situação, mas não ousei dizê-los em voz alta.

Tento explicar isso para Jill, mas é difícil encontrar as palavras certas. Clac, Clac, Clac. Minha bota atinge a calçada gelada; uma embalagem de chocolate vai rolando pela ladeira. Saio da Heath Street e entro em uma rua estreita.

— Sinto muito — lamenta Jill. — Pensei que não tivesse sido tão ruim.

Suspiro.

— A culpa é minha. Eu nunca devia ter concordado em me encontrar com ele.

— Como não? Você estava morrendo de preocupação. Ai, Emma. Odeio te ver assim.

— Obrigada. Também odeio me sentir assim. Não consegui nem perguntar o que eu queria.

— Mas foi produtivo no fim das contas? — pergunta, após uma pausa reflexiva. — Quer dizer, foi útil para você?

— Não — respondo com firmeza, depois hesito. — Talvez. Não. Ai, merda. Não sei, acho que estou ficando louca. Vou tentar marcar uma consulta de emergência com a minha terapeuta amanhã.

— Bom, eu estou aqui, se você não conseguir um encaixe — diz Jill, como eu já esperava. — Por que não almoçamos juntas amanhã, perto do seu trabalho? Preciso passar umas horinhas na British Library, já vou estar por perto.

— É uma ideia ótima, mas não posso. Tenho uma reunião com dois doutorandos de meio-dia e meia às duas.

— Cancela — diz ela na mesma hora. — Você precisa de tempo para processar isso tudo, Emma. Vocês terem se encontrado é algo gigantesco.

Prometo a ela que vou pensar no assunto. Adoro a companhia de Jill. Um dos maiores tônicos que existem é passar a noite no sofá dela com uma garrafa de vinho, ouvindo uma playlist de baladas bem alto. O problema é que nossa amizade foi toda moldada pelo catastrófico início da minha vida adulta, e, quando estou com ela, não tenho como me esconder. Às vezes não quero lidar com toda aquela dor; prefiro só fingir que ela não existe.

— A única coisa que concluímos hoje é que chegamos ao fim da linha. Ele podia estar arrasado, mas deixou bem claro que não faria nenhum tipo de "acordo" comigo. Além de todos os motivos de sempre, ele disse que seria uma traição, e que não vai mais fazer isso com a esposa. Ele só queria saber se eu tinha falado com ela.

— Ai, Emma.

— Acho que ele vai parar de falar comigo de novo.

— Hum — diz ela, baixinho. — Eu não apostaria nisso.

— Não, é sério. Acho que acabou. De vez, agora. O que significa que estou de volta à estaca zero. Só me resta ficar pensando nisso todo dia, sem nunca poder seguir em frente. Mas pelo menos eu sei, Jill. Pelo menos agora posso seguir amando minha família.

Encerramos a ligação logo depois, porque não posso chegar à minha casa nesse estado. Não sei se Leo vai muito com a cara de Jill, mas até ele sabe que eu nunca voltaria para casa chorando depois de jantar com ela.

Se você fosse um organismo que vive na zona entremarés, teria uma vida de grandes extremos: calor escaldante do sol ou frio congelante da água; o sal, as ondas quebrando, as ventanias costeiras: "é um dos ambientes mais perigosos da natureza", disse meu professor Ted, durante nosso primeiro seminário. Se você acha que as coisas são difíceis para você, imagina como é a vida de uma lapa.

Eu e Jill nunca esquecemos essa frase, então, quando recebo a mensagem dela um pouco depois dizendo *Aguente firme, minha lapinha!*, eu abro um sorriso. *Levar uma vida dupla é um tremendo esforço para qualquer um, principalmente após meses de tratamento de câncer, mas você é mais forte do que imagina, amiga.*

Ela manda uma terceira mensagem assim que corto caminho pelo beco que dá na minha rua. *E pode contar comigo se achar que não tem forças para seguir em frente.*

Apago essa e todas as outras mensagens da noite. Por segurança, vou até minha lista de contatos e mudo o nome do homem que mais uma vez partiu meu coração para Sally.

Eu o vejo assim que saio do beco.

Um homem. Parado na rua em frente à nossa casa, olhando para ela.

Congelo. Não há nenhum vizinho com a luz acesa, e Leo, como sempre, deixou todos os cômodos acesos. Mas, apesar disso, sei que ele está ali por nossa causa. Por minha causa.

Volto para o beco e fico de olho, segurando a bolsa. Ele está de boné e dá para ver uma parte de seu cabelo meio comprido escapando na parte detrás. Ele parece alto e magro, mas, como está usando uma parca folgada, é difícil ter muita certeza. Consigo ver apenas a lateral do rosto, está muito escuro para conseguir reparar em qualquer outro detalhe —, mas não acho que seja algum conhecido, alguém com um bom motivo para aparecer na minha casa a essa hora da noite.

Recuo outra vez e pego o celular, um pouco atrapalhada, para ligar para Leo. Será que ele está seguro lá dentro? E Ruby? Olho uma última vez antes de ligar, então vejo o homem se virar e entrar em um carro pequeno, parado ao lado do meu.

Ele acelera e vira à esquerda na Frognal Rise.

Fico esperando por um bom tempo, mas ele não volta.

Eu me lembro do homem do lado de fora do meu trabalho em Plymouth. O mesmo porte, o mesmo boné cobrindo o rosto. O medo cresce em meu peito.

Será que é a mesma pessoa?

Começo a vasculhar em minha memória os homens que me mandaram mensagem no Facebook, mas faz dias que não olho minha caixa de entrada, sem contar que nenhum deles usa a foto verdadeira.

Depois de uma longa espera, saio do beco e corro em direção à minha casa, com o coração disparado.

Quando chego ao portão, vejo algo amarelo preso no portão da casa ao lado. Algo fino, pendurado. Paro no meio da rua. É uma placa de "vende-se".

É claro. Eles disseram no mês passado que iam colocar a casa à venda.

Eu me permito sorrir. O homem só estava dando uma olhada na casa que tinha visto na internet. Só isso. Há milhões de homens de boné no mundo. O esquisitão de Plymouth, a centenas de quilômetros de distância, não tem nada a ver com esse homem — esse homem inocente, que poderia acabar virando meu novo vizinho.

Guardo o celular na bolsa e paro nos degraus do nosso pequeno jardim, esperando a respiração acalmar. Provavelmente vai aparecer um monte de gente para vir olhar a casa nos próximos dias, antes de começarem de fato as visitas. É bom eu ir me acostumando.

Então do nada me dou conta — talvez por já estar no modo de alerta, talvez por ser algo incomum — de que a luz da sala de jantar também está acesa, assim como as outras da casa. Leo esteve ali.

Meu coração dispara de novo. Por quê?

Porque ele estava procurando alguma coisa dele.

Porque Ruby entrou ali antes de ir dormir.

Por um milhão de motivos, nenhum deles envolvendo Leo se esgueirando por pilhas de coisas da vovó e encontrando os papéis que escondi na semana passada, que ele não tem como saber que sumiram, porque nem sabia da existência deles.

Mas agora percebo que preciso tirá-los dali. Tirá-los de casa. Eu nunca devia tê-los deixado ali, sob nosso teto: mesmo com o armário trancado, não valia o risco.

Preciso dar um jeito nessa mania de acumular coisas. Acho que Leo tem razão.

Amanhã de manhã, antes de Leo e Ruby acordarem, vou colocar tudo na bolsa e levar para o trabalho. Vou trancar na minha gaveta até que consiga jogar tudo fora, o que já deveria ter feito há anos. Essas besteiras, esses testemunhos dos momentos finais de minha vida passada, poderiam destruir tudo que é mais precioso para mim. E para quê?

Quando abro a porta de casa, ouço Leo conversando com Ruby, que recentemente começou a descer às dez da noite, dizendo estar acordada desde a hora que foi se deitar. (Ela nunca estava.) Penso em minha menininha com as bochechas rosadas dizendo que não dormiu, tentando negociar com seu paizinho querido.

Ruby é o centro de meu universo. Eu morreria por ela sem nem pestanejar — mas percebo que isso não faz diferença, considerando onde estive hoje à noite. Ou os papéis escondidos no meio da bagunça dos documentos da minha avó.

Ele ainda está lá. E sempre estará. Nunca terei um desfecho, porque ele é o amor da minha vida.

O amor da minha outra vida, me corrijo, cansada, mas essa frase faz cada vez menos sentido, e meu coração sabe disso.

CAPÍTULO 10

Leo

Quando a vi pela primeira vez, Emma estava sentada do outro lado da igreja no velório de sua avó em Falmouth. Eu me lembro dela desafinando todas as notas durante os cantos, sem se importar; de suas risadas enquanto falava sobre o gosto de sua avó por homens jovens. Ela tinha o cabelo curto e cacheado, que colocava atrás das orelhas, e estava usando um casaco de feltro amarelo; e, naquela igreja tomada pela escuridão do inverno, ela parecia uma chama brilhante.

Após o enterro de Gloria, Emma foi assistir à competição de regata no estuário de Fal. Um vento forte do nordeste soprava na direção das ladeiras atrás de St. Mawes, e ela o encarava de frente, enquanto ele fazia seu cabelo balançar, afastando-o do rosto. Pensei no casaco amarelo que Jess, minha ex-namorada, havia comprado uma vez na tentativa de dar uma renovada no guarda-roupa, mas que nunca ficou muito bom nela. Eu me lembrei da noite que ela me perguntou se eu ainda a amava e respondi que sim, depois a acordei à uma da manhã para dizer que, na verdade, sentia muito, mas não a amava mais.

Fiquei olhando essa mulher, que ficava perfeita de casaco amarelo, e torci para que não estivesse sorrindo por causa de um homem.

Mas logo me senti mal por isso, porque a gente estava no velório de sua avó.

O problema é que eu tinha me apaixonado por Emma antes mesmo de vê-la pessoalmente.

Escrevo todo tipo de obituário, mas minha especialidade são os de políticos. Isso se deve, em grande parte, ao fato de eu ter trabalhado na editoria de política antes de ir para a de obituários, então as pessoas acreditavam que eu possuía um vasto conhecimento sobre Westminster. (Eu tinha um conhecimento razoável.)

Quem nos contou sobre a morte de Gloria Bigelow foi um agente funerário, o que só costuma acontecer quando o falecido não tem parente próximo. Eu já tinha ouvido falar dela, uma das poucas mulheres Membro do Parlamento em Londres na década de 1950, entusiasta das brigas da Câmara dos Comuns, mas estava afastada da vida política fazia tantos anos que ninguém havia pensado em deixar seu obituário pronto.

Liguei para a neta de Gloria, Emma, para pedir alguns detalhes. Conversamos por mais de duas horas. No fim da ligação, eu estava inebriado.

Ela me convidou para o enterro, o que também não é comum de acontecer, além de ser um convite que a gente não costuma aceitar, principalmente se o enterro for nos confins da Cornualha. No entanto, aceitei porque precisava conhecê-la. Fui ao Soho às nove da noite só para cortar o cabelo em um desses barbeiros baratos que ficam abertos até tarde.

Cheguei atrasado ao enterro — mal consegui passar pela porta em frente ao caixão da avó dela —, então só pude conversar com Emma na recepção do Greenbank Hotel, onde armei um encontro perto do bufê de sanduíches.

— Olá! Emma Bigelow — disse ela, estendendo a mão.

Por algum motivo, eu me apresentei como Gloria.

— Ah, é? — Sua mão ficou pairando sobre a maionese de ovos. — Pensei que você fosse o Leo.

— Merda. É, Leo.

Ela riu.

— Não duvido nada que minha avó fosse capaz de fingir que morreu só para aparecer disfarçada no próprio enterro.

— É mesmo?

— Sim, seria a cara dela.

Peguei uma garrafa de vinho tinto e enchi sua taça, determinado a fazê-la ficar ali comigo.

Ela ficou, mas muitas pessoas queriam falar com ela. Por um bom tempo, fiquei parado ao lado dela, perto dos sanduíches, observando enquanto Emma conversava com políticos, amigos, e, para minha surpresa, um antigo primeiro-ministro.

— A vovó transou com ele algumas vezes — contou Emma, quando o homem se afastou. Fiquei olhando para ela. — Ela odiava esse cara, odiava o que ele fazia na política, mas ele era um animal na cama; ela não conseguia resistir.

— Não acredito — eu disse, por fim. — Não, você está de onda com a minha cara.

Depois de um instante, ela riu.

— Está bem. Acredite no que quiser.

Um homem com uma barba majestosa veio conversar com Emma sobre a época que conduzia a orquestra amadora na qual Gloria tocara por mais de vinte anos.

— Ela era terrível — disse ele, de forma carinhosa. — Não calava a boca nunca. Nunca ensaiava. Mas tocava muito bem; não tinha como expulsá-la, nem se eu quisesse.

Emma assentiu, orgulhosa.

— Minha avó era terrível de muitas maneiras.

Eu me apoiei na parede, ouvindo a conversa deles, fazendo uma lista mental dos adjetivos que usaria se tivesse de escrever o obituário de Emma. Formidável e hipnotizante, finalmente decidi. Ela era uma força da natureza.

Fui ao banheiro e vi no espelho que minha língua estava roxa. Tentei limpá-la.

— Emma — disse para meu reflexo. — Emma, queria te convidar para sair.

É claro que não disse nada disso, mas acabamos conversando por horas, muito tempo depois de os outros convidados terem ido embora.

Os funcionários do hotel foram jantar, e o sol de inverno iluminava as águas do estuário.

Ela disse que morava em Plymouth, mas que ficaria por ali por mais uma semana: ela era uma ecologista marinha e tinha combinado de ajudar um de seus colegas em um estudo que estava conduzindo sobre um riacho estuarino. Tinha algo a ver com material particulado e compostos biogeoquímicos nos riachos de Fal River.

Eu não fazia a menor ideia do que aquilo queria dizer, mas gostei de imaginá-la usando um daqueles trajes de proteção, coletando amostras tóxicas em um rio perigoso e guardando-as em um recipiente criogênico vedado.

Quando comentei isso, ela deu uma gargalhada e disse que era mais provável que usasse galochas e luvas sem dedos.

— Mas posso conseguir um traje espacial, se você preferir.

Percebi que ela estava dando em cima de mim.

Ao longo da noite, demonstrei tanto interesse em ecologia costeira que Emma me convidou para acompanhá-la em uma caminhada que ela ia conduzir na manhã seguinte às margens de um riacho. Era em Devoran, uma cidadezinha próxima de onde havia um cais antigo e uma "vida selvagem fascinante".

Ao nosso redor, os mastros dos barcos tilintavam sob o céu que escurecia. Eu tinha uma passagem de trem de volta para Londres naquela noite e nenhum lugar para ficar na Cornualha, mas aceitei o convite.

— Estou ficando em um yurt — anunciou Emma, quando os funcionários do hotel acenderam as luzes para nos dispensar.

Eu não fazia a menor ideia do que ela estava insinuando, se é que estava insinuando alguma coisa. (Na verdade, eu nem sequer sabia o que era um yurt. Não conhecia muito o gosto da classe média por acampamentos de luxo e nunca tinha visitado a Ásia Central.)

— Meu cachorro também está hospedado lá. Ele se chama Frogman.

Caminhamos pelo pequeno píer do hotel. O ar estava tão gelado que chegava a doer os ossos, e a água estava escura como piche. Tentei imaginar como seria um cachorro chamado Frogman.

— Adorei conversar com você — disse Emma, de repente.

Notei uma leve timidez em seu tom de voz e me perguntei se "formidável" tinha sido um adjetivo injusto para descrevê-la.

— É, foi razoável — respondi, dando de ombros.

Ela sorriu.

Eu sorri.

Emma fechou bem o casaco amarelo no corpo.

— Vejo você amanhã no cais de Devoran às dez — disse ela e foi embora.

Eu me hospedei no Greenbank, que estava muito acima do meu orçamento naquela época, e me deitei na cama, relembrando as histórias de Emma sobre seu trabalho e sobre sua avó. No dia seguinte, liguei para o trabalho dizendo que estava doente e parti para a caminhada ecológica. Ninguém mais apareceu; éramos apenas eu, Emma e Frogman, um terrier agitado.

Emma dava passadas largas ao longo das poças prateadas com sua saia longa e suas galochas, enquanto favas-do-mar estouravam sob seus pés e sua fala era abafada pelo som de aves limícolas. Ela pegou amostras de centella asiática e acelga-brava para eu comer, cantarolando baixinho em um tom desafinado. Emma me deu uma aula sobre minhocas-da-lama e vermes-flor-da-areia, poluentes e lixo, algas e aves limícolas. Ela havia levado uma garrafa com sopa, o que foi a minha sorte, porque eu não tinha me planejado para o almoço. (Esse tipo de coisa a incomoda até hoje.)

Demorei horas até perceber que ela tinha trazido apenas duas canecas de sopa. Que não havia nenhum pôster de "Caminhada ecológica" na árvore que ficava no cais, embora houvesse pôsteres sobre várias outras coisas. Ainda assim, eu não conseguia acreditar que ela poderia ter armado tudo aquilo só para que a gente se encontrasse de novo.

Mas, mas...

— É claro que não tinha nenhuma caminhada ecológica! — disse ela, quando perguntei se fazia isso sempre. — Eu só queria ver você de novo.

Ela ria, me encarando, então tirou a luva de uma das mãos, apoiando-a sobre a perna.

— Que ardilosa — falei, cruzando os braços e olhando em seus olhos.

De jeito nenhum eu ia pegar sua mão. Não ainda.

Ficamos sentados no banco, em silêncio, tomando sopa, até a escuridão ir se espalhando e o ar gelado começar a incomodar. Em seguida, fomos para o yurt, onde estavam seu secador, sua chapinha e uma geladeira para gim-tônica.

— Não estou em um retiro espiritual — declarou ela, ao perceber que eu estava observando.

Ela me contou sobre a morte do pai antes de ela entrar na faculdade, sobre o período que viveu com a avó em Hampstead. Então se sentou perto de mim no sofá, me olhando nos olhos várias vezes, o rosto próximo ao meu.

Ficamos conversando até que, por fim, não aguentei esperar nem mais um segundo. Eu me aproximei e toquei seu rosto, deslizando o dedo pelo pescoço, e ela estremeceu com meu toque.

Ficamos sentados ali, paralisados, um encarando o outro.

— Meu Deus, você é encantador — disse ela.

— Eu sou — concordei.

Parecia que eu ia ter um derrame a qualquer momento se nada acontecesse.

— O problema é que... Eu não sou encantadora — disse Emma, desviando o olhar.

Pensei nas palavras dela por um momento.

— Discordo.

Ela me fitou e disse:

— Ah...

Ela parecia insegura.

— Sendo bem sincero, Emma. Eu não estaria num yurt, no campo, no meio da noite, sem ter onde ficar e com o meu chefe mandando indiretas por mensagem sobre minha "intoxicação alimentar", se não te achasse encantadora.

— Ah — repetiu ela. — Que bom. Mas, olha, o problema é que...

— Problema?

Ela suspirou.

— Tem uma coisa. Nada de mais. Bem, mais ou menos...

— Você é comprometida?

— Não! Claro que não.

Eu olhei ao redor do yurt, repleto de livros, potes e objetos que pareciam ser equipamentos de laboratório. Frogman me observava. Como uma mulher tão inteligente, engraçada e bonita ainda estava solteira?

— Tem certeza? — perguntei.

Ela pegou minha mão e a levou de volta para seu rosto, fechando os olhos por um instante enquanto eu tocava sua pele.

— Tenho. É só que... eu... eu sou complicada.

Eu ri.

— Ainda bem que eu sou bem simples — falei.

Ela também riu.

— Gosto de você — disse ela, então se aproximou e me beijou.

Foi tão gostoso. Eu tinha a sensação de que tudo estava mudando ao meu redor, enquanto nos deitávamos na cama, tirando nossas roupas, começando devagar e depois indo cada vez mais rápido.

Nos meses seguintes, cheguei a pensar naquela conversa algumas vezes. Eu me perguntava por que essa mulher, que parecia tão aberta e disposta a amar, achava que era complicada. O que ela estava tentando me dizer? Perguntei isso a Emma algumas vezes, mas ela apenas dizia que tinha um histórico de autossabotar seus relacionamentos.

— Mas não vou sabotar esse — prometeu ela, e eu acreditei.

Como não acreditaria? Ela vivia dizendo que estava perdidamente apaixonada. Quis se mudar para Londres para poder passar mais tempo comigo. Ainda que sua carreira estivesse na região costeira e ela fosse professora na Universidade de Plymouth, acabou dando um jeito de conseguir um segundo emprego na UCL, ministrando aulas de conservação aquática na pós-graduação em ecologia costeira e estuarina. Reduziu a carga horária em Plymouth para dois dias na semana e encarava longas viagens de trem e também pela rodovia M4. Tudo por minha causa.

Ela sugeriu que a gente vendesse meu apartamento em Stepney Green e sua casa em Plymouth e fosse morar na casa de sua avó. Falou que queria ter filhos. E foi ela quem me pediu em casamento, certa noite em um restaurante turco em Haringey, enquanto tomávamos uma garrafa de vinho barato que tínhamos comprado em uma lojinha vinte e quatro horas ao lado do restaurante.

— Casa comigo — disparou, enquanto eu colocava uma garfada de ali nazak na boca.

Parei de mastigar.

— O quê?

— Leo! Você não pode dizer "o quê"! Eu acabei de pedir você em casamento.

Tomei um gole de água para engolir a berinjela.

— E você não pode simplesmente me pedir em casamento enquanto estou comendo kebab.

— Por que não?

— Porque não!

— Bem, mas foi o que acabei de fazer — rebateu.

A gente ficou se encarando na mesa, de forma desafiadora.

— Você está falando sério? — perguntei, por fim, porque sempre sou o primeiro a ceder.

Até hoje é assim.

Ela começou a rir.

— Estou. Só queria resolver isso logo.

Peguei minha taça.

— Você "só queria resolver isso logo"?

Ela estava morrendo de rir.

— Sim. Eu... desculpa...

Então comecei a rir também. Não conseguia nem beber o vinho.

— Você é inacreditável. Então isso é sério mesmo?

— É. Eu te amo mais que tudo nesse mundo, Leo, e nunca pensei que ia querer me casar um dia, mas eu quero. Não vejo a hora de poder te chamar de meu marido. Então, por favor, diga que sim.

Nós dois paramos de rir e ficamos nos encarando, como naquela primeira noite que passamos juntos.

— Sim — respondi baixinho, e a alegria irradiava dentro de mim como raios do sol ao amanhecer. — Sim.

Ela se levantou da cadeira, se sentou em meu colo e me beijou, depois enterrou o rosto em meu pescoço.

— Desculpa. Faltou um pouco de finesse, mas não conseguia esperar mais. Eu te amo. Te amo. Te amo tanto, Leo.

Ela me deu um anel de plástico, e nós continuamos comendo nossos kebabs frios e tomando nosso vinho quente, e nunca na minha vida eu tinha sido tão feliz quanto naquele momento.

Nada ali levantava suspeita. Não havia nenhum sinal de segredos ou informações escondidas. Quando ela teve a primeira de suas Fases, eu não tinha motivo nenhum para suspeitar de que algo estava acontecendo, além do fato de que ela estava deprimida. E quem não estaria, depois de ter perdido os dois pais antes mesmo de terminar o colégio?

Agora estamos deitados na cama, horas após ela ter voltado do jantar com Jill. Emma apagou rápido, e eu continuo acordado e tenso. Fico revisitando aquela primeira conversa, os alertas que ela me deu, quando estava apaixonado demais para me importar. Por que não dei mais atenção a isso? Por que não conversei com ela sobre isso?

Parte de mim ainda torce para que isso seja apenas um mal-entendido; que talvez eu possa estar exagerando, mas minha intuição diz que não é o caso. Minha intuição diz que ela escondeu a papelada em um lugar onde achava que eu nunca ia olhar. E que pelo menos metade desses papéis não fazia o menor sentido. Ela vinha sendo assediada por um monte de homens no Facebook, mas nunca me contou nada. Nada disso parece algo inocente.

Ruby havia descido para o escritório antes que eu tivesse a chance de ver o que tinha na sacola verde. Depois Emma chegou.

O que mais tem ali? O que mais eu não sei sobre minha esposa?

A dúvida paira no ar como uma tempestade sobre o mar. Ou confesso que invadi sua privacidade ou fico quieto, aguardando e torcendo para que o vento mude de direção.

Nenhuma das opções parece boa.

CAPÍTULO 11

Leo

Ruby está usando suco de maçã para deixar o cabelo ralo da mãe, que acabou de crescer, todo espetado.

— Estou transformando a mamãe em um monstro — diz. — Daqueles malvados, perigosos e venenosos.

— É mesmo. Ficou a cara dela — digo. Então, de repente, olho para Emma e solto: — Os formandos de St. Andrews usam roxo na cerimônia, não azul.

Trouxemos Ruby para um show ao ar livre do Tom Jones em Kenwood House, com meu irmão, Olly, e a família dele. Olly e Tink têm dois meninos que são uns pestinhas. A mãe está dando uma bronca em Oskar em norueguês porque ele escalou a torre de som no meio da plateia, e a segurança do evento está cuidando do caso. Seu irmão mais novo, Mikkel, sumiu, então Olly e eu ficamos andando pelo parque chamando seu nome. A segurança do evento também está envolvida nisso.

Eu tinha acabado de parar onde estava nossa toalha de piquenique para ver se Mikkel havia voltado, mas encontrei apenas Emma e Ruby comendo quiche e cantando a música de abertura da Vila Sésamo.

Emma franze o cenho, sob as mãos de Ruby.

— Como assim? O que tem St. Andrews?

— Os alunos de St. Andrews usam uma beca com detalhes roxos, e não azuis, na formatura — repito, meio ofegante.

Eu me abaixo e sento nos calcanhares, meio que olhando para ela, meio que tentando ver se encontro Mikkel.

— Não estou entendendo — diz Emma.

Faz três dias que encontrei a papelada da PASTA DE COISAS IMPORTANTES dela escondida em um canto da sala de jantar.

Desde então, toda noite abro a boca para confrontá-la quando vou me deitar. Mas, toda noite, naquele mesmo instante, ela se aconchega e me abraça, então fico com medo de estragar a noite e, possivelmente, nossa relação.

Mas o problema é que Emma não contou uma mentirinha inofensiva, nem eu interpretei errado o que vi. Ela mentiu deliberadamente sobre sua formação acadêmica. Por que ela faria isso? Por que alguém faria isso? Se fosse apenas isso, eu estaria surpreso. Um pouco chocado. Mas não é só a coisa da universidade. É todo o resto.

Ruby tenta desmanchar o penteado da mãe com os dedos melados, e Emma se encolhe:

— Isso dói!

— Dicupa — diz Ruby, séria, antes de continuar.

Vai ser triste quando ela aprender a falar essa palavra do jeito certo. Emma se vira e pega Ruby no colo.

— Você é uma tirana. Anda, me dá um beijo.

Será que Emma está tentando me distrair?

Vejo, ao longe, meu irmão arrastando Mikkel pelas toalhas de piquenique. Ainda bem que ele está levando o filho para a confusão da torre de som com seu irmão mais velho.

— Sua foto de formatura me chamou atenção — digo, soando irritado. — Nela você está usando um capuz azul e dourado. Mas a cor de St. Andrews é o roxo com uma borda aveludada branca. Reparei nisso outro dia e desde então estou um pouco confuso.

Emma dá um pote com grissini e uma pastinha verde para Ruby.

— Sério? Bom, não devia ser roxo quando me formei. Só coloquei o que o pessoal do cerimonial disse que eu tinha que usar.

Ruby enfia um grissini na minha orelha.

— Desculpa, Leo, mas não estou entendendo. Por que você está criando caso com a minha foto?

— Porque eu... Quando você se formou em St. Andrews?

— Você sabe quando eu me formei! Em 2001.

O show de abertura acabou, e as caixas de som ao lado do palco tocam funk, enquanto homens de preto arrumam o palco para Sir Tom. Olly, Tink e, felizmente, os dois meninos estão vindo em nossa direção. A multidão se dirige aos banheiros e ao bar; os que ficam para trás guardam suas coisas, prontos para se levantar e dançar.

— Quase não consegui me formar — acrescenta Emma, de repente. — Tive uma crise por causa da morte dos meus pais no final do segundo ano. Quase abandonei o curso, mas consegui reverter o processo antes de ser expulsa do campus.

Há outra pausa, enquanto tento decidir se acredito nela ou não. Atrás de Emma, o céu está tomado por faixas azuis e magentas.

— E, quanto às roupas, não faço a menor ideia, Leo. Pode ser que as cores mudem ao longo dos anos, não?

O que ela diz faz certo sentido. Se eu tivesse mais tempo com sua PASTA DE COISAS IMPORTANTES, poderia ter encontrado outra carta de St. Andrews aceitando-a de volta ao curso. E eu também poderia ligar para a universidade, ou até mesmo para o cerimonial, e perguntar se as cores do bacharelado em ciências tinham mudado ao longo dos anos. Caramba, eu poderia simplesmente ligar para Jill, se quisesse, e perguntar se Emma tinha concluído o curso.

Mas a verdade perturbadora é que não quero fazer nada disso. E se eu acabar descobrindo que ela me enganou? Ainda mais agora, depois de eu ter dado uma chance para ela esclarecer as coisas?

Descobri, por acidente, que sou adotado. Algumas semanas depois de a gente se conhecer, levei Emma, todo orgulhoso, até Hitchin para apresentá-la aos meus pais e, durante o almoço, subi até um dos quartos para procurar uma foto antiga ou uma bugiganga; não lembro exatamente o quê. Meus pais estavam trocando o carpete do quarto deles, então o outro estava cheio de caixas que geralmente ficavam embaixo da cama deles. Vi uma pasta com uma etiqueta escrita COISAS DE BEBÊ DO LEO e a abri. Afinal, por que não abriria? Eu esperava encontrar fotos, quem sabe uma pulseira do hospital ou um envelope com uma mecha do meu cabelo quando era bebê.

Em vez disso, encontrei minha certidão de nascimento com o nome ANNA WILSON no campo "mãe" e DESCONHECIDO no campo "pai". Meus pais, que estavam sentados lá embaixo, se chamam Jane e Barry Philber.

Nunca esquecerei as coisas que encontrei dentro daquela pasta: a papelada da adoção, as inúmeras correspondências de autoridades locais e, para minha surpresa, uma carta de uma agência, perguntando se minha mãe biológica poderia entrar em contato comigo. Alguém respondeu negando o pedido.

Eles negaram o pedido.

Eu me lembro do barulho do caminhão do sorvete parando no parque; o tique-taque suave do relógio de meus pais. Eu me lembro de reconhecer a raiva em meio ao turbilhão de coisas que passavam pela minha cabeça enquanto pensava no que viria pela frente. Eu não queria destruir meus alicerces e começar a escavar. Queria que Jane e Barry Philber fossem meus pais.

No entanto, olhando em retrospectiva, cheguei à conclusão de que a coisa mais dolorosa daquele dia foi o baque da minha ficha caindo ao folhear os papéis da adoção. Eu nunca tinha pensado na possibilidade de não fazer parte daquela família e, mesmo assim — no meu coração, nos meus nervos, em algum lugar, por toda parte —, eu sempre soube. Aqueles papéis só validaram o sentimento que sempre tive de que não me encaixava em lugar nenhum.

Eu e Emma voltamos pela rodovia M1 em um silêncio sepulcral.

— Você não merecia isso, Leo — disse ela, quando voltamos para Londres. Seus olhos estavam marejados quando envolveu meu corpo retesado em um abraço. — Você não merecia nada disso.

* * *

— Cadê o Tom Jones? — pergunta Oskar, resmungando, sentado em nossa toalha de piquenique. Ele rejeita qualquer forma de autoridade, principalmente se houver uma equipe de segurança envolvida. — Tio Leo, me ensina alguma música dele?

Eu sorrio.

— Desculpa — digo para Emma e abro o isopor. — O que você disse faz sentido.

Ela dá de ombros, como quem parece não se importar.

— Acho que vou te ensinar "Sexbomb" — digo para um Oskar horrorizado. — E dar uma cerveja para os seus pais, porque eles vão precisar, depois do seu péssimo comportamento.

Meu irmão se senta ao meu lado. Ele está com raiva. Entrego uma cerveja para ele, em silêncio, e ponho uma das mãos em seu ombro. Oskar se inclina como se fosse pegar uma cerveja, algo que Olly costuma achar engraçado, mas hoje ele apenas o afasta.

— Sério, Oskar, não força a barra.

Eu e Emma ficamos em silêncio, constrangidos, enquanto Olly e Tink discutem sobre quem foi o responsável pelo que aconteceu.

Ruby sobe no meu colo.

— Papai, eu te amo. Menos quando você está fedendo.

— Eu também te amo. — Sorrio e dou um beijo em sua cabeça. — Menos quando você está fedendo. Mas você foi muito boazinha hoje. Obrigado.

— É sério isso? — explode Olly, se virando para mim.

— "Sério" o quê?

— Você está mesmo elogiando sua filha boazinha quando os meus filhos estão se comportando como delinquentes de novo?

Ele não está brincando. Oskar e Mikkel já fizeram seus pais passarem por maus bocados ao longo dos anos: acho que Olly finalmente chegou ao seu limite.

— Olly — digo, com todo o cuidado. — Olly, Ruby tem três anos. Ela ficou aqui durante duas horas sem reclamar nem sair correndo. Você se lembra de como os meninos eram quando tinham essa idade, né? Deve lembrar que isso é um feito e tanto. Eu não estava fazendo nenhuma comparação com você nem com os seus filhos.

— Tá bom, então — responde, furioso. — Que se dane.

— "Que se dane"? Olly, para com isso! Você está exagerando!

— Não venha me provocar e depois dar uma de inocente — solta Olly. — Não me insulte.

De repente, Emma se mete na discussão.

— Olly, para de ser babaca — diz Emma, bem alto.

Nós dois nos viramos. Ela está encarando meu irmão com o rosto vermelho.

— Como é que é?

Olly não esperava por isso.

— Eu disse para você deixar de ser babaca. — Emma continua encarando-o. Depois, com a voz mais baixa, diz: — O Leo acabou de rodar metade de Hampstead Heath procurando o Mikkel, que ele adora e nunca o julgou por nada, assim como nunca julgou as atitudes de vocês como pais. Você sabe disso, Olly, então dá para parar de descontar suas frustrações nele?

Todos ficam em silêncio, até Ruby. Oskar fica observando o pai, admirado.

Após uma longa pausa, Olly assente.

— Você tem razão.

Eu não acredito no que estou ouvindo.

Ele se vira para mim:

— Desculpa, cara. Passei dos limites.

— Desculpa — sussurra Emma alguns minutos depois, quando Olly e Tink estão conversando com os meninos. — Sei que você é capaz de se defender sozinho. Não tive a intenção de te diminuir.

Estudo o rosto dela.

— O que você teria feito se ele não tivesse reconsiderado? Ia dar um gancho de direita nele?

Ela dá de ombros.

— Se fosse necessário... Não vou deixar Olly nem ninguém tratar você desse jeito.

Começo a rir. Emma sempre foi muito protetora comigo; às vezes, de forma cômica. Eu a abraço quando as luzes começam a brilhar e o público chama o nome de Sir Tom.

— Você é a melhor pessoa que eu conheço — digo para minha esposa, e estou sendo sincero.

Ruby se deita em nossas pernas e diz que está na hora de uma soneca.

Escolho acreditar no que Emma disse sobre a foto da formatura. Escolho acreditar que há uma explicação plausível para ela ter levado a papelada para a sala de jantar, e que as coisas confusas que encontrei só pareciam confusas porque estavam fora de contexto.

Minha esposa é tudo que sempre acreditei que fosse. Ela me ama, eu a amo, e ficar procurando podres seria trair tudo o que havia de bom na vida que construímos juntos.

CAPÍTULO 12

Emma

— Hora do sorvete — pede Ruby, enquanto observo tufos de cabelo e poeira embaixo de um trampolim.

Eu a levei para a ginástica hoje de manhã, mas, no fim das contas, fui eu que fiquei pulando, enquanto ela comentava meu desempenho e comemorava. Agora era o Pato que estava fazendo manobras em um trampolim.

— Tudo bem — concordo.

Um pai enorme pula no trampolim, e eu preciso me manter agachada. Pego logo o Pato e saio dali dando uma cambalhota.

— Tudo bem, hora do sorvete.

Ruby agarra o Pato e dá um beijo em seu bico de pelúcia.

De repente, os pensamentos sobre Leo surgem novamente em minha mente, enquanto levo minha filha até a sapateira. Não sei se Leo acreditou no que eu disse sobre as becas, mas ele me pegou tão desprevenida que não consegui pensar em nada melhor.

O que será que o fez ficar desconfiado?

Por um terrível instante, pensei que ele tinha encontrado minha papelada na sala de jantar, então inventei uma história sobre quase ter sido expulsa de St. Andrews. Mas Leo é um cara de princípios, num nível quase patológico — essa é uma das muitas coisas que admiro nele —, e, mesmo se tivesse encontrado aqueles papéis, ele não os leria.

Ruby estica as pernas para eu calçar os sapatos nela, e percebo que estou muito cansada para insistir que ela os calce sozinha.

Sempre quis contar a verdade para Leo. Na primeira noite que passamos juntos no yurt da minha amiga Casey, eu estava doida para fazer isso. Mas acabei desistindo, mesmo depois de ter dormido com ele. Eu me contive e prometi que esperaria mais algumas semanas.

Depois disso, Leo descobriu que era adotado. Alguns dias depois, durante uma ligação furiosa com os pais dele, a coisa piorou: Jane admitiu que a mãe biológica de Leo tinha morrido do coração dois anos antes. Ele nunca poderia conhecê-la.

Enquanto lhe dava apoio naqueles tempos difíceis, entendi que não poderia contar a ele sobre meu passado. Não naquele momento, quando estava lidando com tanta coisa — e, talvez, nunca. Comecei a me consultar com uma terapeuta, que, até hoje, é a única pessoa além de Jill que sabe de tudo. E ela me encorajou a pensar novamente no assunto quando as coisas estivessem mais calmas para Leo. Concordamos que o fim do ano seria um bom momento.

Então, nove meses depois, olhei nos olhos do meu namorado — que, àquela altura, já era meu noivo — e soube, sem sombra de dúvidas, que não podia contar para ele. Não pelo tempo que já havia se passado, mas porque eu o conhecia bem o suficiente para saber que ele jamais conseguiria lidar com aquilo, por mais que tentasse. Não apenas com a revelação em si, e sim com o fato de eu ter escondido tudo dele. Depois de tudo o que passou com a desonestidade dos pais, essa seria a pior das traições para Leo.

Deixei a Universidade de St. Andrews no outono de 2000, aos vinte anos, e só voltei a estudar aos vinte e três. Na segunda vez, escolhi a Open University. Eles não ofereciam o curso de biologia marinha, mas eu estava feliz em cursar biologia — eu poderia fazer o mestrado em outro lugar no futuro. Já não tinha mais paciência para coisas que adorava na minha primeira graduação: semana dos calouros, alojamento estudantil, conversas interessantes sobre política durante a madrugada enquanto alguém chorava ouvindo Jeff Buckley em um canto.

Não tinha mais paciência para pessoas, a não ser para minha avó. Eu estudava sozinha, na British Library ou na cama, e, quando terminei o curso, agendei uma cerimônia de formatura em Birmingham, porque vovó havia me dito que não ia até lá fazia anos e que adoraria passar o dia na cidade. No entanto, quando o dia da minha formatura chegou, ela estava doente, então acabei indo sozinha. Mas, mesmo assim, encarei os rostos na multidão quando desci do palco com meu diploma, como uma viajante solitária na área de desembarque do aeroporto: aquela esperança absurda que temos, como humanos, de que não estamos sozinhos, mesmo quando tudo indica que estamos.

Por um milésimo de segundo, pensei ter visto meu pai, uma cabeça com cabelo bem baixinho, em uma fileira na lateral, o rosto escondido pelas sombras. Mas era o pai de outra pessoa, sentado ao lado da mãe de outra pessoa, aplaudindo alguém que não era eu.

Tomei meu merecido drinque de comemoração no último andar do Birmingham Symphony Hall, com uma mulher gentil, representante dos ex-alunos. Ela perguntou quais eram meus planos para o futuro. Terminei meu vinho e disse que a primeira coisa que faria seria mudar de nome.

Ela ergueu a taça.

— Que ótimo! — E depois: — Espera, o que você disse?

— Vou mudar meu nome — repeti.

Era a primeira vez que eu bebia depois de muito tempo. Percebi que alguém tinha jogado metade de um hambúrguer em um vaso de planta perto da gente.

— Vou me chamar Emma Merry Bigelow. Bigelow é o nome da minha avó, e ela é durona. E Merry, bem, é um nome que me dá alegria. Não quero nunca mais ter que pensar no meu antigo nome. Bom, é isso, tenha uma boa tarde. Obrigada por ter me procurado.

Então fui embora, atravessando um centro de convenções vazio rumo a um canal, por onde caminhei durante horas, às margens de águas tranquilas, com as folhas de bétulas brancas flutuando pelo caminho.

Enquanto sigo com Ruby pelo estacionamento do parque de trampolim, meu telefone toca. Ruby percebe meu nervosismo enquanto procuro o celular, mas não diz nada.

É a mãe do Leo. Ela costuma ligar quando ele demora a responder suas mensagens de texto, e é sempre nas quartas, porque ela sabe que não trabalho nesse dia.

— Jane — digo, com a mão no peito.

Preciso ficar calma. Ele não vai ligar. Ele disse "nada de contato" e estava falando sério.

— Ai, Emma, que bom! Como você está? Só estou ligando para avisar vocês que Barry está gripado desde domingo — diz ela, sem parar para ouvir como estou. — Gripe forte, ele está muito abatido.

Ela soa nervosa ao telefone, e sei exatamente o que isso quer dizer. Apoio o celular com o ombro e ponho o cinto de segurança em Ruby, sinalizando com os lábios que, sim, a gente vai comprar sorvete. O céu está turvo e carregado; o vento é intenso e promete mais chuva.

Eu me sento ao volante quando encerro a ligação, e, no mesmo instante, meu telefone toca outra vez.

— Pelo amor de Deus, Jane — suspiro, quando pego o telefone.

— Pelo amor de Deus, Jane — Ruby suspira ao fundo.

Mas não é Jane.

Uma notificação na tela do meu celular diz *Preciso te ver de novo*. Depois de um tempo, abro a conversa.

Por favor, diz a segunda mensagem.

— Mamãe, mamãe! SORVETE!

Vasculho a bolsa e encontro um exemplar de *The Marine Professional*, que entrego para Ruby.

— Toma. Acho que você devia aprender sobre as enguias-do-mar.

— Tá bom — concorda Ruby, mas só porque a peguei de surpresa. Tenho talvez uns trinta segundos até começar a dirigir rumo à sorveteria.

A gente concordou que não havia mais nada a dizer, respondi. *Por que você quer me ver?*

Ele começa a digitar uma resposta. Eu espero.

Então responde: *Vou para Northumberland na semana que vem. Preciso resolver umas coisas no chalé. A gente podia se encontrar lá, se você não estiver à vontade para me encontrar em Londres.*

Fecho os olhos. Sim. Não. Sim. Não.

Tenho uma conferência em Newcastle na semana que vem. Seria fácil. Menos de uma hora de carro.

Mas Leo. Ruby. Minha promessa.

CAPÍTULO 13

Leo

— Leo, você tem um minutinho? — pergunta alguém.

Levanto a cabeça: é Jim McGuigan, o editor-chefe, sentado tranquilamente na cadeira de Kelvin. Sua animação é desconcertante.

O restante da equipe está no horário de almoço.

— Claro.

Salvo meu arquivo no computador. Estou escrevendo sobre a morte de um agente duplo da Guerra Fria, uma dica de um de nossos leitores. Ele faleceu em Moscou recentemente após uma aposentadoria agitada importando Jaffa Cakes e Yorkshire Tea.

— É sobre um dos seus textos — diz Jim. — Sobre Janice Rothschild.

— É?

Patrick, o cara charmoso que cuida das editorias da Corte e Sociedade, para de digitar para prestar atenção. Jim acena para que entremos na sala de reuniões do outro lado do corredor a fim de termos privacidade.

Eu o acompanho.

Um dos redatores dos nossos suplementos de fim de semana me pediu que escrevesse uma matéria curta sobre Janice, que foi publicada há uns dias — nada parecido com um obituário, é claro, apenas um panorama sobre sua vida e carreira até hoje. Ela ainda está em todos os noticiários; não há nenhum sinal dela e a polícia parece não ter avançado nada. Os leitores querem saber mais sobre a vida dela.

Sempre recebemos reclamações na editoria de obituários, principalmente de parentes em luto que pensam que é nosso papel alimentar a máquina de propaganda de seus entes queridos. Se a gente não escreve uma hagiografia comovente, e sim um relato honesto sobre o falecido — com seus crimes, preconceitos, contravenções sexuais e tudo mais —, costuma receber cartas furiosas. Mas o texto da semana passada sobre Janice era bem positivo, e a matéria teve boa aceitação on-line. Estou surpreso que alguém tenha feito alguma reclamação.

— Na verdade, foi Jeremy Rothschild quem reclamou — diz Jim, enquanto me sento à mesa de reunião vazia. — Ele ficou chateado por você ter mencionado a história da Janice ter deixado a unidade psiquiátrica após o nascimento do filho deles.

Fecho a cara.

Ele faz o mesmo, com seu ar de gerente sênior.

Uma das primeiras coisas que fiz enquanto estava escrevendo essa matéria foi reler o texto que encontrei em nossa rede. Era bem curto: algumas poucas fotos de Jeremy e Janice saindo da unidade psiquiátrica para mães e bebês, e uma nota que dizia exatamente isso. O jornal que publicou as fotos não tem muitos escrúpulos, mas eles se cercaram de um exército de advogados e foram inteligentes o bastante para não fazer nenhuma especulação. As fotos, por si só, são o suficiente para dar a entender que Janice teve alguma emergência psiquiátrica após dar à luz.

Eu me referi a esse episódio em meu texto, é claro. Teria sido negligência da minha parte não mencionar uma crise de saúde mental anterior, uma vez que ela desapareceu do nada. E, além disso, as fotos são de domínio público — não são exatamente um segredo. Tenho certeza de que outros jornais também as encontraram e escreveram sobre elas.

É isso que digo para Jim.

Ele concorda com a cabeça, como quem compreende.

— As fotos causaram muito sofrimento para ela na época. Para os dois, na verdade. Jeremy achou que foi falta de sensibilidade trazer o assunto à tona num momento como esse.

Não acredito que estou ouvindo isso de um editor de jornal.

— Você está dizendo que queria que eu tivesse abafado a história? — pergunto, após uma pausa.

Jim parece dividido, então balança a cabeça:

— Não, claro que não. Para falar a verdade, fiquei tão surpreso quanto você com isso tudo. Imagino que ele esteja apenas passando por uma fase difícil e não esteja pensando racionalmente. Mas ele é um bom amigo.

É claro. Eles devem frequentar algum clube caro em algum lugar; eles e o restante da nata do jornalismo moderno. Percebo que meus sapatos estão desgastados. Jim está usando belos sapatos sociais.

— Fui direto com ele — conta Jim. — Disse que uma retratação ou um pedido de desculpas estavam fora de cogitação. Mas acho que seria melhor outra pessoa escrever o obituário, se for mesmo o caso de Janice ter... partido.

Dou um rápido sorriso. Autores de obituários provavelmente são as únicas pessoas na face da Terra que não temem falar que alguém "morreu" ou que está "morto". É bem interessante ficar observando as pessoas titubeando e usando palavras como "partida" ou "perda".

— Não fizemos nada de errado. Você não fez nada de errado. Se uma coisa é verdade, a gente publica. Mas ele é uma pessoa amiga, está muito preocupado com a esposa, e não quero piorar as coisas dando o obituário dela para você. É só isso.

— Certo — digo, por fim. — Mas estou surpreso. Quer dizer, os obituários não são assinados. Ele não teria como saber quem escreveu.

— Discordo. Seus obituários são brilhantes e inconfundíveis, Leo.

Em uma indústria que carece de retornos positivos, esse é, de longe, o maior elogio que já recebi. Tento não deixar o sorriso transparecer.

— Tudo bem — digo. — Vou passar para a Sheila.

Mas isso não está certo. Como Jeremy Rothschild, que é a personificação do que existe de mais sério e imparcial no jornalismo, é contra a menção de uma parte da vida de Janice que já é de conhecimento público? Somos um jornal de alcance nacional! Tiro uma bolinha de lã do meu suéter, me arrependendo de não ter usado o rolinho que Emma me deu na semana passada para remover pelo das roupas.

— Perfeito. Obrigado — fala Jim.

Nós nos levantamos e voltamos para a seção de obituários.

O olhar de Jim se demora na seleção aleatória de mortes no mural acima da minha mesa; escrito com o garrancho que é a minha letra. Ao lado de um dos nomes em minha lista de ÓBITOS PARA ESCREVER está escrito *Merda! Pelo visto não morreu ainda!*, também com letra cursiva. Ele parece se demorar ainda mais nessa parte.

— Continue assim — diz, hesitante, antes de deixar nosso cantinho de morte e caos.

Saio para tomar uma cerveja no Plumbers'. Está cheio de colegas do trabalho encarando seus telefones e fingindo que os outros não estão ali. Às vezes me pergunto se o jornalismo mudou tanto assim, ou se, no fundo, todos continuamos na Fleet Street, nos matando de beber enquanto aguardamos por um *lead*.

Ligo para Emma, mas ela não atende. Tenho uma pequena crise de ansiedade quando a história de sua graduação ressurge em minha mente, mas consigo afastar esse pensamento. Posso ligar para a Universidade de St. Andrews ou até para Jill, se quiser ir mais a fundo. Mas, em vez disso, decidi confiar na minha esposa.

Dou uma olhada rápida no Twitter, caso alguma morte tenha passado despercebida.

Então a tela do Twitter some e o nome de Emma aparece.

— OI! — berra ela, quando eu atendo. — Desculpa! Eu estou no Milk com a Ruby!

Milk é um café ao qual sempre vamos. Deve ser o lugar que mais odeio na face da Terra, mas eles têm um sorvete que é adoçado com uma substância de nome esquisito que faz os pais de classe média se sentirem melhor. Têm também uma bancada de atividades para crianças, e Ruby, diferente dos pais dela, adora um trabalho manual.

— Obrigado por retornar a ligação — respondo.

Um turista na rua para e tira fotos do anúncio "CERVEJA DE BARRIL" na janela do pub, como se tivesse descoberto uma cervejaria legítima do século XVI em plena Lower Belgrave Street.

— TUDO BEM? — grita Emma.

— Mais ou menos. Jeremy Rothschild fez uma reclamação sobre mim. Ele não gostou de uma matéria que escrevi sobre Janice, que foi publicada no fim de semana, e agora não vou mais escrever o obituário dela — respondo. — Quer dizer, não estou nem aí para quem vai escrever o obituário dela — acrescento, quando Emma não diz nada. — É mais pelo princípio da coisa. Parecia que meu editor estava me ferrando para deixar o amigo feliz. E eu não gostei nada disso.

Emma diz algo para Ruby e responde:

— Desculpa, não consegui ouvir direito. Quem reclamou de você?

— Jeremy Rothschild — digo outra vez, tentando não falar muito alto.

Mas é claro que ela não consegue ouvir.

— Desculpa, amor, quem?

— Jere... Olha, deixa pra lá, não importa.

— Peraí, você disse Jeremy Rothschild?

— Isso.

— Mas que merda é essa? — fala Emma, irritada.

Lá vai ela. Como já estou alegrinho, acho melhor não pedir outra cerveja.

— Eu relatei o problema de saúde mental que Janice teve após o nascimento do filho deles. E ele não gostou. Achou que fui insensível.

— Você só pode estar brincando!

— Não.

Ela faz uma longa pausa.

— Leo. Nunca deixe de ser o tipo de pessoa que escolhe dizer a verdade. Jeremy Rothschild parece ser um tremendo megalomaníaco.

Tomo outro gole de cerveja e começo a alisar minha calça. Não preciso trabalhar de terno, mas até essas calças de sarja um pouco mais informais estão fora da minha zona de conforto.

— Hum. E como foi no trampolim, aliás?

— Foi legal — responde Emma.

Ela não está mais berrando; o café parece estar mais calmo.

— Escuta, Leo, sua mãe me ligou.

— Ai, não. Por quê?

Faz uns dez anos que descobri que sou adotado, e minha relação com meus pais ainda é esquisita. Fiquei sem falar com eles nos primeiros meses. Achava que, se a gente conseguisse superar isso algum dia, eu precisaria me afastar por um tempo, então pedi um pouco de espaço — por um ou dois meses, eu disse a eles, nada permanente —, mas minha mãe nunca respeitou isso. Ela estava sempre escrevendo e mandando mensagem.

Minha mãe é muito esperta, e, até aquele momento, sempre a considerei bem forte. Mas meu silêncio foi difícil para ela. Ela desenvolveu uma carência afetiva que até hoje parece não ter superado.

Pelo bem de Ruby, me esforcei para tentar consertar as coisas. Mas a mágoa ainda está ali, pairando entre nós. Eu tinha o direito de saber quem era, e não consigo entender como meus pais podiam pensar diferente.

— Ela ligou para falar que o seu pai está gripado — diz Emma, e depois faz uma pausa para salvar uma criança de ter a mão martelada por Ruby. — Gripe forte — continua, ao voltar. — Está muito abatido.

— Coitado — digo, com um suspiro. — Mas não consigo deixar de achar que isso seja só mais um teste.

Nos últimos meses, minha mãe começou a criar algumas situações para ver como eu reagiria. No mês passado, ela mandou uma mensagem para Emma dizendo que não estava recebendo sua aposentadoria e ninguém sabia por quê. Aquilo me deixou furioso, porque é óbvio que me preocupo com eles, mas eu sabia que ela só queria ver se eu ia me oferecer para ajudar.

— Provavelmente é — concorda Emma. — Mas você devia ligar para ela mesmo assim. Quem sabe dar uma passadinha lá para ajudar por um ou dois dias? Ela falou que ele começou a se sentir mal no domingo, então, se você esperar até a semana que vem, não vai correr o risco de pegar também.

— Argh.

— Leo — diz Emma, num tom calmo. — Eles são os únicos avós da Ruby. E são pessoas boas, independentemente dos erros deles.

— Eu sei disso. Está bem, vou ligar para ela. Você tem como levar e buscar a Ruby na creche?

Ela começa a dizer que sim, mas então para.

— Hum, peraí. Tenho uma conferência na Universidade de Newcastle na semana que vem. Desculpa, eu devia ter verificado a agenda antes de te ligar.

Por alguns minutos, ficamos tentando encontrar uma solução, e, no fim das contas, Emma se oferece para levar Ruby para Newcastle com ela. Ela só se apresenta na segunda de manhã e na quinta na hora do almoço, e disse que poderia levar Ruby às praias de Northumberland na terça e na quarta. Ruby nunca foi à "praia do caranguejo da mamãe", e eu é que não vou enfiar minha filha em uma casa cheia de vírus.

— Tem certeza? — pergunto. — Você não vai conseguir caçar caranguejos com a Ruby.

— Não vou mesmo, mas a gente pode brincar nas poças de marés e fazer castelos de areia. — Emma precisou aumentar o tom de voz novamente; o café agora parece estar lotado de bebês gritando.

— Está bem. Por que não? Depois podemos ir para lá juntos, nas férias de verão, como tínhamos planejado.

— Combinado! — diz, gritando. — Mais tarde vou agendar o voo para mim e para a Ruby.

Depois que encerro a ligação, abro o WhatsApp para falar com ela. Quero lhe agradecer por fazer com que eu me sentisse melhor.

Ela está on-line e digitando uma mensagem, então espero para ver o que tem a dizer.

Oi. Acabei de falar com o Leo. Estarei em Northumberland na semana que vem, então, sim, a gente pode se encontrar. Quando eu já estiver com tudo acertado, te mando outra mensagem para combinarmos os detalhes.

Começo a escrever uma resposta: *Acho que você mandou para a pessoa errada!* Mas, antes de enviar, paro. Para quem era essa mensagem?

Algum funcionário da Universidade de Newcastle? Ou talvez Susi, sua amiga de quando estudou na Escócia? Susi não mora hoje em dia perto de Tyneside?

Meu telefone vibra. *Desculpa. Era para Susi, não para você!*

Eu volto ao trabalho.

A tarde se arrasta em uma névoa de contagem de palavras e Emma, planejamento de obituários e Emma, telefonemas e Emma. Termino o obituário do agente duplo e começo o de uma mulher que foi responsável pela coreografia da equipe olímpica britânica de nado sincronizado por três décadas. Também descubro que um dos militares sobre quem escrevi na semana passada — a gente os chama de Bigodes — mentiu sobre sua condecoração da Segunda Guerra Mundial. Decido que não tenho forças para contar a verdade para sua família, que já é bem chata, então apenas arquivo o obituário.

Penso de novo na mensagem do WhatsApp.

Ela estava escrevendo para uma amiga dos velhos tempos, digo para mim mesmo. Não tem nada de mais.

Só que não foi o que pareceu.

Mais tarde, quando estamos nos preparando para dormir, ela corre para o banheiro.

— Código marrom — sussurra.

Por motivos que não me agradam, abro o WhatsApp e vejo que ela está on-line. Ela não está escrevendo uma mensagem para mim.

Fico sentado na cama, sentindo o cansaço se transformar em pavor. Por que estou fazendo isso? O que há de errado comigo? Emma está bem! Ela está em remissão — eu rezei por isso! E agora fico espiando o maldito WhatsApp às onze da noite, porque cismei que ela está marcando uma transa clandestina com alguém em Newcastle? Durante uma viagem de trabalho, acompanhada de nossa filha? É sério mesmo?

Eu me levanto da cama com raiva e desço as escadas. A mulher acabou de sobreviver a um câncer. Tenho de colocar um ponto final nessa história de uma vez por todas, digo, mesmo sabendo que o que estou prestes a fazer é errado, um momento de fraqueza imperdoável.

Quando chego ao meio da sala de jantar, reparo que a velha sacola verde de compras desapareceu. Mesmo assim, me esgueiro até o espaço onde ela deveria estar, no caso de meus olhos estarem me enganando. Há um novo espaço livre no chão, onde antes ficava a sacola.

John Keats se aproxima balançando o rabo.

— Ei, amigão! — digo, mas minha voz soa estranha, como tudo ao meu redor.

— O que você está aprontando? — pergunta Emma com o rosto no batente da porta.

— Estava procurando um livro de obituários — respondo, fazendo um movimento de quem procura algo em meio ao caos daquele amontoado de coisas, apesar do fato de que eu nunca guardaria nada ali. E Emma sabe disso.

— Que estranho você estar procurando isso a essa hora da noite — comenta, enquanto retira a maquiagem com um pedaço de algodão redondo.

— Eu sei, mas o Kelvin está fazendo um compilado dos nossos obituários mais memoráveis e... Achei que seria mais fácil usar minha coleção pessoal.

— Entendi. Ah, acabei de agendar o voo para Newcastle para mim e para a Ruby. Ela vai ficar muito animada!

Meu estômago se acalma. É claro. O passaporte. Ele estava na sacola, assim como o de Ruby.

A sacola vai reaparecer amanhã, e eu vou parar de agir assim.

CAPÍTULO 14

Emma

Está amanhecendo.

Quase não acordo mais chorando, mas hoje isso acaba acontecendo. Choro em silêncio, pressionando os olhos com as mãos.

Ele não está aqui e nunca estará. Nunca mais vou acordar ao lado dele.

E a dor que isso me causa, o peso paralisante, é mais do que sou capaz de suportar hoje.

Peguei Leo procurando meus documentos na sala de jantar ontem à noite. Ele ficou se revirando na cama durante horas. Fingi que estava dormindo, me perguntando quanto ele tinha visto e o que sabia.

E se ele me confrontasse? O que eu diria?

Às vezes, parece que não sei mais quem sou; qual a linha que separa o real e o faz de conta. Fico imaginando meu marido exigindo a verdade e eu sem saber o que dizer, porque já não a conheço mais.

Quando ele finalmente caiu no sono, fui buscar meus documentos em um esconderijo temporário, embaixo da cama de Ruby. Eu não devia tê-los guardado na sala de jantar na semana passada. Devia tê-los tirado de casa e ter sido mais cuidadosa ao trancar o armário para que Leo não inventasse de procurar em outros lugares.

É assim que criminosos são descobertos. Eles cometem erros quando estão sob pressão.

Enquanto Ruby está dormindo, removo um a um os papéis da minha graduação, da morte dos meus pais, a papelada da polícia e os dele. Retirei a carta que Jill escreveu para mim, há quatro anos, dizendo, "querida, você precisa dar um jeito na sua vida", depois de eu ter sumido e ela ter ido até Northumberland dirigindo para me resgatar. Retirei tudo que pudesse fazer Leo pensar que eu era outra pessoa que não a esposa amorosa e fiel em quem ele confiava, e fiz isso enquanto me xingava por não ter sido forte o bastante para me livrar de tudo aquilo antes. Uma coisa era encher a casa de quinquilharias, mas essa papelada? Era puro sentimentalismo e superstição; uma grande idiotice. Guardar esses documentos não me ligava às perdas terríveis daquela época da minha vida. Só servia para me fazer correr o risco de perder a família linda que eu tinha agora.

Mais tarde, quando estou no trabalho, recebo a ligação de um número desconhecido. Estou com meus pós-graduandos de riscos geológicos costeiros, conversando sobre inundações fluviais e cheias no estuário do Tâmisa. O dia está quente, e as janelas estão todas abertas, o que faz com que seja difícil pensar em tempestades e planícies alagadas por enchentes.

Quando reparo no celular aceso em minha bolsa, apenas o ignoro. Porém, quando ele toca mais uma vez, peço licença e vou para o corredor.

— Alô — atendo, mas a ligação cai.

Verifico as chamadas perdidas. Três ligações, todas feitas na última hora, de um número desconhecido.

— Ah, que saco — digo para o telefone, em um tom vacilante.

Sempre vi algo meio sombrio em chamadas perdidas de números desconhecidos. Mas, quando esse assunto surgiu em um jantar na casa de um amigo no ano passado, descobri que sou praticamente a única pessoa que se incomoda com isso. Leo e a maior parte de nossos amigos disseram que não ficam preocupados quando um número desconhecido tenta entrar em contato e não consegue completar a ligação — somente eu e Stef, que trabalha comigo, parecíamos nos incomodar com isso.

Talvez isso só perturbe quem tem algo a esconder. Stef já teve vários casos extraconjugais.

Antes de voltar para a sala, vejo a praça pela janela, que está bastante vazia agora que a maior parte dos pós-graduandos foi passar o verão em suas casas. Há apenas algumas pessoas comendo sanduíche sentadas nos bancos e uma menina ao telefone andando de um lado para o outro.

E um homem, que parece estar olhando na direção da minha janela. Não é ninguém conhecido. Parece meio desleixado, provavelmente é algum aluno, mas tem algo suspeito nele.

O boné. Ele está usando um boné. Como aquele homem em Plymouth e o cara que vi em frente à nossa casa.

Observo o corredor, mas não tem ninguém próximo às janelas. Ninguém que ele pudesse estar observando.

Fico arrepiada e começo a sentir um frio na barriga. Será que ele está olhando para mim?

Quando finalmente volto para a sala com meus alunos, ele já está se afastando. Noto que está se dirigindo à Gower Street, e ele não volta mais.

Fico ainda mais alerta ao deixar o prédio no fim do dia, mas não há nada além do fluxo silencioso de pessoas saindo de Bloomsbury, com os olhos grudados em seus respectivos celulares, sem nenhuma conversa. Nada parece normal.

Eu não quero estar aqui. Quero estar perto do oceano.

Em algum lugar amplo e sublime, onde o sol reflete sobre a superfície ondulada do mar.

Semana que vem. Semana que vem estarei em Northumberland, com a imensidão do céu azul e as belas marés. Com Ruby, com o mar: quem sabe, talvez, mais perto dele.

Só mais quatro dias.

CAPÍTULO 15

Emma

Ruby e eu partimos para o aeroporto na segunda-feira. Minha filha, inspirada por um livro da creche, pôs na cabeça que a gente vai para uma plantação de chá em Darjeeling. Ela envolve o Pato com um tecido de musselina e explica para ele que os dias serão quentes, mas que as noites estarão bem frias.

Deixo que ela continue explicando as condições climáticas em Rangbhang Valley, sentada ao meu lado no trem. Pego meu telefone. São apenas oito e meia da manhã, mas já estou exausta.

Digito o número dele.

— Emma?

— Oi.

Tento me concentrar na capa da revista *Marine Biologist* que estava tentando ler, na qual um cardume de peixe-cachimbo nada tranquilamente pelos destroços de um navio.

— Oi. — Sua voz diminui.

— Está podendo falar? Tem alguém aí?

Enrolo a revista, formando um canudo.

— Posso — responde, suspirando. — Estou sozinho. Só não estou acostumado a poder falar assim, de forma direta, com você.

— Entendi.

Ele fica em silêncio, então continuo:

— Olha, sei que você está passando por muita coisa, mas não respondeu minhas mensagens, e eu estou indo para o norte agora mesmo.

Estarei em Newcastle para uma conferência hoje à tarde, depois vou passar duas noites em Northumberland. Você ainda está em Alnmouth? Nosso encontro está de pé?

— Sim, estou em Alnmouth. E, sim, gostaria muito de ver você.

— Vou ficar num chalé nas noites de terça e quarta-feira. Fica pertinho do seu. Na rua ao lado dos correios. Número quinze.

— Certo.

— Venha quando Ruby estiver dormindo. Qualquer horário depois das oito da noite. Não importa o dia. — Enrolo ainda mais a revista. — Nós voltamos na quinta à tarde.

— Tudo bem — diz ele, após uma pausa. — Vou passar na terça à noite então. Mas, Emma, eu...

Fico esperando. Ruby ainda está tagarelando sobre as plantações de chá.

— Deixa, eu falo quando a gente se encontrar. Não quero fazer isso pelo telefone — continua ele.

— Tem certeza? Você tem alguma novidade? Está tudo bem?

— A gente se vê na terça — diz ele e encerra a chamada.

Fecho os olhos e tento me convencer de que vai ficar tudo bem. Afinal de contas, aguentei vinte anos dessas idas e vindas com ele.

CAPÍTULO 16

Leo

Quando a rainha morrer, um plano de alcance mundial chamado Operação Ponte de Londres será colocado em prática por sua equipe. Os primeiros a saber serão presidentes e primeiros-ministros; em seguida, a imprensa internacional. No meu jornal, já temos doze dias de cobertura preparados. Na BBC, eles já deixaram alguns vídeos gravados, e a equipe faz umas simulações de emergência de tempos em tempos. As forças armadas ficam sempre em alerta, e as estações de rádio locais já estão preparadas. Basta uma palavra.

Por outro lado, escritores de obituários precisam estar preparados para a morte de qualquer pessoa. Se um cantor cancela uma turnê, pode ter certeza de que já vou providenciar o obituário dele — e se ele estiver lutando contra o vício? Temos informantes na política, na economia, no teatro, no cinema, na igreja e por aí vai. Resumindo, se parecer que você não está bem, vamos escrever sobre você.

Mas sempre tem alguém que acaba escapulindo do nosso radar. Alguém que a gente não esperava. Hoje foi Billie Roland, famosa amante de metade do Parlamento nos anos 1980. Infartou no meio da noite — só três dias depois o filho dela entrou no apartamento e a encontrou.

Não faço ideia de por que não escrevemos nada sobre ela antes. Tudo o que sei é que ela teve uma vida agitada e fascinante, e que a gente ficou para trás. Tirando Sheila, todo mundo está de folga, então tivemos de reorganizar toda a página do obituário de amanhã. O poeta que ficou de nos mandar o obituário de seu amigo até o meio-dia simplesmente sumiu. Preciso correr contra o tempo para conseguir meia página vertical para o obituário de Billie dentro do nosso prazo, que termina às quatro da tarde.

Por esse motivo, não tenho nenhuma justificativa para estar pesquisando no Google sobre cada integrante da equipe de produção da série de Emma na BBC. Tentei me convencer de que só estou fazendo isso porque queria o depoimento de alguém sobre ela para seu obituário, mas, na verdade, só quero descobrir quem é o tal "Robbie".

Oi, gata. Sinto muito por não ter te encontrado hoje de manhã. Me liga. Não quero que isso seja um adeus... Bjs, Robbie.

Não acho que seja um bilhete que foi deixado no travesseiro por um amante — Emma nunca teria um caso com uma pessoa que a chamasse de "gata" —, mas tem algo de estranho aqui. Uma conexão que não sei qual é. E não consigo deixar de pensar que existe um motivo para que eu não saiba.

Mudo a posição da tela do meu computador para que ninguém a consiga ver e clico na ficha da equipe da produção no IMDb. Encontro o nome dele logo de cara: Robbie Rosen, o assistente de produção da série. Menos de trinta segundos depois, descubro pelo Twitter que ele agora trabalha como produtor assistente na BBC da Escócia, em Glasgow. Sua bio diz: gim e chá; meus gatos, piadas sobre *Friends* e coisas sobre TV. Ele parece ter uns dezesseis anos e está usando uma ótima maquiagem.

Dou um meio sorriso. Com certeza Emma não teve um caso com esse garoto. Ainda assim, existe um motivo para ela ter guardado aquele bilhete. Ela queria guardar aquilo para poder reler no futuro.

Por quê? Quem é ele?

Com certa dificuldade, consigo sair do Twitter dele e terminar o obituário de Billie Roland.

Cerca de meia hora depois, a gente finalmente consegue terminar, e volto a pensar em Robbie Rosen da BBC da Escócia.

O grupo de pesquisa Fim da Vida da Universidade de Glasgow vai fazer uma conferência sobre a morte na quinta-feira. Não me inscrevi, porque não tinha nenhum palestrante muito interessante, mas, desde então, eles confirmaram a presença de Di Sampson, que escreve os melhores obituários do mundo. Sei que eles conseguiriam uma vaga para mim, se eu ligasse pedindo.

Mas por que eu faria isso? É o que me pergunto. Para ter uma desculpa para aparecer depois na BBC da Escócia? Interrogar um pobre menino sobre a série em que trabalhou há cerca de cinco anos?

Em algum lugar da redação, ouço comemorações e aplausos. Levanto o olhar, mas eles estão fora do meu campo de visão, na editoria de reportagens especiais.

Mas acabo percebendo que Sheila está me observando.

— Leo? — pergunta. — Está tudo bem?

— Sim...?

Ela volta a encarar seu monitor, mas manda uma mensagem: *você está um pouco vermelho.*

É porque está muito quente, respondo. Lá fora está trinta graus. Londres está pegando fogo.

Você sabe que pode contar comigo sempre que precisar conversar, escreve ela.

Olho de novo para Sheila, que está me observando, da mesma forma que fez quando perguntou todas aquelas coisas sobre Emma. Fico me perguntando se ela costumava fazer isso durante os interrogatórios. É bem perturbador.

Depois de me analisar por um bom tempo, ela faz um gesto como se estivesse me convidando para tomar uma cerveja.

Faço que não com a cabeça, porque não são nem onze da manhã, então ela manda outra mensagem.

Tem certeza? Você está com muita coisa na cabeça.

Respondo: *Sheila, você parece ter muita certeza de que estou tendo uma crise. Tem alguma coisa que você queira me contar?*

E, por uma fração de segundo, ela para. Acho que Sheila sabe alguma coisa sobre Emma.

Olho mais uma vez para ela.

"O quê?" Gesticulo com a boca, sem querer saber de verdade.

Sheila começa a digitar.

Não é nada, escreve ela. *É que sei que Kelvin pediu para você escrever um obituário sobre a Emma e, se for isso que você estiver fazendo agora, imagino que esteja lidando com emoções desagradáveis.*

Logo depois, ela manda outra mensagem: *Desculpa. Só estava tentando ajudar. Você sabe que esse não é bem o meu forte.*

Percebo que estou prendendo a respiração.

Preciso pôr um ponto final nessa história. Não importa o que aconteceu com meus pais, o fato de eu ter sido adotado: isso é coisa do passado. A situação de Emma é o presente, e tenho de lidar com isso como um homem maduro. Preciso conversar sério com ela o quanto antes.

E, nesse meio-tempo, preciso parar de tentar ler nas entrelinhas de tudo que Sheila diz. Ela e Emma só se viram duas vezes e não têm nenhum amigo em comum além de mim. Sheila apenas a viu na estação de Waterloo, um lugar improvável, e está sendo enxerida.

Digo, mais uma vez, que ela não precisa se preocupar — só estou com calor mesmo — e me levanto para beber água.

Ainda assim, não consigo esquecer isso. Enquanto atravesso o andar do jornal, fico pensando nos documentos de Emma, que não estavam mais na sacola de compras verde. Revirei a casa em busca da carta da universidade, e nada. A carta sobre o pai dela, e nada. O bilhete de Robbie, e nada. Comecei a examinar a papelada do trabalho que estava guardada no armário, mas não fazia ideia do que estava procurando; do que ela poderia ter tirado dali. E, quanto mais eu procurava, mais eu era sugado de volta para o passado, para o quarto vago na casa de meus pais naquele fatídico dia.

Nós somos Emma e Leo. Formamos um belo casal. Um casal perfeito. Tão perfeito que nossos amigos chegam a achar irritante; não somos aquele tipo de casal cuja relação é cheia de segredos.

Não?

Decido, naquele instante, ir a Glasgow para falar com Robbie Rosen.

Dizem que conhecimento é poder, mas isso é mentira. Eu já fui longe demais.

Pego o telefone e ligo para a Universidade de Glasgow. Entro no site da EasyJet para agendar um voo. Mando uma mensagem para Claire, uma amiga de faculdade que trabalha na BBC de Glasgow, e pergunto se ela está livre para tomar um café na quinta-feira à tarde. Ela responde na mesma hora: *SIM! Que ótimo! Você pode vir à BBC? Eu libero sua entrada.*

Finalmente, acesso uma conta de e-mail que não uso há anos, desde que era um jornalista amador. Não uso meu nome verdadeiro. Mando um e-mail para Robbie Rosen e pergunto se ele está disponível para conversar sobre Emma Bigelow na quinta-feira. Explico que ela esteve doente recentemente e que estou escrevendo um obituário sobre ela. Quarenta minutos depois, ele responde dizendo que estará livre.

Simples assim.

CAPÍTULO 17

Emma

Quando Leo está triste, algo dentro de mim parece se partir. Não consigo sossegar até descobrir o que há de errado; quase nada pode me parar. Mas, é claro, isso nunca dá muito certo; só o deixa irritado. Acho que é a única situação em que ele perde a paciência.

Ainda bem que ele não é nada parecido comigo. Quando tenho um problema, Leo confia que vou lidar com ele da melhor forma possível. Ele nunca questionou minha necessidade de fugir para Alnmouth quando as coisas ficam estranhas — ele diz que são as minhas Fases, e sabe que não deve invadir meu espaço. "Vá espairecer", costuma dizer, me beijando, quando estamos na estação de King's Cross. "E não esqueça que eu te amo."

Mas essa generosidade toda só aumenta minha sensação de culpa. Ele não faz ideia do que estou colocando em risco toda vez que venho para cá. Ele pensa que só venho até aqui para me curar.

Alnmouth, a três horas e meia de Londres no trem de alta velocidade, é onde o rio Aln desagua no Mar do Norte. Meu pai e eu costumávamos vir para essa região da costa todo verão, quando morávamos na Escócia. Em minhas lembranças, nossas férias eram marcadas por tudo aquilo que eu mais gostava: risos, espontaneidade, a companhia de outras pessoas. Lembro que a gente costumava passar horas nas poças de marés com a família do trailer vizinho e fazia piqueniques na beira das dunas. Eu me lembro da minha risada boba no parquinho quando as luzes começavam a cair pelo estuário e o vento balançava a vegetação do pântano. Bons tempos.

Mas não teve nada de bom na visita que fiz a esse lugar quatro anos atrás. Pegamos um vento muito intenso no período todo em que ficamos aqui, a chuva caía e parava, e não dava nem tempo de as roupas secarem. No último dia, já não via a hora de voltar para Londres e para Leo.

Aquela foi a única vez que esqueci de fazer minhas verificações de sempre. Foi um erro terrível. Fui à praia sem pensar em nada, para procurar caranguejos nas rochas atrás do campo de golfe.

Então, de repente, ali estavam eles, bem ali, entre as algas espalhadas pelas rochas.

A metros de distância, paralisados, os dois.

A polícia chegou logo. Acabei perdendo o último trem para Londres, mas Jill foi até lá de carro para me buscar, e Leo nunca ficou sabendo de nada.

Hoje, no entanto, está um dia lindo e calmo, quente o bastante para Ruby perguntar se pode entrar na água.

— Claro que pode — respondo, tirando os sapatos dela.

O sol realmente me pegou de surpresa. Não tinha espaço para ele nos meus planos abomináveis para as próximas vinte e quatro horas.

Ruby, encantada, corre pela areia, saltando castelinhos abandonados, miniaturas de fortes como os de Lindisfarne e Bamburgo cobertas de conchas. Ela para algumas vezes para cutucar montinhos deixados por anelídeos que parecem cocôs de areia e depois sai em disparada até uma enorme poça deixada pela maré, sem se importar com a profundidade ou com suas calças.

Largo nossas coisas na duna e vou atrás de minha filha, que já saiu da poça e agora está correndo em direção ao mar. Acima dela, o céu azul está salpicado de cirros, e o ar é quente como se fosse verão.

Hoje à noite Jeremy Rothschild vem ao chalé que alugamos.

Ruby entra na água correndo, saltando e dando gritinhos.

Eu estava na estação de Waterloo quando ele ligou para contar que Janice tinha desaparecido. Eu já estava atrasada para pegar o trem para Poole Harbour, mas, ao saber dessa notícia, não consegui nem sair da estação. Fiquei lá, parada, até Jill ligar e dizer que isso poderia "render". Foi quando me dei conta de que precisava ir para casa e esconder minha papelada.

Não sei o que aconteceu, dizia Jeremy o tempo todo. *Não consigo entender, Emma. Janice estava bem.*

Poucos dias depois, eu disse a Leo que ia jantar com Jill. Jeremy e eu nos encontramos pessoalmente.

Fomos para um bar de narguilé em Holloway Road, porque as chances de um paparazzo nos encontrar ali eram mínimas. A gente não queria fumar narguilé — não fazíamos nem ideia do que fazer com aquilo —, mas o gerente simpático, talvez percebendo a situação tensa, trouxe um "por conta da casa". O que se seguiu foi uma cena ridícula na qual ele mostrava como usar um narguilé, e nós ficamos parados em um silêncio constrangedor.

Pedimos café e conversamos por meio de frases truncadas, principalmente sobre a investigação da polícia em busca de Janice, até que ele me olhou nos olhos e perguntou — em um tom que não gostei nem um pouco — se eu tinha falado com ela.

— Claro que não — respondi, mas ele não acreditava em mim. Dava para ver em seus olhos. Ele perguntou mais uma vez, e depois outra. — Era por isso que você queria me ver? — perguntei. — Você acha que a Janice sumiu por algo que eu falei? Ou que eu fiz? É sério isso, Jeremy?

Jeremy pegou o bocal do narguilé e deu uma tragada. Ele estava ridículo.

— Era — admitiu. — Mas, antes de você ficar toda ofendida, ou começar a querer se defender, talvez devesse se perguntar por que eu pensaria isso.

Não tinha muito o que eu pudesse dizer.

— Eu só precisava ver você — disse, mais calmo. — Perguntar para você pessoalmente. Sei que faria o mesmo, no meu lugar.

Ele tinha razão. Eu faria, sim.

Quando percebi que nossa conversa estava prestes a acabar, pedi, depois implorei, por aquilo que eu sempre implorava, e ele disse que não.

Logo depois, seguimos em direções opostas.

Desde então, foram várias mensagens de texto, sem contar com o pedido para nos encontrarmos aqui em Alnmouth. Ele não deu mais nenhuma informação sobre Janice, nenhuma explicação sobre a queixa que fez para o editor de Leo, nem mesmo quando lhe mandei uma mensagem furiosa. Ele me ignorou completamente, nem ao menos se deu ao trabalho de terminar de ler a mensagem, como se a carreira do meu marido fosse insignificante. E eu o odiei por alguns dias, até que aquele velho desejo voltou e eu disse "tudo bem, encontro você em Northumberland".

Eu iria a qualquer lugar do mundo, se achasse que havia a mínima chance de ele ceder. A qualquer lugar mesmo. Ele sabe o poder que tem sobre mim.

O mar parece uma camada verde brilhante, e minha filha está saltitando e gritando na praia. Começo a sorrir quando ela vem correndo na minha direção, arfando quando gruda em minha cintura, em um abraço gelado.

— Mamãe! — grita. — Muito gelada!

Começo a cambalear pela areia, em zigue-zague, e ela se segura firme. Beijo sua cabeça salgada da brisa marinha.

Jeremy sempre teve esse poder, penso, enquanto minha filha me solta e sai correndo. Mesmo agora, com o desaparecimento de Janice, pareço um cachorrinho abandonado, correndo atrás dele e implorando por migalhas.

Ruby para e analisa uma erva-patinha que está flutuando. Ela cutuca a gosma verde com o pé, toda atiçada, em um misto de nojo e encantamento.

— Isso é uma alga marinha? — pergunta, mesmo já sabendo a resposta.

— É, sim — confirmo. — *Ulva intestinalis*. Erva-patinha. É uma erva que dá no pé de menininhas chamadas Ruby.

Ruby afasta o dedo, dando um gritinho.

Fico observando enquanto ela pula em um monte de pedrinhas pretas e enxugo meus olhos com as mangas da minha blusa antes que ela consiga ver as lágrimas. Não quero isso, reflito, furiosa. Não quero me ver dividida entre duas vidas. Quero ser normal. Como aquela família que vimos no estacionamento pegando pás e corta-ventos no trailer.

Mas Leo está trabalhando em Londres, tentando acreditar que estou desfrutando um dia inocente de folga na praia com Ruby. E estou prestes a receber Jeremy Rothschild na casa onde minha filha está dormindo.

As ondas pequenas vão sendo vencidas pela maré alta. No banco de areia, um grupo de andorinhas-do-ártico chia e sai voando pelo céu salgado.

CAPÍTULO 18

Emma

Jeremy bate à porta pouco depois das oito e meia da noite, quando Ruby já está em um sono profundo. Ele fica do lado de fora, na entrada, cercado pelos vasos de gerânios, estudando meu rosto.

O desespero cresce dentro de mim quando me afasto para dar passagem para ele entrar. Seu casaco roça em meu braço quando ele passa, e me encosto na parede para evitar que isso se repita.

Eu tinha todo um discurso preparado, mas não me lembro de nenhuma palavra.

— Por aqui? — pergunta, em um tom amigável.

Faço que sim com a cabeça, tentando não ler nas entrelinhas de seu tom de voz. Ele foi bem claro em suas mensagens: quer conversar comigo, algum assunto relacionado a Janice. Não posso alimentar esperanças de nada além disso.

Os Rothschild são donos de uma das maiores casas na rua principal, com um arco por onde, em outros tempos, passavam carruagens. Eles a chamam de "chalé", o que sempre me fez rir.

— Fique à vontade — digo.

Jeremy é grande demais para essa salinha alugada, seu teto baixo e suas poltronas. Mas ele sempre pareceu grande demais para qualquer lugar, reflito, enquanto ele se ajeita. Grande demais, inteligente demais, rico demais: tenho menos chance de vencê-lo do que os políticos que ele esmaga todo dia.

Pouco antes de ele chegar, deixei um bule na sala para evitar uma espera constrangedora da chaleira. Meu pai me ensinou que "se a situação for complicada, melhor deixar a retaguarda preparada", costumava dizer. Ele achava essa frase engraçada. Nunca entendi muito bem o senso de humor de meu pai, mas os soldados do comando morriam de rir com ele. "O melhor presbítero que existe", disse um deles para mim. "Sempre nos apoia. Ele é uma lenda." Eu sorria, como se estivesse orgulhosa, mas sonhava ser tão próxima do meu pai quanto esses homens eram.

— Como você está? — pergunto, enquanto sirvo chá para ele.

Quando levanto o olhar, seus olhos estão marejados. Ele não consegue falar. Começa a gesticular um pedido de desculpas com as mãos, então coloco o bule na mesa e lhe entrego um lenço. Jeremy tenta respirar fundo, mas acaba fazendo um som horrível com a garganta, em seguida cobre o rosto com as mãos.

Ele fica ali, sentado na minha frente, soluçando. Meu *smartband* diz que meus batimentos estão no limite: cento e setenta e oito bpm.

— Desculpa — ele consegue dizer. — Desculpa.

Eu me aproximo e me abaixo em frente a ele.

— Ai, Jeremy — digo, oferecendo mais um lenço. — Fiquei tão preocupada com vocês. Não consigo nem imaginar como tudo isso deve estar sendo assustador.

Ele não responde, mas as lágrimas continuam caindo.

— O que aconteceu? — pergunto, com delicadeza. — Por que ela foi embora?

Depois de um momento, ele consegue secar os olhos.

— Eu não estaria aqui se soubesse a resposta, mas agradeço sua preocupação.

— Claro que fiquei preocupada.

Ele se endireita, sorrindo brevemente, e volto para meu lugar. Não é muito confortável ficar tão perto assim dele.

— Ela andava muito ansiosa — admite ele. — Piorou quando Charlie foi para a universidade no outono passado. Mas não acho que a ansiedade tenha sido o motivo.

Fico esperando que ele continue.

— Tem certeza de que não andou falando com ela? — pergunta.

— Jeremy, a gente já falou sobre isso. Eu estaria arriscando tudo o que tenho se ligasse para a sua esposa. Por que você está insistindo nisso?

Ele suspira.

— Estou perguntando porque ela escreveu para você.

Fico olhando para Jeremy.

— Quem? A Janice?

Ele faz que sim com a cabeça.

— Então ela está viva?

— Sim. Ou pelo menos estava, três dias atrás. Ela nos mandou uma carta.

— Jeremy! Eu... Nossa! Graças a Deus!

Ele assente, devagar.

— Com certeza foi ela quem escreveu a carta, mas não parecia estar nada bem. Parecia falante demais, só que meio desconexa. Sabe? Como se estivesse dopada de remédios.

— O que ela disse?

Ele para. Estou surpresa por ele ter me contado tudo isso. Ele sempre manteve Janice longe de nossas conversas: nas vezes que nos vimos depois que fui diagnosticada com câncer, ele nem mencionava o nome dela.

— Ela disse que está viva. Se desculpou pelo sumiço. Disse que precisava ficar sozinha naquele momento — explica ele, e eu fico aguardando. — É claro que isso foi um alívio. Um grande alívio. Mas não deixa de ser preocupante. Simplesmente jogar tudo para o alto, depois esperar duas semanas para escrever, ainda por cima como se estivesse apenas atualizando parentes distantes sobre sua vida... Isso não é do feitio dela. Ela não deve estar bem.

— E a polícia vai continuar ajudando? Agora que sabem que ela está viva?

Jeremy pega o chá novamente.

— Vai, mas eles deram uma refreada. Dissemos que ela está vulnerável, mas parecem menos interessados. E imagino que isso seja compreensível, mas é difícil de aceitar.

Concordo com a cabeça. Que situação desesperadora. Se Leo desaparecesse, sem deixar nenhum aviso, nenhum bilhete, nada, eu nem sei o que faria.

Fico tentando pensar no que dizer.

— É... Bem... De onde ela enviou a carta?

— Não faço ideia — responde Jeremy, olhando para uma aquarela horrorosa na parede, uma das várias que o dono do chalé pintou.

— Não tem um carimbo?

Ele balançou a cabeça.

— Hoje em dia as cartas não costumam mais ser carimbadas.

— Nossa, não fazia ideia.

— Bom, agora você faz. Como eu estava dizendo, tinha uma carta para você no envelope.

Seu olhar é cauteloso.

— É claro que eu li. Poderia ter algo que nos ajudasse a encontrá-la. Então já posso adiantar que não é aquilo que você deseja.

Ele se inclina para tirar a carta do bolso detrás, e eu a pego, em silêncio. Fico incomodada ao ouvi-lo falar sobre o que eu desejo, quando passou tantos anos acabando com minhas esperanças.

— Bom, vou embora para que você possa ler — diz, ao se levantar. — Vou voltar para o chalé.

— Não, espera — peço, colocando a carta na mesinha de centro. — Antes de você ir embora, quero que explique por que reclamou do Leo para o chefe dele.

Ele é pego de surpresa e parece estar envergonhado. Por alguns segundos, o único som na sala é a brisa que vem do mar.

— É verdade, eu fiz isso — admite ele. — Espero não ter causado problemas para ele. Mas nenhum outro jornal desenterrou essa história da psicose pós-parto. Eu entrei em pânico.

— Então os jornalistas são péssimos. Por que o Leo deveria ser punido por fazer um bom trabalho?

— Desculpa. Fui pego de surpresa e pensei que você tivesse contado a verdade para ele. Sobre nosso passado. Pensei que ele estava querendo me mandar um recado.

— Eu nunca contaria isso para o Leo. Você sabe disso melhor do que ninguém.

Além disso, a ideia de Leo mandar uma mensagem codificada para Jeremy através de uma matéria no jornal é ridícula. Digo isso para ele.

— Bem, minha esposa está desaparecida — argumenta ele, de forma seca. — Perdoe minha falta de coerência.

Respiro fundo.

— Vamos começar de novo. Quero ler a carta com você aqui. Pode ficar um pouco mais?

Ele pensa um pouco e depois suspira.

— Está bem.

— Mamãe?

Ruby está de pé no corredor. Minha menina querida; minha loirinha semicerrava os olhos por causa da claridade.

Disparo em direção ao corredor.

— Oi! Por que você está acordada?

— Eu não dormi — responde, esfregando os olhos sonolentos.

— Oi — diz ela para Jeremy.

Ruby vem para o meu colo e fica olhando, com a curiosidade insaciável de uma criança. Ela enfia o Pato na boca. Não consigo pensar rápido o suficiente.

Jeremy encara Ruby, paralisado. Seu rosto, que eu achava tão bonito naqueles tempos, está inchado e feio de tanto chorar.

— Oi — responde ele, baixinho, sorrindo logo depois. — Você deve ser a Ruby.

— Qual é o seu nome?

Ele olha para mim e balanço a cabeça, fazendo que não.

— Paul — responde, oferecendo uma das mãos. — Eu trabalho com a sua mamãe. Muito prazer, Ruby.

Ela repara no gesto, mas não segura a mão dele.

— Como você sabe o meu nome?

— Já ouvi falar muito de você. Sua mãe tem muito orgulho de você — responde.

Eu me sinto fraca. Jeremy Rothschild está conversando com a minha filha. Tem uma carta de Janice na mesinha de centro.

Ruby franze os lábios, analisando esse homem de cara vermelha e tão sabichão.

— Meu nome todo é Ruby Cerys Bigelow Philber — diz ela. — Quer saber qual é o meu apelido?

— Quero.

— Ruboboca.

Ela começa a rir, e Jeremy a acompanha.

— Quem é? — pergunta ela em seguida, apontando para o telefone dele.

Ele tinha acabado de olhar novamente a tela, talvez pela décima vez desde que chegou. É sempre a mesma coisa. Uma foto, a hora e algumas barras de sinal.

Jeremy olha para baixo.

— Meu filho — responde ele.

Ruby estica os bracinhos para o celular.

— Posso ver? Por favor?

— Ruby...

— Por favor — repete ela.

Digo que não, mas Jeremy já se levantou.

— Não tem problema — diz. — Aqui, pode ver.

Eu me sento com Ruby. Juntas, olhamos o homem na tela. Ele está usando um daqueles dedos de espuma gigantes que as pessoas costumam usar nos jogos esportivos nos Estados Unidos, tem um sorriso enorme no rosto e um boné na cabeça.

— Qual é o nome dele? — pergunta Ruby.

— Charlie — responde Jeremy, e posso ver o orgulho em seus olhos. — O nome todo dele é Charlie Ellis Rothschild.

— Onde ele está? — pergunta Ruby, olhando a foto de Charlie Ellis Rothschild.

Meu coração. Meu coração talvez nunca se recupere depois de ver minha Ruby, minha menina, conversando com Jeremy Rothschild.

— Ele está em Londres agora... Mas ele mora em Boston, que é uma cidade enorme do outro lado do mar.

— Por que ele mora do outro lado do mar?

— Ele estuda lá. Na universidade.

— Na uvinev... — Ruby tenta dizer.

Ela aperta os lábios novamente, observando Jeremy.

— Ele não fica com saudade?

— Espero que sim.

— Não quero morar do outro lado do mar — confessa ela, depois de uma pausa. — Ele gosta de você?

Jeremy dá uma gargalhada.

— Acho que gosta. Ele está um pouco bravo comigo agora, mas ainda gosta de mim.

— Por quê?

Tudo que mais quero é tirar Ruby dali e mandar Jeremy embora, mas preciso ouvir a resposta dele. Quero saber cada mínimo detalhe da vida dos Rothschild. Sempre quis saber.

— Por que ele tá babo? — pergunta ela, com sua vozinha insistente de neném.

Ela segura o braço do sofá e se balança para a frente e para trás.

— A mãe dele fez uma coisa que ele não gostou — responde Jeremy, em um tom suave.

Ruby balança a cabeça em um gesto compreensivo.

— Às vezes eu fico brava com a mamãe — conta ela.

— Esse é o problema dos pais. — Jeremy sorri, e vejo quanto está se esforçando.

Não consigo tirar os olhos dele. As olheiras enormes de cansaço e tristeza sob seus olhos. A pele enrugada sob o queixo. Fico me perguntando se seus convidados na rádio teriam tanto medo dele se pudessem vê-lo tão de perto; sua vulnerabilidade, sua humanidade.

— Bom, chega, já para a cama — digo.

Ruby assente.

— Você vai dormir aqui com a gente? — pergunta para Jeremy.

— De jeito nenhum — responde ele, balançando a cabeça.

— Está bem. Tchau — diz minha filha, depois de encará-lo por mais um bom tempo.

— Tchau — responde ele.

Articulo as palavras com os lábios, pedindo a ele que não vá embora, mas Jeremy não está olhando para mim.

Quando desço as escadas, ele já foi embora, e a carta está no braço do sofá. Corro até a rua, mas não tem ninguém. O mar, lá embaixo, está a quilômetros de distância e parece uma faixa escura. A pouca luz que resta ilumina duas pessoas e um cachorro na praia. Alguém joga uma bola, e as nuvens se deslocam para o norte da Escócia. Mas não há nenhum sinal de Jeremy.

Desculpa, diz a mensagem de texto que recebo, quando ainda estou ali. *Não consegui fazer isso com a Ruby aí.*

Outra mensagem: *Já disse tudo que você precisava saber. Por favor, me avise imediatamente se achar que a carta da Janice tem alguma pista que a gente possa ter deixado passar batido.*

Por fim, uma última mensagem: *Ruby é perfeita. Tenho certeza de que você é uma excelente mãe.*

Volto para dentro e abro a carta de Janice. Eu me sinto desnorteada.

Querida Emma,

Sei que essa carta vai te pegar de surpresa, mas eu precisava fazer isso. Vivo pensando em você.

É sobre aquele caranguejo que a gente viu faz anos. Na praia de Alnmouth, lembra? Claro que lembra. Vi sua série na TV e sei que você nunca parou de procurar por ele. Enfim, acho que você devia dar uma olhada na Coquet Island.

Nas peças de Shakespeare, as ilhas são lugares mágicos, e ele sabia do que estava falando.

A Coquet Island é o único lugar daquela costa que está totalmente fora do alcance humano

Eu paguei para um pescador me levar até lá uma vez para observar os pássaros e, embora não seja permitido desembarcar ali, encontrei muitas coisas, inclusive tenho certeza de que vi um dos seus caranguejos... Acho que só amantes de pássaros costumam ir para lá, então ninguém repararia em um caranguejo diferente, porque todo mundo só quer saber dos papagaios-do-mar e das andorinhas-do-mar-róseas

Me desculpa por nunca ter te contado isso antes. Eu devia ter feito isso há anos. É sério sinto muito mesmo.

desculpe mais uma vez Emma

Janice

Vou com a carta até a cozinha, onde me sento e a leio outra vez. E depois outra.

Não falo com Janice há quase duas décadas, mas Jeremy tem razão, essa carta é estranha. A falta de pontuação, os excessivos pedidos de desculpa, o simples fato dessa carta existir, essa comunicação tão amigável com uma mulher que ela odeia; nada disso faz sentido.

Mas com certeza é ela. Jeremy também tem razão quanto a isso. Com certeza é ela, reconheço sua letra. E, a não ser que ela tenha revelado para alguém quanto somos tão intimamente ligados, ninguém além de nós três teria como saber que eu estava com ela quando encontrei o caranguejo.

Também acho que tem algo estranho nessa carta, escrevo para Jeremy.

Ele responde na mesma hora.

Entende minha preocupação com a saúde mental dela? Você reparou em algo que eu possa ter deixado passar? Algo que nos ajude a descobrir onde ela pode estar?

Apesar de meus sentimentos conturbados por Janice, não tenho como não me sentir culpada enquanto releio a carta. Poucas coisas a deixariam tão horrorizada quanto eu e Jeremy debatendo sobre sua saúde mental.

Nada perceptível, respondo. *Só o fato de ela ter mencionado Northumberland, mas acho que é por isso que você veio para cá, para procurá-la, não?*

Jeremy responde: *Sim. Mas não acho que ela esteja aqui. A gente teria recebido uma mensagem se alguém tivesse desligado o alarme do chalé, mas não houve nada. Além disso, se Janice estivesse por aqui, alguém a teria visto. Perguntei a praticamente Alnmouth inteira, mas ninguém a viu. E, por via das dúvidas, cheguei a pesquisar, mas não tem a menor chance de ela estar na Coquet Island. A ilha ainda é inacessível, a não ser para os guardas da Sociedade Real para a Proteção das Aves. É claro que não vou desistir de procurar, não posso fazer isso, mas não acho que ela esteja aqui.*

Respondo prometendo avisar se eu pensar em mais alguma coisa.

Releio a carta enquanto a sala vai escurecendo, depois pesquiso sobre a Coquet Island no celular. Há grandes chances de Janice estar certa sobre os caranguejos: esse é um lugar perfeito para uma espécie isolada começar a sofrer mutações, sem ser perturbada por outras populações, e faria sentido que um espécime morto acabasse indo parar na praia de Alnmouth. Não sei como nunca pensei nisso antes.

Mas será que tem alguma possibilidade de ela também estar na ilha? Jeremy disse que não, mas não poderia ser um pedido de ajuda? Tem um farol antigo na ilha. Ela pode ter invadido. Mas uma pessoa que quer desaparecer não poderia fazer isso sem pagar alguém. E uma pessoa que aceita dinheiro para levar você até uma ilha proibida não é o tipo de gente em quem você pode confiar para não vender essa informação a um jornalista.

Jeremy tem razão. Não tem como ela estar lá.

Releio a carta três, quatro vezes. Não acredito que ela escreveu para mim, depois desse tempo todo. Ela parece muito estranha.

Tento comer uma torrada, mas estou muito agitada. Vou até a entrada e fico parada ali, torcendo para que a brisa gelada do mar me acalme, mas em pouco tempo começo a tremer de frio.

Mais tarde, deitada na cama, fico pensando no choque que foi ver Jeremy Rothschild e minha filha no mesmo ambiente. Penso em Janice, em Charlie, um jovem em Londres, torcendo por notícias de sua mãe, e isso parte meu coração.

De tempos em tempos, penso em Jeremy, sozinho em sua casa, pegando o telefone no meio da noite só para ver se Janice não mandou alguma mensagem.

Achava que nada poderia abalar essa família. Não consigo entender o que aconteceu.

Quando finalmente durmo, sonho com um homem de boné entrando no meu quarto e tentando falar comigo, mas estou paralisada. Consigo ver cada detalhe do quarto, consigo ouvir o som das gaivotas-prateadas lá fora, mas não consigo falar nem me mexer. Quando acordo, Ruby está toda esparramada do meu lado, como uma estrela. Ela deve ter subido de fininho na cama quando o dia amanheceu.

Nenhuma mensagem de Jeremy.

Checo a Wikideaths. Ninguém importante.

CAPÍTULO 19

Diário de Janice Rothschild
Dezessete anos antes

16 de abril de 2002

Impossível descrever como essa semana foi sombria. Minha vida mudou completamente. Como poderei me sentir segura de novo?

Estou com muita raiva. Estou puta, assustada, ainda em choque.

Estou escrevendo deitada na cama, olhando para a foto de nós três no hospital quando Charlie era recém-nascido. J e eu estamos tão felizes na foto — mesmo com aquela enfermeira que não foi com a nossa cara aparecendo no fundo. Mas dá para ver em meus olhos, na forma como seguro Charlie. Eu morria de medo de que algo assim pudesse acontecer. Inclusive naquele momento, sentindo a alegria de segurar aquele pacotinho em meus braços.

Aconteceu há uma semana. Levei Charlie para brincar no tanque de areia do parque. Era um dia comum, C estava todo contente, brincando. Então Bec chegou, e nós conversamos um pouco. Comi quase todos os biscoitos dela sem me preocupar com meu peso: um avanço.

Então vi que C tinha desaparecido.

Foi horrível. Ninguém sabe o que é medo até achar que seu filho sumiu.

Comecei a correr pelo parque, chamando por ele, berrando, me esgoelando, entrando nos banheiros públicos, no parquinho das crianças maiores, saindo pelo portão principal do parque, que algum idiota tinha deixado aberto.

As pessoas ficavam me olhando, se perguntando por que aquela mulher estava gritando. Ele deve estar ali em algum lugar, se acalma, pobre criança com sua mãe doida. Ei, ela já não apareceu na televisão?

Eu gritava SOCORRO, SOCORRO, e só pensava que sabia que isso ia acontecer, eu sabia.

Vou continuar amanhã. Tenho tido crises de pânico, minha respiração está começando a ficar alterada. A situação me afetou demais. Não consigo nem escrever sobre isso.

Não sei o que fazer. Alguém me ajude. Socorro.

CAPÍTULO 20

Leo
Hoje

Robbie Rosen está atrasado sete minutos e meio. Claire, a velha amiga que liberou minha entrada, já voltou à sua mesa. A única pessoa além de mim na cantina da BBC é uma mulher que está limpando o balcão vazio.

Observo o horizonte de Glasgow pela janela, atravessado pelas torres de suas igrejas. Já parou de chover, mas gotas de água continuam escorrendo pelas janelas panorâmicas, e a chuva se acumulou sobre as mesas de plástico no terraço lá fora. Lá embaixo, perto do rio, o engarrafamento na ponte é intenso.

Achei a conferência sobre morte hoje cedo meio perturbadora. Do nada, a doença de Emma fez a morte se tornar algo pessoal; como se tivessem arrancado de mim a habilidade de separar o começo e o meio da vida de uma pessoa de seu fim. Fiquei aliviado quando a conferência terminou; nem fiquei para conversar com ninguém.

Um jovem de silhueta oval entra na cantina. Está usando jeans apertados, que não lhe caem muito bem. Tem uma barba da moda, mas, por algum motivo, não combina tanto com ele, talvez porque seu rosto seja bem jovem, rosado e rechonchudo. Ele me vê e ergue as sobrancelhas, me cumprimentando.

Nós nos sentamos, e ele pergunta se tenho notícias de Emma. Ele ficou "muito chateado" quando soube que ela estava tão mal.

Falo que ouvi dizer que Emma está bem, e ele parece realmente aliviado. Depois conto a história que ensaiei, digo que estou escrevendo um obituário sobre ela para deixar no nosso banco de dados e queria conversar com alguém da equipe de produção de *This Land* sobre a época que Emma estava na série. Explico que passei o dia ali perto, justamente em uma conferência sobre a morte. Haha!

— Pensei que seria mais fácil dar uma passadinha aqui e fazer umas perguntas.

Ele diz que claro, sem problemas. Atrás dele, raios de sol começam a aparecer através das nuvens.

— Você e Emma eram próximos? — pergunto, pegando meu bloco de notas. — Você é a melhor pessoa com quem eu posso conversar?

— Ah, sim, com certeza, a gente estava sempre junto — responde.

Ele fica alisando a barba com o polegar, timidamente, algo que cairia melhor em um homem mais velho.

— Era eu que a levava de carro para os lugares, agendava os hotéis para ela, cuidava das refeições. A gente aprontava enquanto o diretor e o câmera ficavam discutindo como filmar a cena seguinte. Éramos como unha e carne.

Concordo com a cabeça, como se já soubesse disso.

— Imagino que fosse uma relação mais tranquila que aquela que existia entre, digamos, ela e o diretor.

— Com certeza. Quer dizer, para ser sincero, eu exercia a função de um produtor assistente, ou de um pesquisador, mas eu com certeza não era apenas um assistente de produção. E, sim, eu passava a maior parte do tempo com ela. Maldita televisão! — acrescenta, como se eu fosse uma pessoa da área. — A gente acaba fazendo coisas que não são nossa função, sem nem receber um valor justo por isso.

Ele espera que eu me solidarize, mas não tenho tempo para isso.

— Então você acha que ela confiava em você?

Há uma breve pausa.

— Sim, claro — responde, cauteloso. — Mas não vou te contar os podres dela.

— Que podres? — Deixo escapar. Minha fala deixa um clima pesado no ar que parece não se dissipar. Então começo a rir. — Estou brincando — digo, mas isso só piora as coisas. Ele começa a dar para trás.

— O que eu quis dizer é que, como assistente de produção, você acaba vendo de tudo, sabe? Imagino que seja parecido na sua área. Então, sim, ela confiava em mim, mas eu também via tudo que acontecia naquela série, quer me contassem ou não. Você só conquista o respeito das pessoas se ficar de boca fechada.

— Então, nenhuma fofoca — digo, sorrindo, como se não ligasse para a resposta.

— Não, nenhuma fofoca específica — concorda ele, e consigo ver que tem algo ali.

Sei que ele vai acabar recuando se eu insistir, então peço que conte algumas histórias sobre a série.

Ele não diz nada que eu já não saiba. Fala do raio que atingiu o tripé no alto de um penhasco em Devon, do dia que Emma caiu em uma poça de maré durante a gravação. Ele dá detalhes sobre a relação dos dois — que era repleta de conversas e risadas — e enfatiza muito o fato de que ela não era uma "escrota". ("A maior parte dos apresentadores é escrota", explica.)

— Mas, para ser sincero, a segunda temporada foi ofuscada quando Em foi dispensada, logo após ter gravado as narrações. Isso deixou todo mundo arrasado, e sua pobre agente, Mags, ficou furiosa. Mas não tinha nada que ninguém pudesse fazer. Aliás, os figurões também são uns escrotos.

— Deve ter sido difícil para a Emma.

— Foi mesmo — recorda ele. — Ela ficou com tanta raiva que demitiu a agente, Mags, que não aceitou a situação muito bem.

Anoto isso rapidamente, depois paro e releio.

— Na verdade, foi a agente da Emma que a demitiu. Não o contrário. Eu... eu li isso.

— Não, foi a Emma que dispensou a Mags, com certeza. Eu encontrei com ela na premiação da Sociedade Real de Televisão algumas semanas depois, e ela ainda estava em choque. E um pouco puta também, já que estamos sendo sinceros.

Seu telefone começa a tocar, e ele se afasta para atender. Fica perambulando pela cantina, discutindo com alguém enquanto dá voltas pelas mesas vazias. Um homem de moletom da BBC Logistics se senta ali perto e desembala um sanduíche.

Emma contou que tinha sido dispensada por Mags. Ela passou horas chorando em meus braços. No dia seguinte, foi para Alnmouth em busca de seu caranguejo e ficou lá por três semanas. Quando eu a visitava nos fins de semana, ela dizia que estava de coração partido. E não era apenas seu coração, mas seu orgulho.

Rosen volta para a mesa.

— Onde a gente parou? Ah, sim, Emma dispensando a agente. E figurões sendo escrotos.

Ele se recosta em sua cadeira, e percebo que está adorando isso. Desconfio de que não seja muito valorizado em seu trabalho.

— A pior parte da demissão da Emma foi que fizeram isso porque algum apresentador fodão da BBC insistiu para que a demitissem. Quer dizer, quem odeia a Emma a esse ponto? E por quê? Deve ter sido alguém muito famoso para ter esse tipo de influência.

Após dar um gole meio trêmulo em meu chá, mostro que também estou surpreso.

— Não sabia que ela tinha inimigos — comento.

— Bem, o que vou falar agora não pode ser publicado. Nem nada que esteja relacionado à BBC, obviamente.

Balanço a cabeça, concordando.

— Nem todo mundo amava a Emma — diz.

Ele está bem agitado.

— Ah, é?

Então meu telefone começa a tocar, e vejo que é minha esposa. Rejeito a ligação na mesma hora, mas o nome e o rosto dela já tinham aparecido na tela. Rosen acha que me chamo Steve Gowing e que eu nunca conheci Emma Bigelow. Olho para ele, cauteloso, mas sua expressão continua a mesma. Acho — na verdade, espero — que consegui disfarçar.

De qualquer forma, a interrupção acabou com nossa conexão.

— Bom, tenho que ir — diz ele.

Meus anos de experiência no jornalismo me dizem que ele amarelou.

— Podemos encerrar por aqui? Acho que essas informações são suficientes, né? É que tenho uma reunião daqui a pouco.

Eu já esperava por isso.

Tento uma última vez, mas ele não vai contar mais nada. Diz que precisa voltar ao trabalho; reitera que o que disse sobre a demissão de Emma é totalmente confidencial. Então aperta minha mão e vai embora.

Observo as nuvens se acumulando sobre a cidade, as águas verde-escuras do rio Clyde. Reflito sobre a conferência desta manhã, sobre aquela conversa toda de espaços comunitários de memória e mortes respeitosas. Eu estava ali, pensando na conversa com Rosen, achando que tudo daria certo. Minha jornada de dúvidas e inseguranças chegaria ao fim na cantina da BBC, e eu e Emma seguiríamos nossas vidas como uma família livre do câncer.

Mas, na verdade, essa conversa só fez com que eu me sentisse pior.

Recebo uma notificação no celular, mas é apenas minha mãe perguntando que horas vou chegar. Vou dormir lá hoje para ajudar na casa amanhã, dar a ela um descanso dos cuidados da gripe do meu pai.

Faz parte da nossa encenação de família, hoje em dia. Nessa narrativa, eu os perdoei completamente por terem mentido sobre quem eu era, e todos se amam outra vez. Mamãe é a diretora, papai e eu apenas atuamos. Mas isso é o que nos mantém em movimento. E, quem sabe, talvez daqui a dez anos, eu possa acabar me convencendo de que tudo isso é verdade.

* * *

Devolvo o crachá de visitante para a recepcionista na saída e paro perto de uma poça enorme de água da chuva. O ar está gelado e tem cheiro de minerais e terra molhada — aqui, em plena cidade, como se eu estivesse em uma floresta. Pego meu celular e tento descobrir como chegar ao aeroporto. Não quero pensar em mais nada.

Eu tinha acabado de pedir meu táxi quando Rosen surge correndo.

— Oi! Eu queria...

Eu espero, enquanto ele coloca seu suéter.

— Você é o marido dela — diz, quando termina de se vestir. Ele parece aborrecido, mas também satisfeito consigo mesmo. — Bem que achei que tinha algo de estranho rolando. E aí ela te ligou! Lembrei que ela era casada com um escritor de obituários, então fui pesquisar quem você era. Que merda é essa? Você falou que se chamava Steve.

Depois de uma pausa, concordo com a cabeça.

— Desculpa. Não é mais apropriado que a gente faça isso hoje em dia. Jornalistas, digo. Eu não sei o que eu... Desculpa.

Ele fica me olhando.

— Não sei o que está acontecendo. Mas sei que ela te adorava. Falava de você o tempo todo. Por que você está aqui fazendo perguntas sobre ela?

Engulo em seco.

— Também não sei o que está rolando — respondo, observando a poça enorme ondular com o vento. — Ela está bem de saúde, venceu o câncer. Mas acho que está acontecendo alguma coisa, algo ruim que ela não quer me contar. Também acho que você pode saber o que é. Por isso te procurei. Desculpa ter fingido ser outra pessoa. Eu... — respiro fundo. — Estou preocupado. Com ela, com a gente, com seja lá o que for que você não quer me dizer. Sei que nada justifica eu ter vindo bisbilhotar, como se fosse um repórter mau-caráter de um jornal de quinta.

Rosen fica me olhando, fascinado. Ele não esperava nada daquilo.

— Por que você está aqui me perguntando essas coisas? Por que não pergunta a ela? Vocês se separaram?

Faço que não com a cabeça.

— Não. E eu perguntei, mas ela fica fugindo do assunto. Parece que está tudo bem.

— E por que você não acredita nela, se ela disse que está tudo bem?

Explico a ele que, enquanto escrevia o obituário de Emma, me deparei com uns documentos que me deixaram muito confuso.

— Eram todos de coisas anteriores ao nosso relacionamento. Mas a demissão de Mags Tenterden é novidade para mim. E foi algo que aconteceu quando a gente já estava junto, e ela mentiu sobre o assunto.

— Bom, eu posso ter entendido errado — Rosen tenta dizer, mas logo se corrige. — Não, não entendi errado, sinto muito. Emma realmente demitiu a Mags.

Imploro para que ele não conte a Emma que fui procurá-lo.

— Pelo menos até eu entender melhor o que está acontecendo. Só preciso... Preciso ter certeza de que ela não está passando por nenhum problema.

Rosen parece ansioso.

— Por que você mandou e-mail para mim e não para uma das amigas mais próximas dela?

— Porque a Emma e os amigos são como unha e carne, e achei que eles iriam direto contar para ela que eu estava bisbilhotando. E eu não queria que ela ficasse chateada com o fato de eu estar escrevendo seu obituário justo agora que ela venceu o câncer.

Rosen reflete um pouco.

— Você está mesmo preocupado com ela?

Faço que sim com a cabeça.

— Certo — diz, lentamente. — Olha só, minha lealdade sempre será a ela, mas eu tinha algumas preocupações naquela época. Se ela estiver com algum problema, eu não me perdoaria por esconder isso. Especialmente se estiver acontecendo de novo.

Especialmente se o que estiver acontecendo de novo?

— Ela recebeu uma visita numa ocasião. Quando estávamos filmando a segunda temporada em Northumberland. Eu ficava acordado até tarde toda noite, fazendo cópias dos roteiros e, bem, na última noite, eu vi a Emma conversando com um homem no bar do hotel. Já era tarde, ela achava que todo mundo já tinha ido dormir. E eu vi os dois em um café em Londres algumas semanas depois. Perto do Broadcasting House.

Enfio mais ainda as mãos nos bolsos. Meus dedos estão tremendo.

— Você sabe quem era o homem?

Há um longo silêncio.

— Jeremy Rothschild — responde ele, em um tom de voz baixo. — Sabe quem é? O locutor?

Memórias recentes começam a passar rápido pela minha mente, enquanto tudo ao meu redor parece ficar lento e embaçado. Um táxi para na rua, e meu telefone começa a tocar.

Ele deve estar enganado. Emma nunca conheceu Rothschild. Ela fala dele da mesma forma que falaria de Justin Webb ou de Mishal Husain, ou de outros locutores do *Today*. Ela adora quando ele arrasa com os políticos e não gosta muito da esposa dele como atriz, mas é só isso. A não ser que... Não. Não.

Encaro o asfalto molhado sob meus pés, tentando compreender o que ele está dizendo.

— Só estou te contando isso porque ela sempre ficava mal depois desses encontros. Ficava exausta, com o rosto inchado, como se não tivesse dormido a noite toda. Não sei sobre o que eles conversavam, mas isso me deixava preocupado. Principalmente quando vi os dois em Londres. Rothschild parecia furioso. Emma tinha acabado de descobrir que estava com câncer; ela estava passando por muita coisa. Fiquei preocupado.

Não consigo falar nada.

— Às vezes me pergunto se foi Janice Rothschild que fez Emma ser demitida. Ela era um nome importante na BBC, com certeza tinha influência o suficiente para isso. Sempre foi uma das estrelas deles. — Sua expressão muda, ele está com medo de ter falado demais. — Olha, não conta para ninguém que fui eu que te disse isso — pede ele, mas eu o interrompo.

— Não vou contar. Juro. Mas, Robbie, preciso de mais informações. Por que a Janice faria a Emma ser demitida? O que estava rolando entre ela e Jeremy Rothschild?

Ele dá de ombros outra vez, impotente.

— Não sei, mesmo. Acho que a Janice pode ter ficado sabendo dos encontros deles e...

— Entendo.

Não entendo. Emma e Jeremy Rothschild sentados juntos a uma mesa é algo que não faz o menor sentido.

— Só estou te contando porque fiquei bem preocupado com tudo isso na época. Eu tinha um mau pressentimento sobre a relação deles. Seja lá o que estivesse rolando, não fazia bem à Emma. E, agora, com o sumiço da Janice, não gosto nada disso. Sei que a polícia disse que Jeremy Rothschild não é suspeito do desaparecimento da esposa... Mas não dá para ter certeza, né?

Uma pontada de ansiedade começa a crescer dentro de mim. Eu não tinha pensado nisso.

— Ele já deu uma surra em um paparazzo uma vez, há muitos anos. Você sabia disso?

— Sabia.

Robbie não devia ter muito mais que uns dez anos quando isso aconteceu.

— Na época, todo mundo falava que Jeremy tinha sido provocado e blá, blá, blá, mas, se todo mundo partisse para a agressão no momento em que as coisas apertam, o mundo seria um lugar bastante violento, né? Eu acho que ele tem um lado sombrio.

— É algo a se pensar — digo, forçando um sorriso. — Olha, obrigado. Agradeço de verdade a honestidade. Principalmente depois de eu ter sido tão desonesto com você.

Rosen dá de ombros. A chuva começa a cair outra vez.

— Só mais uma coisa. Você escreveu um bilhete para a Emma. Era apenas uma frase dizendo que não queria deixar de se despedir, mas ela fez questão de guardar esse bilhete. Por que acha que ela fez isso?

Percebo uma pontinha de orgulho em meio à sua inquietação.

— Ela estava passando por muita coisa naquela temporada. Câncer, fertilização *in vitro*, gravidez e seja lá o que estivesse acontecendo com Jeremy Rothschild. Ela disse que eu era o porto seguro dela. Acho que Emma só quis guardar alguma coisa boa daquela época, talvez.

Pelo menos isso faz sentido. Emma tem dificuldade de se desapegar das coisas. Temos uma casa cheia de evidências que provam isso.

— Acho que é isso. Eu diria se tivesse mais alguma coisa. E posso estar exagerando. — Ele improvisa um capuz com seu suéter, que fica ensopado em questão de segundos. — Olha, é melhor eu... — diz ele, apontando lá para dentro com o polegar.

Faço que sim com a cabeça e fico ali, parado na chuva, tentando pensar no que fazer.

Meu telefone toca outra vez.

Logo depois o táxi chega.

CAPÍTULO 21

Leo

Há alguns anos, sonhei que minha mãe era uma planta carnívora. Contei para Emma no dia seguinte, e nós rimos, porque isso era uma metáfora maravilhosa. Agora são quase nove da noite, e minha mãe está me abraçando na entrada da casa onde cresci, ela não para de me apertar, dizendo que faz muito tempo e que ela quase não me vê mais. "Deve fazer pelo menos uns quinze meses, porque é claro que você resolveu perder o Natal, e..." A cada reclamação, seus abraços ressentidos ficam mais apertados, e eu deixo que faça isso. Deixo que ela faça qualquer coisa que me impeça de ser arrastado pelo turbilhão que estão meus pensamentos.

Peguei um voo de Glasgow para Luton depois do encontro com Robbie Rosen. Enquanto o avião cortava as nuvens sonolentas, eu tentava encontrar qualquer papel inocente que Jeremy Rothschild pudesse ter na vida de Emma, algo que eu conseguisse aceitar, que não iria comprometer nossa relação, mas nada me veio à cabeça. Histórias inocentes não são mantidas em segredo, meu cérebro de jornalista me dizia.

O problema é que meu "cérebro de jornalista", se é que posso chamá-lo assim, não é muito confiável. Por várias vezes, ele achou que algum homem estava apaixonado por Emma. Os suspeitos atuais são Kelvin e Dr. Moru, que não me preocupam, mas já houve outros.

Tudo começou quando ela apresentava *This Land*, e eu acabei encontrando um fórum na internet cheio de homens falando dela. Eu sempre soube que Emma era incrível, mas era diferente ouvir outros homens dizendo aquelas coisas.

Quando contei isso para Emma, ela falou que isso estava relacionado aos traumas da minha adoção, que passei a ter medo de ser abandonado quando perdi minha mãe biológica e, agora, segundo a Dra. Emma Bigelow, eu estava projetando meu medo de abandono nela. "Eu não vou te deixar", ela vivia dizendo, como se eu tivesse dito que temia isso.

Como não queria outra sessão amadora de psicanálise, nunca mais toquei no assunto. Hoje em dia, quando vejo homens olhando para ela, só faço vista grossa.

Mas ela tem razão: eu não gosto disso. Há alguns dias, quando voltávamos do show de Tom Jones, percebi um homem de boné de olho nela enquanto esperávamos na faixa de pedestres. Assim, na cara dura, como se não fosse óbvio que ela estava com o marido e a filha.

Ela estava olhando ladeira abaixo e não percebeu, mas tive de me segurar para não ir até lá e dar um chute no saco dele.

Agora, essa história do Jeremy Rothschild é diferente do esquisitão olhando para ela na rua. É muito mais sério. E não sei o que fazer.

Se ela consegue mentir com tanta naturalidade sobre sua formação, sobre Mags Tenterden e sobre todas as coisas em sua pasta que não faziam o menor sentido, por que não poderia ter um caso com um homem que nunca me contou que conhecia?

Tomei três garrafinhas de vinho no voo e apaguei quando estávamos prestes a pousar.

Emma ligou logo depois, mas não atendi. O dia ainda estava claro, e o ar era mais quente que em Glasgow. Todos que desembarcavam pareciam felizes, talvez pelo milagre de um voo econômico pousar na hora certa. Sorri para eles na esteira de bagagem, como se também estivesse feliz, e não levemente bêbado e desolado. Peguei um táxi para a casa de meus pais em Hitchin e bati um papo descontraído com o motorista sobre a vida em família. Eu conseguia ver meu rosto pelo retrovisor, parecia até um homem bem resolvido. Suéter de gola redonda, corte de cabelo novo e uma mala estilosa que Olly e Tink me deram no meu aniversário de quarenta anos.

Emma mandou uma mensagem de texto assim que viramos na rua dos meus pais. *O sol sumiu depois do café da manhã, então fomos para o castelo de Alnwick. Ruby ficou mais interessada na lojinha de presentes. Correu tudo bem no voo, acabamos de pousar no Heathrow. Me liga. Bjsssss!*

Está tudo bem, continuava me dizendo, mesmo sabendo que não estava. Vejo, pela janela, que o pôr do sol está lindo, enquanto acompanho minha mãe para ver como papai está; tons de laranja e vermelho sobre um cinza desbotado, com manchas de um rosa que lembram uma boate dos anos 1980. O sino da igreja toca, indicando as horas, e em algum lugar uma família está fazendo churrasco.

Quando chego ao quarto, meu pai está tentando se ajeitar na cama.

— Ah, Leo — diz ele, ao fazer um gesto de frustração ou, quem sabe, de resignação.

Ele costuma se recusar a tomar analgésicos, pois diz que "prefere saber", mas hoje está cercado de remédios para dor e parece abatido.

— Tenho setenta e um anos, mas me sinto como se tivesse cem. Que se dane.

— Que se dane — concordo, ao me sentar.

Nós não nos abraçamos mais hoje em dia. Ele parece ter emagrecido, noto, embora continue acima do peso. Meu pai é um desses homens que fingem se orgulhar de comer além do necessário, dá tapinhas na barriga como se ela fosse uma amiga, se gaba de ser capaz de comer em uma única refeição o que algumas famílias comem em uma semana. Emma diz que os sentimentos do meu pai ficam em seu estômago.

Minha mãe entrega uma tigela de crumble para ele, que come tão rápido que eu duvido que consiga sentir o gosto.

— Estou compensando o tempo perdido — diz, rindo e tossindo.

Ainda em tempo, ele dá um tapinha na barriga, que continua fazendo um volume considerável sob o edredom, e olha para minha mãe, esperando que diga alguma coisa, mas ela está pendurando o roupão recém-lavado dele.

Esse é meu pai. Ele faz piadas e evita conversas constrangedoras. Ele escreveu para mim uma única vez, nos seis meses de silêncio depois que descobri que tinha sido adotado. *Estávamos só seguindo o conselho da agência. Eles disseram que seria mais fácil se você não soubesse de nada. Eram outros tempos. Tenho certeza de que você entende.*

Eu não entendia, na verdade, e o respondi algumas semanas depois com uma longa lista de perguntas que ele nunca respondeu. Hoje em dia, ele me dá uns tapinhas mais demorados no ombro, como se a gente tivesse chegado a algum acordo tácito.

O quarto mergulha no silêncio. Minha mãe admira uma foto minha e de Olly pequenos em alguma praia durante o inverno. Olly, que não era adotado ("nosso milagre!"), está com a mão enfiada no bolso de mamãe, enquanto eu estou de pé, um pouco afastado, observando. Minha pele é um pouco mais escura que a de meu irmão, meu cabelo é castanho-escuro, enquanto o dele é um loiro bem claro. Eu nunca tinha questionado isso.

Meus pais têm centenas de fotos de nós dois quando éramos crianças guardadas em uma caixa enorme embaixo da escada. Na primeira vez que estive aqui depois que descobri que tinha sido adotado, analisei cada uma delas: sozinho, em silêncio, sentado no chão do meu antigo quarto. Foi como se alguém tivesse me dado um registro fotográfico da minha alienação. Tudo que eu sentia mas nunca havia sido capaz de entender estava ali. Meu irmão mais novo, com seu rosto redondo e seus membros robustos; eu, com meu maxilar quadrado e meu corpo esguio. Como nunca pensei em questionar isso? E não eram apenas as diferenças físicas; em muitas das fotos, minha expressão denunciava certa necessidade de pertencimento de alguém que não se encaixava naquele lugar.

Eu poderia ter entendido por que cada átomo do meu corpo parecia diferente, escrevi para meus pais. *Poderia ter tido alguém para me aconselhar quando era pequeno. Mas vocês me privaram dessa escolha.*

No dia seguinte, começo a fazer o que de fato vim fazer aqui: limpo a casa, faço as compras de mercado, coloco roupa para lavar e deixo mamãe descansando no sofá e reclamando que eu não permito que ela faça nada.

Papai acaba caindo no sono depois do almoço e, em poucos instantes, mamãe sobe para se juntar a ele, "só uns minutinhos". Por volta de meio-dia e quarenta e cinco, a casa está em completo silêncio.

Entro em contato com Sheila, torcendo para que haja alguma crise envolvendo a morte de um famoso com que eu pudesse me ocupar, mas ela diz que está tudo bem e que é para eu aproveitar minha folga.

Então fico ali sentado, sozinho, na sala dos meus pais e me forço a pensar na possibilidade de minha esposa estar tendo um caso com Jeremy Rothschild.

Lembro que Emma sempre menosprezou Janice Rothschild como atriz. Ela também nunca ia às festas da imprensa, ainda que adore uma boa bebedeira. Será que estava tentando evitá-lo?

Depois penso em Rothschild reclamando da minha matéria sobre Janice, impedindo que eu escrevesse seu obituário. Será que eu estava chegando perto demais da verdade?

Imagino Emma e Jeremy Rothschild transando, e isso me dá ânsia de vômito. Eu não acredito. Não consigo acreditar.

E, ainda assim, nada em que eu acreditava parece verdade. Aqui estou eu, na casa dos meus pais, que não são meus pais biológicos. Agora descubro que minha esposa, aquela que jurou me amar até que a morte nos separasse, mentiu sobre tudo: vejo mentiras espalhadas por nosso relacionamento como minas terrestres, e não sei o que fazer para me movimentar por elas.

Às duas da tarde, volto para Londres. Eu me sinto indefeso e vulnerável, como se estivesse em uma zona de combate usando apenas uma camiseta. Nunca imaginei que me sentiria assim em relação à família que escolhi. Nunca imaginei que me sentiria assim em relação à minha esposa.

CAPÍTULO 22

Emma

Leo só me liga quando está embarcando no trem para Londres, depois de sair da casa dos pais; faz quase setenta e duas horas que não conversamos. Nesses dez anos, nunca ficamos tanto tempo sem nos falar.

— Oi! — digo, entrando no laboratório de análise da água.

Péssima escolha: tem um monte de pós-graduandos perto do sedimentador de partículas, conversando e gargalhando aos berros, como se estivessem numa festa. Desesperada, entro em uma das câmaras frias.

— Oi! — responde Leo, com um tom impassível de quem não pode demonstrar uma pontinha sequer de emoção.

— Oi, amor. Você está bem? Ficou tudo bem entre você e a sua mãe?

Tapo o outro ouvido com o dedo para tentar abafar o som dos ventiladores.

Leo faz uma pausa.

— Sim, ficou tudo bem. Escuta, estava lembrando da Mags Tenterden, sua antiga agente.

Leo mente muito mal. Ele não se lembrou dela assim, do nada.

— Ah, é? — questiono, passando o celular para o outro ouvido, como se, com isso, eu fosse ouvir uma história diferente.

Ele continua, apressado:

— Eu entendi direito a história, né? Ela que decidiu não te representar mais? Ou foi o contrário?

Fecho os olhos, que estão ardendo.

Por favor, Leo. Não insista nisso, meu amor.

Mas ele está insistindo, e vai continuar insistindo, não importa o que eu faça. Se Leo ainda não sabe a resposta para essa pergunta, está bem perto de descobrir. E, se ele está perto de saber a verdade sobre Mags, está perto de desvendar tudo.

Passei anos me odiando por ter mentido sobre Mags. Uma coisa era esconder um passado que Leo jamais perdoaria; outra coisa era começar toda uma nova série de mentiras no presente. Mas o que mais eu podia dizer para explicar meu comportamento? Que outra razão eu teria para abandonar Mags, alguém que Leo sabia que eu adorava?

— Sim, foi a Mags que me dispensou — respondo, sem saber o que fazer. — Acho que você se lembra.

Faz-se um longo silêncio, o que significa que ele sabe que estou mentindo. Essa ligação provavelmente era minha última chance.

Eu me apoio nas prateleiras de amostras, enfiando a mão livre no bolso. Isso faz com que eu me lembre de Leo no dia em que a gente se conheceu. Ele estava encostado na parede, no enterro de vovó, com as mãos nos bolsos, me observando com um leve sorriso no rosto. Eu estava tão a fim dele que mal ouvi as palavras gentis que os convidados do velório me diziam.

— Tudo bem — diz ele. — Só estava pensando.

— Ok. Nos vemos mais tarde, então?

— Vou chegar perto da hora do banho da Ruby. Só preciso resolver umas coisas na cidade antes de ir para casa.

— Está bem — respondo, meus olhos se enchendo de água.

"Eu te amo" é o que quero dizer, mas não o faço.

CAPÍTULO 23

Leo

O escritório de Mags Tenterden fica em um dos novos edifícios em King's Cross. Paro perto do canal antes de entrar, observando a multidão de jovens bem-vestidos descansando em almofadas perto da água. Por que eles não estão trabalhando? São três e quarenta e cinco de uma sexta-feira de junho. Quando eu tinha vinte e cinco anos, me matava de trabalhar em uma redação abafada durante doze horas seguidas, com medo de fazer uma pausa até para ir ao banheiro.

Atrás deles, crianças correm entre os jatos coreografados de água, dando gritinhos. Em algum lugar está rolando música ao vivo, e os trabalhadores estão com as mangas arregaçadas, apinhados em filas de barraquinhas para um almoço tardio. Todo mundo está aproveitando o dia.

Eu me viro para o prédio do escritório de Mags, e sinto um frio na barriga.

— Não tenho muito tempo — diz Mags.

Ela é praticamente a mesma do dia em que nos vimos pela última vez, porém parece ainda mais elegante do que antes. Seu cabelo grisalho está curtinho, e ela está usando um vestido todo estiloso e óculos vermelhos de armação grande.

— Sente-se — diz, indicando uma cadeira.

Tenho vontade de rir ao perceber a recepção fria dela. Quando conheci Mags na festa que a BBC deu em comemoração ao *This Land*, ela fez com que eu prometesse não ser um pé no saco se a carreira de Emma decolasse. Fui pego tão de surpresa que nem consegui engolir meu gim--tônica e fiquei lá parado, com as bochechas cheias, como um hamster.

— Não vou demorar — respondo.

Ela me encara. Eu esperava que seu escritório fosse mais clichê, cheio de fotos amareladas e troféus empoeirados, mas o lugar parece a sala de espera de um escritório de decoração. Madeira clara, estruturas de aço, paredes brancas e imagens em molduras pretas e finas. Nada ali sugere que essa mulher representa cerca de cem atores e apresentadores da TV.

— Quando você e Emma encerraram o contrato, foi decisão dela ou sua? — pergunto.

Mags se recosta na cadeira, visivelmente surpresa.

Mas ela se recompõe rapidamente.

— Foi decisão da Emma, claro. Posso saber o porquê da pergunta?

Tenho aquela sensação de vazio de novo. Acho que uma pequena parte de mim ainda acreditava que Mags ia desmentir a história de Robbie Rosen.

— É complicado. — É tudo que consigo dizer.

— Eu fiquei em choque — diz Mags. — Mas ela não assinou contrato com mais ninguém, então acreditei que fosse verdade quando falou que tinha cansado da TV.

Concordo com a cabeça, sem dizer nada. Lá fora, o céu é de um azul perfeito.

Jeremy e Emma. Emma e Jeremy. A imagem deles vai ficando mais nítida de um jeito obsceno.

— Por que a pergunta? — repete Mags.

Ela se inclina sobre os cotovelos, me observando. Acho que clareou os dentes.

— Emma disse que foi você quem a dispensou. Ela ficou arrasada. Foi passar três semanas na costa para se recuperar. Não consigo entender por que ela disse uma coisa e você está dizendo outra.

Mags franze o cenho. Consigo ouvir o som de telefones e conversas animadas em algum canto. A agência dela é a maior e a mais antiga no mundo do entretenimento, segundo o site.

— Posso mostrar para você a carta de demissão que ela me mandou, se não acredita em mim. Eu me lembro muito bem. Deixei uma mensagem de voz para ela, pedi que pensasse melhor no assunto, mas ela não quis falar comigo. Mandei e-mail, cheguei até a escrever uma carta, mas ela estava irredutível. Só me enviou um bilhete dizendo que estava cansada da TV.

Ela coça o ombro.

— Ainda recebo quinze por cento dos *royalties* da BBC Worldwide, então não foi tudo em vão.

Naquela época, Emma chorou no meu ombro e me disse que tinha sido dispensada. Pelo que ela estava chorando, então? O que estava acontecendo? Fico tonto só de pensar nas possibilidades.

Mags me observa com atenção.

— Emma estava passando por um período difícil. Tente lembrar disso.

— Sim — respondo, de forma evasiva.

Estou com muito calor. Abro um botão da camisa e olho fixamente para o ar-condicionado, que está desligado, na parede, acima da mesa de Mags.

— Quando você diz "período difícil", está se referindo ao diagnóstico de câncer, certo?

Mags pega uma caneta pelas pontas com as duas mãos, girando-a com o polegar e o indicador.

— Na verdade, estava falando da demissão dela da BBC. Mas, sim, a história toda do câncer foi terrível também.

— Certo. Quanto a isso, por acaso você sabe por que a BBC a demitiu? Ela disse, na época, que foi tudo meio vago e que ninguém soube explicar o verdadeiro motivo; algum novo figurão, ou coisa do tipo. Mas, recentemente, ouvi dizer que não foi assim tão vago.

Mags continua girando a caneta.

— Vocês se separaram? — pergunta ela.

Respondo que não. Em seguida, após um pequeno conflito interno, acabo abrindo o jogo com ela.

— Olha, Mags, desculpa. Sou péssimo com mentiras. Estou aqui porque descobri que a Emma mentiu para mim sobre um monte de coisas. Estou tentando entender tudo antes de conversar com ela.

Mags pensa no que eu disse por um momento.

— Parece uma situação difícil. Mas não acho apropriado você me envolver nisso.

Ela põe a caneta em cima da mesa e logo depois a pega novamente. Acho que está incomodada.

— Sim, concordo com você. Não é apropriado. E eu não costumo fazer esse tipo de coisa, mas estou desesperado. Você pode pelo menos me dizer por que a BBC a demitiu, se você souber?

— Claro que sei por quê.

— Mas não vai me dizer?

— Não. Se a Emma não contou, não sou eu que vou contar.

O contorno de seu maxilar mostra que ela está falando sério.

— Bem, então é melhor eu ir embora.

— Acho melhor mesmo. Foi bom ver você novamente. Tchau.

Se fosse uma outra época, eu teria sorrido, mas não hoje. Eu me afundo na cadeira.

— Por favor, me ajuda?

— Não posso — responde Mags, olhando no relógio. — E preciso mesmo ir. Leo, tudo o que posso fazer é te dar um conselho: vai para casa e conversa com a Emma. Isso é o máximo que tenho a oferecer.

Ela abre um sorriso triste para mim e fecha seu laptop.

Não me resta alternativa.

— Seu marido — digo, enquanto ela guarda o laptop. — Nós já temos o obituário dele pronto.

Ela para o que estava fazendo, mas não diz nada. O marido de Mags foi o editor de política da ITV por anos. Ele não era um homem muito decente.

— Uma fonte próxima me contou várias coisas sobre ele. Estou certo de que sou a única pessoa que sabe, então nada entrou no obituário ainda.

Enfio as mãos agitadas entre as pernas, que não param de balançar. Isso me pareceu uma boa ideia no trem, mas eu não sou esse tipo de jornalista sem escrúpulos. Nunca fui, por isso que acabei ficando com os obituários.

— Ah, esquece — resmungo. — Desculpa, isso é chantagem.

Mags me encara com nojo, mas não diz nada.

Empurro a cadeira para trás.

— As pessoas fazem coisas horríveis quando estão desesperadas, né? Só... Esqueça que estive aqui.

— Ah, que se dane — rebate Mags.

Por pouco ela não joga o laptop na mesa.

— O motivo pelo qual a BBC...

— Não — eu a interrompo. — Esqueça o que falei sobre o seu marido. Não sou esse tipo de pessoa. Está tudo bem.

Mags me corta.

— Não aceito que a Emma saia dizendo por aí que eu a demiti. É quase uma difamação. Na verdade, estou pensando em falar com o meu advogado sobre isso...

— Não, por favor, não faça isso — começo a dizer, mas ela não quer saber.

— Olha, Leo — diz ela, esperando até que eu pare de implorar. — A BBC demitiu a Emma porque alguém falou para eles que ela tinha ficha na polícia. Eles investigaram a Emma e descobriram que era verdade.

Depois de uma pausa, eu me inclino para a frente.

— Peraí. Ela tinha o quê?

— Você ouviu o que eu falei.

— Mas por quê? Quer dizer, pelo quê?

Mags contrai os lábios.

— Assédio.

Apoio a cabeça nas mãos.

— O quê? Quem? Quem ela assediou?

Mags Tenterden se recosta na cadeira, se lembrando daquela época.

— Ela perseguia Janice Rothschild. — Sua voz agora está calma, quase como se estivesse se desculpando. — Sei que não deve ser algo fácil de ouvir.

— Não... Não é mesmo.

— Foi a Janice quem contou para a BBC. Emma não quis mais trabalhar comigo porque não queria me deixar numa situação complicada; Janice trabalha com a nossa agência desde que deixou a Academia Real de Arte Dramática nos anos 1990.

— Ai, meu Deus.

Mags me analisa por um tempo.

— Leo, desculpa, mas tenho mesmo outro compromisso. Vou pedir que meu assistente acompanhe você até a saída.

CAPÍTULO 24

Leo

Fico parado no caminho de pedra de nosso jardim descuidado, pensando em Ruby, cheia de histórias sobre a "arenonave" e tentando me convencer que "precisa" comer biscoitos de chocolate antes de dormir. Tento imaginar a conversa que eu e Emma teremos. Sinto uma pontada de ansiedade.

Liguei para meu irmão assim que saí do escritório de Mags. Olly, diferente de mim, sempre se sentiu parte do mundo e raramente pensa no pior cenário possível.

— Todo mundo tem segredos — diz, calmo.

Ele estava enchendo o lava-louças.

— E, sim, eu escondo várias coisas da Tink.

— Que tipo de coisa?

— Coisas tipo segredos.

— Você está inventando isso para eu me sentir melhor.

Há um longo silêncio.

— Ah, é... Bem, eu nunca contei para a Tink, nem para mais ninguém, sobre a vez que a mamãe entrou no meu quarto e me pegou batendo uma com a foto da Samantha Fox.

Rio pela primeira vez nas últimas vinte e quatro horas.

— Que beleza. Mas estou falando de coisa séria, Olly, não de adolescentes se masturbando.

— Cara, olha só. Emma mentiu sobre sua formação e algo envolvendo a agente dela. Poderia ser bem pior.

— Sério? Você levaria numa boa se a Tink tivesse inventado que cursou uma graduação? Se ela tivesse sido demitida por assédio e depois inventado toda uma história sobre isso? E se ela tivesse escondido uma relação longa e perturbadora e, possivelmente, sexual, com Jeremy Rothschild? Você estaria feliz se fosse com a Tink?

Olly solta um grunhido.

— Mikkel, para de perturbar o juízo dele!

— O pior é que a Emma fez de tudo para esconder essas coisas. Ela tirou a papelada do armário, escondeu em outro lugar, depois disse que eu estava sendo paranoico. E ela estava trocando mensagens de texto com alguém em Northumberland esses dias, tentando marcar um encontro. Disse que era a Susi, sua antiga amiga da escola, mas não acredito nela. Não mais.

Nesse momento, Olly para de abastecer o lava-louças.

— Você disse Northumberland?

— Disse. Por quê?

Ele suspirou devagar.

— Tenho certeza de que não é nada, mas Jeremy Rothschild tem uma casa lá. Um dos meus colegas sempre vai para lá nos feriados, eles alugam um chalé próximo ao dele. Alnwick, acho. Ou talvez seja Alnmouth?

— Porra — digo. — Porra, Olly.

Enfio a chave na fechadura e fecho a porta sem fazer barulho ao entrar.

Ela deve estar dando banho em Ruby agora. Sei que o Pato vai estar empoleirado na cadeira no cantinho do banheiro, onde Ruby gosta que ele fique. Sei que cheiro vou sentir no quarto, consigo imaginar a janela embaçada aberta sobre o peitoril desgastado.

Geralmente essas coisas me aquecem o coração, mas hoje só quero tirar essa história toda a limpo. Ando na ponta dos pés até a cozinha, onde pego o celular da minha esposa em sua bolsa e abro suas mensagens.

Primeiro, só encontro coisas triviais: conversas do trabalho, conversas de mães, conversas de amigos. O pavor é ensurdecedor demais para eu me questionar se o que estou fazendo é certo. Leio cada conversa de forma metódica antes de ir para a próxima.

A sexta da lista é uma troca de mensagens com Jill de hoje de manhã. Emma diz que está nervosa com nosso encontro mais tarde. *Eu queria contar para ele,* escreve. *Me sinto tão mal.*

Jill: *Você não pode falar para o Leo. Essa decisão foi tomada há muito tempo. E as razões continuam sendo as mesmas.*

Emma: *Eu sei... Mas não aguento mais*

Jill: *Acho que você precisa ir para casa, jantar com ele e negar o que ele pensa ter descoberto. Isso vai passar. Ele te ama demais para destruir tudo por causa de informações infundadas.*

Encaro o celular. O que isso quer dizer?

E por que Jill está dizendo a Emma que minta para mim? Estou espumando de raiva. Como ela ousa incentivar Emma a esconder coisas de mim? *Negar o que ele pensa ter descoberto*, sugeriu, como se eu fosse um idiota. Quer merda é essa?

Continuo rolando pelas mensagens de Emma, mais freneticamente a cada segundo. Não tenho muito tempo. Preciso procurar nomes que ela nunca mencionou — nomes falsos. Nomes como... Nomes como esse. *Sally.*

Abro a conversa e meus dedos estão moles.

É ele.

Duas horas antes, ele mandou uma mensagem dizendo que estava pensando nela. *Seria bom a gente se encontrar de novo em breve,* diz ele. *Sinto que ainda temos muita coisa para conversar.*

Há vinte e quatro horas, ele escreveu: *Você está bem?*

Quarenta e oito horas atrás, quando Emma estava em Alnmouth, ele mandou três mensagens curtas, pedindo desculpas por ter ido embora de repente. Diz que não conseguia fazer isso com Ruby ali.

Não conseguia fazer o quê? Estou enojado e com raiva.

Emma começou e escrever uma resposta. Está na caixa de diálogo, mas ainda não tinha enviada.

Jeremy, peço, com todo respeito, que pare de me mandar mensagens sobre a Janice. Não consigo deixar de pensar que você acha que sou culpada pelo desaparecimento dela, e isso me incomoda muito. Eu entendo. Ela desapareceu, você está apavorado e se perguntando se poderia ter feito mais alguma coisa para protegê-la, e se eu teria alguma resposta... Também sei que, quer a gente queira ou não, nós temos um laço: você é o pai da minha criança, caramba! E sei que tem sua própria opinião sobre como a gente deve lidar com toda essa bagunça, mas esses encontros constrangedores não vão resolver nosso problema. Você sabe o que eu quer...

O cursor fica piscando, esperando que ela continue.

Volto a mensagem e leio novamente. E chego outra vez ao fim. Em seguida, leio a parte do meio, cinco, seis vezes. Meus dedos pairam sobre o telefone, como se fossem apagar as palavras, então começam a tremer.

Eu me viro e esbarro na pasta de Emma, que cai no chão.

Em poucos segundos, ouço um estrondo e patas arranhando o assoalho, enquanto John Keats sai em disparada, galopando escada abaixo.

— Leo? — pergunta Emma. — Leo, é você, amor?

Olho para o cachorro, que está andando em círculos porque seu papai chegou em casa e tudo é muito maravilhoso. Meus olhos se enchem de lágrimas. Então é isso, percebo. O fim da vida em família que sempre desejei e amei. Todas as vezes que reclamei da bagunça e do barulho, todas as vezes que me preocupei com telespectadores desconhecidos e suas paixões secretas por Emma para, no fim das contas, ela estar tendo um caso com Jeremy Rothschild.

Então me jogo na cadeira, pensando na criança que está lá em cima tomando banho, minha bonequinha, meu bebê. A ideia de que ela é fruto de um caso sórdido é ainda pior do que a imagem de Emma transando com outra pessoa. É uma angústia que não consigo controlar. Eu me levanto e começo a andar em círculos. Não sei o que fazer.

— Papai? — Ouço uma vozinha aguda e som de respingos.

John continua abanando o rabo, pressionando o focinho molhado na minha mão. Ele não entende por que eu não me abaixo para brincar com ele.

— Papaiiiiii! — grita Ruby, lá de cima.

Não consigo encará-la, estou segurando um grito dentro de mim. Só de pensar que minha menina é...

Não.

Meu corpo vai em direção à porta da frente, e eu saio noite afora, com seu cheiro de jardins luxuosos e de comida. Ando depressa pela rua até Hampstead Grove e depois até Heath Street, onde mulheres ricas com sobrancelhas espessas e desenhadas tomam vinho em suas taças.

Nunca me encaixei em Hampstead. Eu me pergunto se alguma vez já me encaixei em algum lugar.

Acabo entrando em um pub perto de Belsize Park. Peço uma cerveja, depois outra, e levo as duas para uma mesinha de canto, como se estivesse esperando um amigo. Encaro uma parede de tijolinho e bebo uma atrás da outra. Sempre que faço isso quando estou com Emma, ela toca em meu braço e pergunta se quero conversar.

"Ela me ama", digo para o pub. É um belo pub vitoriano, com espelhos enferrujados e teto manchado, onde histórias e músicas vêm sendo escritas por décadas desde a última demão de tinta. Termino a primeira cerveja em minutos, feliz pelo anonimato de Londres. Aqui você pode tentar se destruir em qualquer espaço público, e ninguém vai parar para perguntar se você está bem.

A gente estava em um pub quando Emma descobriu que estava grávida de Ruby. Nós tínhamos nos encontrado no Soho depois do trabalho, porque ainda faltavam três dias para que ela pudesse fazer um teste de gravidez, e nós precisávamos nos distrair. Emma foi ao banheiro no andar de cima enquanto eu fazia o pedido no bar, mas, quando levei nossas bebidas lá para fora e encontrei um espaço no parapeito para me apoiar, ela ainda não tinha voltado.

Está tudo bem?, perguntei por mensagem de texto.

Pouco tempo depois, ela apareceu do meu lado, pálida.

— Olha... — disse.

Ela se virou de costas para bloquear a visão das outras pessoas e me deu um palitinho de plástico. Fiquei observando-o por um tempo até entender o que era aquilo; o que aquelas duas linhas azuis significavam.

— Comprei o teste quando estava vindo para cá. Tinha colocado na bolsa, e sei que ainda faltam três dias para poder fazer o teste e que o banheiro de um pub não é o lugar mais adequado para isso, mas não resisti.

Tentei pegar o teste, mas ela o puxou com firmeza.

— Eu acabei de mijar nisso.

Não era a primeira vez que a gente encarava um teste de gravidez positivo juntos. E eu sabia que essa gravidez estava muito no início e que havia chances de não vingar. Mas, enquanto estávamos ali, sob cestas de gerânios suspensas, cercados por hipsters, investidores e funcionários de escritórios, tive a sensação de que agora era para valer.

Meus olhos ficaram marejados.

— Uau — respondi.

Emma não disse nada, mas, quando olhou para mim, vi que também estava chorando.

Ela me abraçou com força, enterrando o rosto em minha camisa, e lágrimas quentes escorriam pela minha roupa e meu peito. Atrás de nós, vários jovens riam descontroladamente, cantando, desafinados, uma música cuja letra dizia "Blake fede a peixe, Blake fede a peixe".

Eu me lembro da nossa volta para casa mais tarde, ela estava quieta e segurava minha mão enquanto a gente seguia pelo metrô rumo ao norte. Ela me parou na rua, antes de entrarmos em casa, e disse: "Eu te amo muito, Leo." E eu sorri, porque sabia que ela estava sendo sincera.

Ela realmente me amava. Ela realmente me ama. Não era coisa da minha cabeça.

Então penso em todas as pessoas cujos obituários escrevi. Os aristocratas com seus casamentos felizes e suas relações sexuais de longa data com as empregadas. Os gângsters que tinham uma namorada em cada cidade. Os professores universitários casados tendo casos com estudantes, os artistas e suas orgias. Muitas dessas pessoas diziam, ao fim da vida, terem amado profundamente suas esposas; que seus casamentos não foram afetados por suas infidelidades.

Será que é possível amar alguém e fazer sexo casual com outra pessoa? Será que é possível amar duas pessoas?

Tento não pensar em Ruby, porque não posso fazer isso, mas a verdade já está entranhada em minha pele. Jeremy e Emma se encontraram tarde da noite na época que ela engravidou. E isso foi depois de passarmos anos e anos tentando, sem sucesso, ter um bebê.

Eles se encontraram em Northumberland essa semana. Têm trocado mensagens. Emma diz que ele é o "pai da sua criança".

Não tenho laços de sangue com ninguém no mundo, percebo. Ninguém.

CAPÍTULO 25

Emma

Não desço com Ruby. Sei que aconteceu alguma coisa pela maneira como John Keats aparece no banheiro com o rabo entre as pernas. Ele só faz isso quando se depara com algum comportamento humano que não consegue entender.

Ajudo Ruby a vestir o pijama, enquanto tento ouvir alguma coisa na cozinha, mas não há barulho nenhum. Um medo começa a crescer em meu peito enquanto leio uma história de ninar para Ruby. Desde que Leo me perguntou sobre Mags mais cedo, ele não respondeu mais nenhuma das minhas mensagens.

Quando desço, a cozinha parece carregada de tensão. A mala que Leo levou no fim de semana está ali, mas a minha está de cabeça para baixo, como um besouro com as patas para cima. John Keats fica do meu lado, apontando o focinho na direção da caixinha de som sem fio em que costumamos colocar música jungle.

— Leo? — chamo, mas não há ninguém ali.

A plantinha da qual Ruby estava cuidando como parte da atividade da creche está no cantinho, sem dúvida morta. Ela afogou a planta.

Fico ali parada, tentando imaginar o que pode ter acontecido com Leo.

John começa a arfar.

— Está tudo bem — digo a ele. — Está tudo bem, John.

Então avisto meu telefone na bancada e ouço um pequeno lamento escapar de minha boca.

Não está nada bem. Meu telefone estava na bolsa quando fui dar banho em Ruby.

Não, Leo.

E ali está, quando pego o celular: minha mensagem inacabada para Jeremy. O cursor pisca ao final, inofensivo, aguardando as próximas instruções.

... você é o pai da minha criança, caramba...

O silêncio toma conta do ambiente. Nuvens rosadas atravessam as árvores no jardim. Um gato está lambendo as patas empoleirado no muro dos fundos.

— Não — digo, murmurando. — Não.

Leio meu rascunho uma, duas, três vezes, e imagino Leo fazendo o mesmo, a agonia que sentiu, a descrença.

— Desculpa, desculpa — sussurro, antes de tentar ligar para ele.

Alô, aqui é Leo Philber, diz a voz dele. Uma voz tão doce. *Desculpa por não atender. Por favor, deixe um recado que retorno assim que puder, ok?.*

A gente riu do "ok". Eu disse que era muito americanizado; ele argumentou que era isso que os jornalistas jovens e descolados falavam em suas mensagens de voz hoje em dia, o que me fez rir mais ainda, e ele também não conseguiu conter o riso.

Começo a pensar. Talvez ele não tenha lido. Não, é claro que ele leu. Além do mais, ele jamais violaria minha privacidade desse jeito se já não estivesse perto de descobrir a verdade.

De repente, a tela do celular muda e ele começa a tocar. Eu quase choro, aliviada, mas não é Leo, e sim Jill. Rejeito a chamada.

Tento mandar uma mensagem de texto.

Leo, você está aí?

Um traço: a mensagem foi enviada.

Dois traços: a mensagem foi entregue ao celular dele.

Dois traços azuis: ele está lendo a mensagem.

Sinto um alívio, embora não saiba por quê. Não tenho a menor esperança de consertar isso.

Amor, por favor, volta para casa. Preciso te explicar o que está acontecendo

Dois traços azuis. Tento imaginá-lo: os óculos de leitura, que ele nunca limpa, manchados e tristes. Talvez ele esteja passando por Heath enquanto a noite cai. Ou esteja no metrô, preso em uma estação subterrânea, antes que o trem siga para... para onde? Ai, Leo.

Jill liga outra vez. Eu rejeito. Segundos depois, ela tenta de novo. Rejeito outra vez. Amanhã eu ligo para ela.

Começo a escrever outra mensagem para Leo, tentando explicar, mas logo paro. O que posso dizer? A mensagem que ele encontrou vai muito além da paternidade de Ruby. Tive bons motivos para ter escondido essas coisas dele; todos esses anos de segredos e sofrimento pelos quais Jeremy e eu passamos. Como vou dizer isso agora, em uma mensagem de texto?

Ele fica off-line. Mando outra mensagem, perguntando se ainda está ali, mas ela não é entregue.

Em meio a tudo isso, Jeremy envia uma mensagem. *Você está bem? Não tenho nenhuma novidade. Só passando para saber se Janice não te procurou.*

Apago a mensagem e afundo lentamente na cadeira. Uso o celular para colocar algo para tocar na caixa de som, algo chamado "*Smooth: New Dimensions in Ambient Jungle*", para ver se John se acalma.

Jill liga de novo, e dessa vez eu atendo.

— Oi. Desculpa, mas não posso falar agora. O Leo andou lendo minhas mensagens e desapareceu. Posso te ligar amanhã? Está tudo bem?

— Estou bem, mas preciso falar com você, Emma...

— Não posso — digo, interrompendo-a. — Desculpa. Juro que te ligo amanhã de manhã.

Você tem que me ligar essa noite, Jill escreve na mesma hora. *É importante.*

Ligo amanhã, prometo, respondo.

Fico um bom tempo parada, até que a sala mergulhe na escuridão. Posso ouvir o ruído de aviões que cruzam Londres e seguem até o Heathrow e o Gatwick, e o barulho de uma raposa revirando uma lata de lixo. O ar esfria, mas meu coração continua acelerado.

Tento falar com Leo de novo à uma e trinta e sete da manhã, mas toca até cair na caixa de mensagem.

Tento outra vez às duas e quatro.

Às duas e meia, ele finalmente manda uma mensagem. *Estou dormindo no galpão. Por favor, não venha até aqui. Preciso de espaço.*

Vou ver se Ruby está respirando.

CAPÍTULO 26

Leo

Na manhã seguinte, acordo com a cabeça doendo e com o amargor do enjoo e do arrependimento. Não faço ideia de quantas cervejas tomei ontem à noite nem de quantas saideiras bebi depois delas. Eu me lembro de ter pulado o muro para chegar ao galpão porque não conseguia chegar a uma conclusão se tinha mesmo largado Emma, e achei que seria errado dormir em outro lugar sem ter uma decisão definitiva. Não importa o que aconteça, não vou abandonar Ruby do nada.

Ouço o barulho de uma mosca presa numa teia de aranha perto do sofá empoeirado, e lá fora John Keats está latindo para o lago. Vou entrar em casa em alguns instantes, mas não faço ideia do que vai acontecer quando eu vir Ruby. Estou com medo de acabar pegando minha menina no colo e fugir com ela pela porta da frente.

Ela é minha. Precisa ser. Durante seu primeiro ano de vida, as pessoas me diziam: "Nossa, ela é a sua cara! Ela é linda." E meu peito se enchia de orgulho. Pela primeira vez, eu fazia parte de algo. Uma família de verdade, sem segredos.

Penso no cabelo macio de Ruby, em suas unhas pequenas, em seu risinho sapeca. Depois penso em Emma e Jeremy Rothschild. Acho tudo tão nojento, errado, inacreditável e absurdo, que, por um momento, eu mesmo não acredito que isso seja verdade.

Mas, sentado no pub ontem à noite, antes que o álcool deixasse minha memória e meu bom senso turvos, comecei a me lembrar de coisas.

Aquele ódio sem sentido que Emma nutria por Janice Rothschild. A raiva que sentiu no dia que Jeremy fez queixa de mim para meu editor-chefe. E, é claro, as Fases dela. Anos e anos delas.

Emma perdeu a mãe um ou dois dias após seu nascimento; seu pai morreu pouco antes de suas provas finais do colégio. O comando dele tinha sido enviado para ajudar a evacuar britânicos de Kinshasa no que era, então, o Zaire, e ele nunca mais voltou.

Seu pai fora um homem infeliz e ausente na maior parte do tempo, ela me contou, mas Emma o amava, como seria esperado de qualquer criança. Tem uma foto dele no patamar de nossa escada; é a única coisa que Emma conseguiu pendurar na parede desde que nos mudamos. A perda dos pais sempre pareceu uma explicação plausível para seus momentos de tristeza. Mas, ontem à noite, comecei a me perguntar, com certo medo de descobrir a resposta, se suas Fases realmente existiam. E se eram apenas uma desculpa para ela ir até Northumberland transar com Jeremy Rothschild? Será que ela fez Jill se mudar para nossa casa quando Ruby nasceu porque temia que Jeremy pudesse aparecer para exigir seus direitos de pai?

Engulo em seco.

Quando finalmente consigo me levantar, abro uma fresta na porta e a luz do sol da manhã quase me cega. As teias de aranha brilham no chão como pratos decorativos, interrompidas apenas por pegadas de cachorro. Logo, o orvalho terá secado e o dia alcançará sua temperatura máxima.

Paro outra vez, sem saber se vou vomitar.

John Keats fica olhando o lago, impaciente, mas vem correndo na minha direção, todo contente quando me vê, como se estivesse acostumado a me ver dormindo no galpão. Eu o puxo para dentro.

— Jeremy — digo para ele. — Jeremy. Você conhece o Jeremy?

Ele fica abanando o rabo no chão.

— John. Cadê o Jeremy?

O cachorro começa a andar em círculos, em um misto de confusão e animação. Ele não faz ideia do que estou falando, mas não dispensa uma brincadeira por nada.

Digo a ele que precisamos entrar. Eu me levanto, mas não saio do lugar. Falo para ir na frente, mas ele começa a pular e latir. Eu me ajoelho e dou um abraço nele, já que essa é a única forma de fazer com que ele se acalme quando fica muito agitado.

Leva um tempinho até ele se conter. Sento nos calcanhares, olhando para nosso cachorro.

— Acho que não consigo fazer isso — admito. — Não estou pronto, John.

Neste momento, a única conversa que quero ter com Emma é sobre seu caso e dizer para ela que não posso continuar com uma pessoa que me traiu, mas não estou pronto para isso.

Tento segurar as lágrimas enquanto mando uma mensagem para Emma dizendo que preciso de mais tempo. Ponho a cabeça na fresta da porta do galpão. Não há nenhuma movimentação na cozinha; elas devem estar no andar de cima.

Então é isso. Dou um beijo em John, e me esgueiro contra o muro dos fundos até o beco arborizado que separa nosso jardim do de nossos vizinhos. Ninguém usa essa viela, e o portão está trancado há anos. Pela segunda vez em doze horas, pulo o muro, só que desta vez sou visto por um entregador que está revirando pacotes em uma van não identificada.

— Tudo bem? — pergunto.

— Tudo — responde ele.

Ao fundo, John Keats está latindo novamente.

CAPÍTULO 27

Leo

Poucas redações de jornal ficam vazias nos fins de semana, e a nossa não é exceção. Não tem nada acontecendo na editoria de reportagens especiais, claro, mas hoje a redação está a toda, e o pessoal que cobre política também anda bastante agitado. Um protesto acabou ficando violento, e as brigas estão se espalhando por Westminster. Parece que o carro do ministério de Relações Exteriores ficou preso no meio de uma multidão enfurecida. Passo rápido pelas editorias agitadas, sem querer interagir com ninguém.

Quando viro no corredor, vejo que Sheila está em sua mesa.

— Ah!

— Ah! — repete ela, tirando os óculos.

Demoro um pouco para notar que ela está envergonhada. Seu computador está desligado, e ela está segurando um livro à frente do corpo. E são dez e dez de um sábado de manhã. Ela acaba colocando o romance na mesa e gira a cadeira para me encarar.

— Você está com uma cara péssima. Está tudo bem?

Balanço a cabeça.

— Ah, Leo — diz, baixinho, e finalmente entendo que ela sabia de tudo.

A humilhação me atinge como uma avalanche.

— Como você ficou sabendo?

— Sou amiga dos Rothschild há anos. Especialmente do Jeremy; sempre fui confidente dele.

Fico calado, porque não tenho muito controle sobre minhas palavras.

— Sinto muito, Leo. Nunca achei correto terem escondido isso de você — continua ela.

Nunca havia percebido nenhum tom de carinho na voz de Sheila. Isso só me deixa desesperado.

— Foi por isso que você comentou sobre a Emma estar na estação de Waterloo? Você estava tentando me dizer alguma coisa?

Ela olha para seu livro.

— Não. Eu estava indo entrevistar uma pessoa e passei por Waterloo quando vi a Emma no meio da estação, desnorteada, e me perguntei o que tinha acontecido. No dia seguinte, todos ficamos sabendo do desaparecimento da Janice. Então me dei conta de que a Emma devia ter acabado de saber, por Jeremy, quando a vi.

— E?

— E, Leo, estou com raiva por você. Não era certo você não saber sobre eles. Não saber como a sua vida e a dos Rothschild são próximas.

Ela suspira.

— Acho que perguntei pela Emma porque estava torcendo para que ela tivesse te contado a verdade. Mas é claro que não foi esse o caso, e você acabou achando que eu estava só sendo enxerida.

Eu me sento na cadeira de alguém: ainda estou na editoria de cidade, a alguns metros de Sheila. Há um post-it colado na mesa: PERSONAL TRAINER ÀS 18H. NÃO SE ATRASE.

— Você devia ter me contado. — Isso é tudo que consigo dizer.

Sheila fica tamborilando os dedos.

— Se eu pudesse, teria contado. Mas sou leal aos dois, Leo. Prometi a Jeremy que nunca diria nada desse assunto para ninguém.

Observo a luz da secretária eletrônica de alguém. Jeremy Rothschild não merece sua lealdade, é o que quero dizer. Mas ela o conhece há muito mais tempo do que a mim.

Sheila continua:

— Eu tinha certeza de que você acabaria descobrindo alguma coisa quando começou a escrever o obituário da Emma. Vi que pesquisou a universidade dela, Leo. E a série de TV. Eu sabia que isso te deixaria muito confuso e triste. Fiquei muito dividida.

Alguém na redação liga uma TV enorme, e o andar é preenchido com o barulho. Eu me levanto e vou até minha mesa.

— Eu quero matar Jeremy Rothschild — digo, embora nunca tenha machucado uma mosca sequer.

Sheila suspira.

— Entendo que nesse momento você deve detestá-lo, mas ele não é uma pessoa ruim. Ele foi muito generoso com a Emma, na verdade.

— Ah, imagino.

— Ele não é uma pessoa ruim — repete ela.

— Está bem, Sheila. Já entendi. Você o conhece há anos e não quer tomar partido.

Ela dá um sorriso compadecido.

— Mas e a Ruby? — pergunto com a voz vacilante. — O que eu falo para Ruby, Sheila? Como posso continuar sendo o pai dela agora?

Sheila fica séria.

— Você vai continuar sendo o pai dela, como sempre foi, ora. Olha, você não devia ficar aqui. Vamos para a minha casa. Vou te dar algo para comer e depois acho que talvez fosse bom você dormir um pouco. Você está com uma cara péssima.

Nunca consegui imaginar onde Sheila mora. Ela é tão discreta que nunca soube de que parte de Londres ela vinha todo dia; só dizia que vinha de uma região "ao norte do rio". Eu achava que fosse um apartamento em algum bairro bem localizado, talvez em Queen's Park ou Barnsbury. Mas Sheila não é como as outras pessoas que eu conheço, e, por isso, não é uma grande surpresa quando ela diz que dá para chegar à casa dela em vinte minutos andando. E, quando ela para em frente a uma casa geminada em Cheyne Walk, cinco metros ao norte do rio, eu começo a rir. É claro que ela mora num casarão à beira do rio. É claro.

A decoração da casa é elegante; tem um ar meio intelectual, à moda antiga, que eu e Emma sempre quisemos ter, mas nunca conseguimos reproduzir. Tapetes persas e estantes; antiguidades trazidas por algum parente de alguma viagem pelo mundo. Um cheiro agradável de couro, flores e veludo antigo.

— Uau — digo, abalado.

Que choque seria receber um convite para ir à casa de Sheila, em outra circunstância. Poder contar para Jonty que Sheila provavelmente era multimilionária e que tem uma estátua neoclássica com um pênis enorme na cornija da lareira.

— Essa casa é do meu pai — diz, em um tom casual. — São muitos quartos para uma mulher solteira. Às vezes, eu... Às vezes, acaba sendo demais para mim.

Ela aponta para sua bolsa com o livro que havia levado para o trabalho.

Nunca achei que Sheila fosse uma pessoa solitária. Sempre que penso nela em seu tempo livre, a imagino fazendo sala para muitas pessoas e recebendo visitas do mundo todo. Estar nessa casa com ela, em um sábado, é como se eu estivesse lendo seu diário.

Ela me indica um quarto no andar de cima, com uma cama branca grande e uma parede cheia de esboços em carvão pendurados.

— Vou pegar alguma coisa para você comer — diz ela e depois sai do quarto.

Procuro algo para colocar sobre o lençol para não o sujar, mas não há nada que possa usar. Acabo me sentando em um tapete grosso perto da cama, sem conseguir me decidir.

Minutos depois, quando Sheila aparece com biscoitos de chocolate, eu já estava apagado. Ela pede que eu me levante, e me permito ser conduzido até a cama. Sheila põe a mão gentilmente sobre minha cabeça e logo estou dormindo outra vez.

Quando acordo, a luz está começando a diminuir e vejo partículas de poeira flutuando no ar. São cinco da tarde. Consigo ouvir Sheila lá embaixo e, por um momento, não consigo lembrar o que estou fazendo aqui.

Mas isso não dura muito. Mexo no celular e sinto meu estômago embrulhar; há nove mensagens e cinco chamadas perdidas de Emma.

Por favor, me liga.
Por favor, vem para casa.
Leo, eu te amo. Por favor, fala comigo.
Ouço uma batida na porta.
— Oi — diz Sheila.
Pelas roupas de Sheila, parece que ela fez ioga a tarde toda. Fico ligeiramente surpreso, embora ache que hoje em dia todo mundo faça ioga, menos eu.
— Como você está?
— Quero morrer — respondo.
Ela fica me olhando por um tempo e depois sorri.
— Acho que você precisa falar com a Emma primeiro. Está pronto para ligar para ela?
Faço que não, balançando a cabeça.
— Pode passar a noite aqui, se quiser. Mas precisa dizer para a Emma que está vivo e encontrar com ela amanhã. Ou mais tardar na segunda--feira. Vocês dois precisam decidir o que vão fazer. Você não pode simplesmente abandonar a sua filha.
Fecho os olhos. Minha filha.
Sheila se aproxima e põe a mão em minha cabeça outra vez, como tinha feito quando fui dormir. Talvez ela não tenha sido uma interrogadora, no fim das contas. Talvez tivesse trabalhado em algum setor mais humano do MI5, se é que existe algo assim lá.
— Vocês vão conseguir dar um jeito nisso. Leo, nunca vi ninguém amar tanto sua parceira quanto você ama a Emma.
— Mas isso só conta se for recíproco, né?
Quando Sheila sai do quarto, fico sentado com o telefone na mão, admirando os esboços em carvão na parede. Eu me sinto vazio, como se houvesse um buraco dentro de mim.
Meu celular começa a tocar. Para minha surpresa, é Jill.
Jill é a última pessoa com quem quero falar, mas parte de mim torce para que ela diga que tudo não passa de uma grande confusão, que eu entendi tudo errado.
— Jill?

— Leo — diz ela.

— Está tudo bem?

— Sim, está. Estou tentando falar com a Emma. É urgente. Tentei falar com ela ontem à noite, ela ficou de me retornar, mas, até agora, nada. Preciso falar com a Emma, Leo. Você tem como me ajudar?

— Não — respondo. — Não tenho. Não estou em casa.

— Ainda?

— Sim, ainda. Fiquei sabendo do relacionamento de anos de Emma e Jeremy Rothschild. E ontem vi uma mensagem no celular dela que dizia que ele é o pai da Ruby. E sei que você sabe de tudo, porque também li as suas mensagens. Então me poupe e não tente negar.

Jill fica muda.

Depois de uma longa pausa, ela acaba dizendo:

— Ah.

— Pelo bem da Emma e da Ruby, eu dormi no galpão. Mas acabei saindo de novo. Não estou pronto para encarar a Emma.

— Entendi — diz Jill. — Espera. Deixa eu ver se entendi direito: você está me dizendo que deixou a Emma?

— Não. Só estou falando que preciso de uns dias para pensar, então vim para a casa de uma amiga. Ok?

— Ok — responde ela, com um suspiro, e encerra a chamada.

Acho que nunca vou entender Jill.

Mando uma mensagem para Emma, perguntando se podemos nos encontrar em casa, na segunda-feira às nove e meia da manhã, depois que ela tiver deixado Ruby na creche. Peço desculpas pelo meu sumiço, mas admito que não estou sabendo lidar com tudo isso, e que não quero que Ruby me veja até eu estar mais calmo.

Ela responde na mesma hora dizendo *sim* e *obrigada,* e *eu te amo.* Pouco depois, manda outra mensagem dizendo que Ruby está bem.

Então é isso, tudo acertado. Ainda são cinco e dez da tarde, e não tenho a menor ideia do que fazer para passar o tempo até meu corpo me deixar apagar novamente.

* * *

Desço as escadas e encontro Sheila tomando vinho tinto no jardim. Nunca a vi tomar vinho tinto; quando vamos ao Plumbers', ela sempre toma a cerveja Continental, às vezes pede um conhaque. Também nunca a imaginei bebendo sozinha às cinco e quinze em um jardim todo exuberante e cheio de flores. Está tudo de pernas para o ar.

Sem dizer nada, ela serve uma taça para mim, e ficamos sentados, em silêncio, vendo a noite cair.

CAPÍTULO 28

Emma

Levo Ruby para a creche na segunda-feira de manhã, segurando as mãos dela, balançando para a frente e para trás e cantarolando, como se estivesse tudo bem. Hoje é o dia de entregar a planta, e ela mesma está levando a sacola.

Devolvo a planta para Della, que é a professora auxiliar que toma conta de Ruby, dizendo que ela adorou cuidar da mudinha.

— Uau. Ela deu uma encolhida!

Ela dá uma piscadela. Ontem, para tentar matar o tempo, levei Ruby até a Ikea para comprarmos uma planta substituta, e Della não é boba.

Fico parada na porta, enquanto ela põe a planta em cima da mesa, dizendo para um colega que a planta voltou bem menor.

— São todos iguais — comenta seu colega, sem notar minha presença. — Esses pais de classe média nunca assumem seus erros.

Essa última dose de culpa é a gota d'água. Meus olhos começam a ficar marejados, e saio dali correndo.

Estou andando apressada pela rua quando ouço o barulho de um carro encostando no meio-fio ao meu lado. Não dou bola até ouvir a porta abrindo e alguém chamando meu nome.

Eu me viro para ver quem é.

CAPÍTULO 29

Leo

Ligo para Emma às nove e cinquenta e cinco para saber por que ela não está aqui. Por mais que sempre se atrase para tudo, sempre, eu esperava que pelo menos desta vez ela fosse chegar no horário.

O telefone toca até cair na caixa de mensagem.

Tento outra vez às dez e meia. E novamente às onze.

Será que ela está com Rothschild, combinando os detalhes de sua versão da história? Só de pensar nisso, tenho vontade de jogar minha xícara na parede. Mas não faço isso, porque é uma porcelana huguenote rara deixada de herança pela avó de Emma. Então pego uma xícara da Ikea e a quebro. Nunca fiz nada parecido com isso antes, e esse gesto não faz com que eu me sinta melhor.

Começo a varrer os cacos e ligo para a editoria de obituários para dizer que vou trabalhar de casa. Kelvin não parece se importar, mas Sheila me liga na mesma hora.

— O que aconteceu? — pergunta.

Ouço quando ela se afasta do nosso cubículo.

— As coisas não correram bem?

— Emma não apareceu — respondo. — Era para a gente ter se encontrado às nove e meia, mas nem sinal dela. Ela nem atende o celular.

Quase consigo vê-la franzindo o cenho.

— Que estranho. Pensei que ela estivesse louca para se explicar, não?

— Estava. Ela me encheu de mensagens dizendo que sentia muito, que precisa se explicar, que me ama. Mas, hoje de manhã, nada.

— Vai me dando notícias — pede Sheila. — Por favor.

Às onze e quinze ligo para a creche, do nada fico preocupado com a possibilidade de Emma ter fugido com Ruby. Falo com Della, que confirma que Ruby está na creche e que Emma a deixou lá às oito e quarenta e cinco "com uma planta bem viva".

Conto as últimas notícias para Sheila. Ela responde com um emoji intrigado. Só que Sheila não é o tipo de pessoa que usa emojis.

Meu estômago está embrulhado. Tento ligar para a pessoa que é braço direito de Emma, Nin; primeiro ligo para o departamento da UCL e depois para um celular que encontro na agenda de Emma. Nin explica que ela ligou essa manhã dizendo que faltaria porque estava doente, mas quem havia atendido a ligação tinha sido outra pessoa.

— Ela está bem? — pergunta.

— Quem pode saber? — respondo.

Solto uma risada estranha e desligo. Nin deve estar pensando que eu a matei.

Aquele buraco enorme em meu peito está se abrindo de novo. Preciso fazer alguma coisa. Deixo um bilhete para Emma no quadro de anotações da cozinha e saio de casa. Vou comprar leite. Quando volto, já é meio-dia e ela ainda não chegou.

Eu me obrigo a levar John Keats para passear por Heath. Observo as pessoas correndo na pista de exercício, e John rouba a bola de outro cachorro.

Quando volto, à uma e meia, ela ainda não deu sinal de vida. Faço um sanduíche, mas não consigo comer.

Ligo outra vez para Nin. Ela diz que acha que Emma pode ter ido a um evento de ecologia marinha em Plymouth, mas não parece estar muito convencida disso — dizer que está passando mal e ir para outro trabalho não é o tipo de coisa que Emma faria. Acabo concordando com ela, mas, afinal de contas, o que eu sei sobre minha esposa?

— Você me mantém informada? — pede Nin, e é nesse momento que começo a ficar realmente preocupado. — Me manda uma mensagem quando descobrir onde ela está?

Prometo a Nin que vou mandar.

Pego um caderno, me sento e começo a fazer uma lista de lugares onde Emma pode estar.

Na casa de Jill
Na casa de Jeremy Rothschild
Na terapia
Em Plymouth, na conferência marinha
Em Heath / no lago das moças
Com alguma de suas amigas mães
Com alguma outra amiga

Eu me sinto melhor ao terminar a lista. Há várias pessoas e lugares para procurar, e, até eu terminar de checar tudo, ela já deve estar de volta.

Pesquiso sobre o evento de Plymouth primeiro e ligo para eles. Falo com várias pessoas que não ajudam em nada, até que sou transferido para alguém que trabalha com Emma em Plymouth, que diz que ela com certeza não está lá.

— A gente teria adorado se ela estivesse aqui hoje — ressalta.

A terapeuta me diz que não pode falar comigo sobre Emma, mas que, se estou preocupado, deveria ligar para a polícia e talvez para Jill. Encerro a ligação o mais depressa possível. Essa mulher deve saber coisas demais sobre mim.

Tento ligar para as duas amigas mães das quais tenho o contato, mas elas não estão com Emma também. Elas parecem empolgadas demais com o fato de eu ter perdido minha esposa. Vou prometendo para mais e mais pessoas que vou mandar notícias. Nin envia uma mensagem perguntando se tenho novidades. Noto, implícito em cada resposta, certo receio de que ela possa estar tendo algum episódio depressivo grave — algo mais sério que as Fases com as quais estamos acostumados — e que eu deveria intensificar minhas buscas se ela não aparecer logo.

Tento falar com Jill, mas ela não atende. Mando uma mensagem de texto pedindo a ela que me ligue.

Sheila me liga outra vez.

Desde que desembarquei do avião em Luton, três dias atrás até as nove da manhã de hoje, Emma não havia parado de me mandar mensagens. Ela queria muito conversar comigo. O que aconteceu? Começo a sentir um medo real crescendo dentro de mim.

Tento ligar para Jill outra vez, mas não consigo falar com ela, então decido buscar Ruby mais cedo. Eu me sinto desconfortável ao pensar que, no momento, sou seu único responsável.

Ruby fica toda agitada quando me vê, como se soubesse que algo sério está acontecendo. Ela vai dançando pela calçada e faz um escândalo quando me recuso a comprar sorvete para ela naquela sorveteria chique. Fala que me odeia e chuta minha canela.

Eu me agacho em frente a ela na rua. Onde está sua mãe? Tenho vontade de gritar. O que ela fez? Mas, em vez disso, eu a puxo para mim e lhe dou um abraço bem apertado. Continuamos o caminho de casa com Ruby montada em minhas costas, o que acaba sendo bom, porque o esforço de carregar uma criança de três anos numa longa subida é o bastante para manter minha mente ocupada.

A casa está vazia. John Keats está deitado em sua caminha ouvindo a música jungle que deixei tocando para ele; ele balança o rabo preguiçosamente antes de pegar no sono outra vez. Não há nada na cozinha fora do lugar.

Ruby acaba dormindo no sofá, então a levo para a cama para tirar uma soneca. Quando saio de seu quarto, penso ter ouvido a porta da frente. Graças a Deus! Graças a Deus. Mas, quando desço correndo as escadas, percebo que é só um panfleto de uma loja de kebabs.

Ligo para Emma novamente, enquanto Ruby está dormindo, e dessa vez ouço o barulho de um telefone vibrando. Eu estava no andar de baixo quando tentei ligar para ela mais cedo. Em meu desespero, não tinha nem notado que sua bolsa estava em cima da nossa cama e que o celular estava lá dentro. Ele está ali, junto com sua carteira e um envelope A5 volumoso sem nada escrito. Não estou totalmente certo disso, mas acho que esse envelope estava na bolsa dela na noite de sexta quando mexi em seu telefone.

Dentro de envelope estão seu passaporte e o de Ruby. Não é nada suspeito; elas viajaram na semana passada, e é típico dela ainda não ter desfeito a mala. Mas então acho a carta da Universidade de St. Andrews a respeito de seu desligamento e vários outros documentos, incluindo um diploma da Open University com o nome de Emma. Eu me sento na cama lentamente e leio uma vez, depois releio. Ela realmente fez faculdade: isso não era mentira. Mas cursou biologia, e o ano de conclusão é 2006, anos após ela ter supostamente se formado em biologia marinha em St. Andrews.

Em seguida, acho uma carta do Tribunal de Magistrados de Highbury, confirmando uma ordem de restrição. O documento proíbe que Emma esteja num raio de duzentos metros de Janice Theresa Rothschild e é de dezoito anos atrás. Eu leio uma, duas, três vezes, mas não há dúvidas: se Emma violasse os termos dessa notificação, ela estaria sujeita a ser presa imediatamente.

O penúltimo documento que encontro, antes de meu telefone começar a tocar, é uma certidão de nascimento. Está em nome de Emily Ruth Peel, uma mulher de quem nunca ouvi falar, mas cuja data de nascimento é a mesma de minha esposa.

Quando puxo o último papel, já sei o que vou encontrar.

"Ação de Retificação de Registro Civil" é o que aparece no topo do documento que confirma que Emily Ruth Peel mudou seu nome para Emma Merry Bigelow em 2006.

CAPÍTULO 30

Leo

Ruby estava muito animada com a delegacia, então coloco um desenho para ela assistir no meu celular, mas a polícia não está muito animada comigo. "As pessoas costumam dar uma sumida depois de algumas discussões", explica a policial que nos atende. A gente vê isso o tempo todo.

Ela diz que vai entrar em contato, mas que Emma não será dada como desaparecida até que tenham se passado quarenta e oito horas.

Tudo isso parece a vida de outra pessoa. Não pode ser a minha.

Voltamos para casa no início da noite, ainda sem sinal de Emma. Mas Olly e Tink acabaram de chegar com Oskar e Mikkel, que vieram para distrair Ruby. Sinto que estamos em estado de alerta. Meu telefone não para de receber mensagens de amigos, perguntando se já a encontrei. Mas não tenho forças para visualizá-las.

Lá em cima, as crianças estão brincando de alguma coisa que parece perigosa. Deixo que continuem. Tink está preparando uma sopa ou um picadinho, não tenho certeza, e Olly está sentado à mesa da cozinha, ouvindo a história completa pela terceira vez.

— Qual é o seu maior medo? — pergunta ele, de repente.

— Meu... o quê?

— Você recebeu notícias devastadoras sobre a paternidade de Ruby, mas, pelo que estou vendo, parece muito mais preocupado com a possibilidade de ter acontecido alguma coisa com a Emma.

Reflito sobre isso.

— Tenho andado preocupado com ela. A Emma tem sofrido muito assédio de homens pela internet, recebendo algumas ligações que vivem caindo. Espero que não seja nada, mas tinha um sujeito esquisito encarando a Emma aquele dia, depois do show. O cara ficou simplesmente encarando a minha mulher, como se a conhecesse.

Olly olha para mim com um quê de malícia, satisfeito.

— Bem, então você não desistiu do seu casamento. O que é um alívio. Leo, veja bem, tenho certeza de que esses caras que ficam mandando mensagens pela internet são só carentes. E todo mundo recebe essas ligações. Ainda acho que existe uma explicação razoável para tudo isso.

Tink se vira da bancada:

— Amor, o Leo descobriu que não é o pai da Ruby e que Emma se chamava Emily Peel até os vinte e cinco anos. Não acho que tenha nenhuma explicação inocente para isso.

Olly dá de ombros.

— Eu acredito na Emma — diz ele.

Eu me levanto outra vez para abrir a porta e dar uma olhada na rua. Checo meus e-mails, o Facebook, os e-mails do trabalho, mas nada. Nunca me senti tão impotente.

O que mais me chama a atenção é o seguinte: ela saiu só com as chaves de casa, o que significa que planejava voltar rápido. Além do mais, a última mensagem enviada do celular dela foi para mim, confirmando nosso encontro às nove e meia. *Obrigada por topar conversar comigo*, escreveu. *Eu te amo.*

Um pássaro canta em escala cromática no plátano dos vizinhos.

— Me ajuda — digo, me levantando de repente. — Olly, por favor, me ajuda. Preciso fazer alguma coisa.

— Certo, tudo bem. — Ele fica contente por ter uma missão.

Tink nos observa em silêncio.

— Olha, vamos começar fazendo uma lista de todas as coisas que podem ter acontecido. Sei que a gente já falou sobre isso umas vinte vezes, mas pode ser que escrever ajude.

Doença, escrevemos — uma possível reação pós-quimioterapia, ou, que Deus me livre, o câncer ter voltado —, ou um acidente. Mas logo concordamos que é tarde demais para uma reação à quimioterapia e cedo demais para uma reincidência do tumor. Um acidente também parece pouco provável no trajeto curto entre a creche e nossa casa, mas, por via das dúvidas, liguei mais cedo para os hospitais Royal Free e Whittington, mas ela não tinha dado entrada em nenhum deles.

Em seguida, levanto a possibilidade de um sequestro, mas Olly logo descarta essa hipótese, e com razão.

— Estamos falando de Hampstead Village. Por que alguém sequestraria a Emma com tanto milionário dando sopa por aí?

Um maníaco, sugiro. Após uma pausa, Olly pede para ver as mensagens do Facebook de Emma.

Busco o laptop e o coloco na frente dele. Tink logo se aproxima para ler por cima de seu ombro.

Emma recebeu várias mensagens desde que vi sua caixa de entrada pela última vez. A maioria delas é carinhosa, mas várias outras têm um tom mais agressivo e sexual, o que faz Tink querer parar de ler depois de um tempo.

— Malditos tempos das trevas.

Olly parece chocado.

— Eu não teria sido tão indiferente com aquelas ligações, se tivesse visto isso antes.

Chegamos à conclusão de que preciso contar isso para a polícia, mas ninguém atende no número que eles me deram, mesmo eu ligando cinco, seis, sete vezes.

Quando tento pela oitava vez, penso em outra coisa. Cancelo a chamada e pego o celular de Emma, que está carregando em cima da bancada. Abro a conversa com Jeremy de novo.

— Olha — digo, entregando o celular para Olly. — Olha quantas vezes Rothschild tentou marcar um encontro com a Emma em Londres. Talvez tenha vindo até aqui e a encontrado na rua e...

— E o quê? Sequestrado a Emma? Em plena luz do dia? Uma figura pública?

— Olly. A gente está falando de um homem cuja esposa desapareceu sem deixar nenhuma pista. Agora a Emma sumiu, e a gente sabe que eles estavam em contato nos últimos dias. Você não acha que isso seja algo relevante?

— Se você está querendo saber se acho que Jeremy Rothschild deu um sumiço na Emma e na esposa dele, a resposta é não, não acho. — E depois acrescenta: — Mas seria bom você ligar para ele. Só por via das dúvidas.

Há um longo silêncio depois que falo para Rothschild quem sou.

— Ah — diz ele, por fim. — Leo. Eu estava me perguntando se você ligaria.

— Em primeiro lugar, vai se foder. Em segundo lugar, você está com a minha esposa?

— Como é?

— Você está com a minha esposa? É uma pergunta simples.

Ele responde que não, mas parece irritado.

— Era só isso — digo, ríspido. — Tchau.

— Eu quero falar com você — diz, me interrompendo. — A Sheila me ligou hoje de manhã. Sei que você descobriu informações delicadas sobre mim e Emma nos últimos dias. Você toparia vir até aqui?

— É sério isso?

Ele fica em silêncio, como se tentasse decidir alguma coisa.

— Emma parou de me responder nos últimos dias. Estou tentando falar com ela sobre um assunto importante. Pensei que talvez eu pudesse falar com você.

— Você quer que eu seja seu garoto de recados para minha esposa? — pergunto. — Você está de brincadeira com a minha cara?

— Não estou. Olha, Leo, não sei se você está a par da situação toda. Mas realmente acho que a gente tem que conversar. Sei que é um pouco longe, mas preciso ficar aqui para o caso da Janice entrar em contato. E também estou cuidando do meu filho.

— E eu estou cuidando da Ruby — começo a dizer.

Olly me interrompe, dizendo em voz alta para que Rothschild escute, que ele pode ficar de olho em Ruby.

— Vai — diz, sussurrando. — Pode ser útil.

Sei que ele tem razão, porque também estou pensando a mesma coisa, embora minha vontade seja de ir até lá e matar Jeremy Rothschild.

Engulo em seco.

— Eu... Talvez, eu... Ai, cacete. Está bem. Eu vou. Depois que eu... — digo, então engulo em seco. — Depois que eu colocar a minha filha para dormir.

"Venha por Kentish Town", diz ele por mensagem de texto logo depois, como se a gente fosse se encontrar para tomar uma cervejinha. "Está rolando um jogo do Arsenal, a Holloway Road vai estar toda parada."

CAPÍTULO 31

Leo

Uma hora depois, estou em frente a uma casa enorme e muito bonita. Rothschild abre a porta e, em vez de dar um gancho de direita nele, preciso pedir a ele dinheiro para o parquímetro. Acabei saindo sem minha carteira, e hoje há mais restrições de estacionamento devido a um jogo de futebol.

Logo depois, estamos em sua cozinha espaçosa, encarando um ao outro, e ele me agradece por ter vindo; não respondo, porque não faço ideia do que dizer e tenho medo de perder as estribeiras.

— Ela é minha menina — digo, por fim. Rothschild não diz nada. — Minha — repito e, meus olhos se enchem de lágrimas, o que me deixa com raiva. — Não quero você perto dela.

O silêncio domina a cozinha por um tempo. Lá fora, já começa a anoitecer, e os plátanos no parque balançam suavemente com uma brisa que mal conseguimos ouvir. Acho que as janelas dessa casa são bem caras.

Quando Rothschild finalmente começa a falar, seu tom é cauteloso.

— Eu tentei ajudá-la ao longo dos anos. À distância.

— A gente não quer nem precisa da sua ajuda.

— Eu entendo. E não sei o que te contaram, Leo, mas fiz o melhor que pude. Não sou o vilão da história, eu me preocupo com ela.

Eu o encaro.

— Você se preocupa com ela? Se "preocupa" com a filha que pôs no mundo?

Ele para.

— A filha que eu... O quê?

— Só quero deixar claro que eu criei a Ruby; ela me ama, e você não tem que se meter nisso. Também quero que saiba que tenho desprezo por homens como você, que se acham intocáveis. Colocar uma criança no mundo e não assumir nenhuma responsabilidade pelo que fez, seu privilegiado egoísta de merda.

Rothschild, que, sendo filho de um estivador, talvez não merecesse ser chamado de privilegiado, parece confuso.

— Do que raios você está falando? Que filha?

— Sério, para. Não começa.

Ele respira fundo, como se estivesse se controlando para não perder a paciência. Reparo que seu jardim, iluminado por luzinhas, está cheio de flores de alho. Minha vontade é de ir até lá fora e arrancar todas aquelas lindas esferas roxas delas.

— Vamos começar de novo. Você está insinuando que eu sou o pai da Ruby?

— Não estou insinuando nada. Sei que você é.

Ele ergue as mãos.

— Não faço ideia de onde tirou isso, mas você está errado, Leo.

— Acho que não. Soube pela Emma. A amiga dela, Jill, confirmou, e a Sheila também. Então pode parar de mentir.

Ele passa a mão pelo rosto.

— Você não está falando sério, né? Você acha que tive um caso com a Emma. Que a Ruby é minha filha.

Suas mãos estão apoiadas na ilha da cozinha, que ainda está cheia de coisas de Janice: um protetor labial, um diário florido, um relógio feminino.

Ele continua:

— Olha só, não tem como a Emma ter dito que sou o pai da Ruby, porque eu não sou. E, se a Sheila confirmou isso, ela com certeza não entendeu a sua pergunta.

— E quanto a Jill? A amiga dela?

Jeremy faz uma pausa.

— Não tenho como falar por ela.

Ele pega o relógio de Janice.

— Janice e eu estamos casados há vinte e cinco anos — continua, enrolando o relógio entre os dedos.

Vejo que ele também está quase chorando.

— Traição é algo que nunca passou pela minha cabeça. — Jeremy respira, trêmulo, e me encara. — Então, só para deixar claro, se você pretende continuar me acusando de ter um caso com a Emma, pode dar o fora.

Nós ficamos em silêncio por um tempo, enquanto tento pensar.

A verdade é que não quero ir embora. Esse homem sabe muitas coisas. E acho que acredito nele.

— Eu chamei você aqui porque preciso me manter em contato com a Emma. Mas, no momento, ela está me ignorando. Achei que, se eu conseguisse te explicar a situação, você poderia tentar convencê-la a baixar a guarda. Mas tenho alguns limites. E aí, como vai ser?

Como não respondo, ele se vira e vai até a pia. Lava o rosto com água fria e o seca com o pano de prato, antes de se virar para mim.

Analiso o rosto de Rothschild, tentando encontrar algum traço de culpa, mas não vejo nada.

— Você não é o pai da Ruby?

— Quantas vezes preciso dizer isso?

— Desculpa. Eu só preciso...

Pego o celular e ligo para Sheila, que atende após o primeiro toque.

— Leo? Alguma novidade?

— Nada ainda. Registrei a ocorrência na polícia, mas eles não pareceram muito interessados. Escuta, estou na casa do Jeremy Rothschild.

— Ah. Ok, certo — diz, esperando que eu continue.

— Ele é o pai da Ruby? — pergunto, me virando de costas para Rothschild, como se isso fosse impedi-lo de ouvir.

Há um momento de silêncio. Depois Sheila responde:

— Como é?

Eu repito a pergunta.

— Leo, de onde você tirou isso? Claro que não. Só se eu tiver entendido... Não, pelo amor de Deus, Leo. Claro que não.

Ela parece estar dizendo a verdade, mas nada disso faz sentido.

— Então, quando eu disse que sabia sobre a Emma e o Jeremy, você achou que eu estava falando sobre o quê?

Sheila demora a responder.

— Acho que você não sabe a história toda.

Sua voz parece inexpressiva; ela ligou seu modo espião.

— Já que está na casa do Jeremy, sugiro que vocês tenham uma conversa franca. Mas, só para deixar claro, você entendeu tudo errado se pensa que ele é o pai da Ruby.

Ruby. Graças a Deus. Fecho os olhos e me apoio na bancada de Rothschild.

Eu não teria aguentado. Não importa o que Emma tenha feito ou quem ela seja: perder minha filha teria acabado comigo.

— Ok! Obrigado.

Sheila encerra a ligação sem dizer nada, como de costume.

Quando abro os olhos, Jeremy ainda está me observando. Ele largou o relógio, mas o manteve à sua frente, como se fosse um amuleto triste.

— Desculpa — digo. — Tinha uma mensagem da Emma para você no celular dela. Um rascunho. Dizia, "você é o pai da minha criança". Não sei de que outra forma eu poderia interpretar isso.

Ele assente, como se já esperasse por isso.

— Entendo por que você achou isso.

Ele não diz mais nada, mas sinto que está prestes a falar alguma coisa.

— Sei que a Emma não teve outros filhos — continuo. — Eu estava presente quando a Ruby nasceu. As coisas começaram a ficar complicadas, e eles tiveram que tirá-la com a ajuda de um fórceps. Eu me lembro perfeitamente do obstetra dizendo que isso era comum no primeiro parto.

— Sim — diz Jeremy, olhando o relógio de Janice. — Imagino que seja.

— E, como você bem sabe, eu vi fotos da Janice pouco depois de ter dado à luz seu filho Charlie, então Emma não pode estar se referindo a ele quando menciona essa criança.

Rothschild não fala nada. Não são nem oito e meia da noite e o homem parece exausto. Tenho passado pelo inferno que é não saber o paradeiro de minha esposa, e não tem nem doze horas que estou nessa situação; não consigo imaginar como ele está aguentando duas semanas disso.

— Então preciso saber o que está acontecendo — digo, e minha voz finalmente desaba. — Não sei o que você significa para a minha esposa. Por que ela te chamaria de pai da criança dela? E por que ela mudou de nome? Descobri essa parte ontem à noite. Tudo isso é horrível. Não parece verdade.

— Deve ser um tremendo choque.

Fico esperando Rothschild dizer mais alguma coisa, mas ele continua em silêncio, então me sento à mesa.

— Por favor — digo, fazendo um gesto para que ele se sente também. — Me conta. Por que você está tentando falar com ela? O que está acontecendo?

Após uma longa pausa, ele se senta em uma cadeira do outro lado da mesa.

— Você pode começar me dizendo onde ela está? — pergunta Rothschild, que trava, enquanto se ajeita na cadeira.

— Como assim "onde ela está"?

— Onde a Emma está? — Ele parece confuso.

— Então você não sabe?

— Não! O que aconteceu? — pergunta, parecendo de fato preocupado. — Era disso que você estava falando quando comentou sobre a polícia com a Sheila?

— Ela sumiu — respondo. Um buraco de pânico se abre novamente em mim. Pensei que a encontraria aqui. — Ela sumiu faz umas doze horas. Deixou a Ruby na creche e não voltou mais. A carteira e o celular dela ficaram no nosso quarto... Por isso te liguei. Li as mensagens que você mandou para ela tentando marcar um encontro. Eu pensei... pensei...

— Pensou o quê? Que eu a tinha raptado ou matado?

— Não sei. Só quero saber onde ela está.

Jeremy tenta absorver essa informação do outro lado de sua bela mesa de carvalho. Eu me pergunto quantas festas já devem ter feito ali. Quanto tempo vai levar até que as pessoas se sentem à sua volta novamente?

Ele recobra as energias.

— Claro. Vou te contar tudo o que sei. Você acha que ela está vulnerável?

— Ela já teve episódios depressivos no passado, mas não parecia estar mal ultimamente — digo e fico observando sua expressão. Essa conversa deve ser familiar demais para ele. — Por quê? Você não sabe de nada mesmo?

Jeremy faz que não com a cabeça.

— Juro que não tenho a menor ideia de onde Emma está. Nenhuma mesmo.

— Então o que está acontecendo? Você deve estar surtando por causa da Janice, e agora a Emma desapareceu também. Não consigo entender. Por que você falou que precisava manter contato com a Emma? O que está acontecendo?

O que está acontecendo é que perdi minha esposa, a minha Emma, e ganhei uma estranha no lugar dela chamada Emily Peel. Embora, neste exato momento, eu não tenha nem mesmo a Emily Peel.

A luz do poste do outro lado da rua fica mais intensa conforme a escuridão vai aumentando.

— Certo — diz Jeremy. — Vou contar o que eu sei. Mas só a Emma pode te dizer exatamente o que aconteceu e o porquê de suas escolhas. Algumas coisas eu até entendo; outras, acho que nunca vou conseguir compreender. Mas, se vale de alguma coisa, essa é a minha versão da história.

PARTE II
Emily

CAPÍTULO 32

Emily Ruth Peel
Vinte anos antes

A noite em que nos conhecemos pareceu cena de filme, disse Jill à época. Mas, quando olho para trás, só consigo pensar naquele dia como uma noite sórdida de bebedeira universitária.

Jill e eu o encontramos caído na calçada em Kinnessburn Road, por volta das seis da tarde. Ele estava rodeado de amigos que riam, histéricos. "Idiotas!", gritava, como se os amigos fossem os culpados pelo seu tombo. Eu duvidava muito. Ele parecia bêbado; todos pareciam. Presumi que deviam ser alunos da pós: tinham uns dez anos a mais que as outras pessoas.

Mantivemos uma boa distância, porque já tínhamos percebido que eles eram uns idiotas. Esses garotões bonitos e imaturos, que passavam o dia todo bebendo; mas ele encontrou meu olhar e implorou que o ajudasse, já que seus amigos não iam colaborar, então acabamos nos juntando ao grupo e bebendo em Whey Pat até a hora de fechar.

Eram umas nove horas, talvez dez, quando Jill me puxou para um canto.

— Como você consegue? — sussurrou em meu ouvido.

Seu hálito era úmido e cheirava a gim.

— Eles estão comendo na palma da sua mão, e você não está nem se esforçando. Caramba, Emily, me conta qual é o seu segredo!

— Eles não estão comendo na palma da minha mão! Para de palhaçada!

Jill foi fazer xixi, resmungando alguma coisa sobre ensinar umas lições.

Percebi que ela não estava totalmente errada quando voltei para o grupo. Eles começaram a brigar para ver quem ia sentar ao meu lado e, sem me esforçar, acabei sendo o centro de uma conversa que fazia todo mundo cair na gargalhada.

O dom de encantar estranhos é uma das muitas habilidades que desenvolvi por ser filha de militar. Você precisa ser destemida e engraçada quando entra em uma escola nova — e foram muitas escolas novas —, mas também precisa fingir que é indiferente.

Eu não sabia agir de outra forma. Não naqueles tempos.

Jeremy se aproximou de mim no bar quando estava na minha vez de buscar as bebidas.

— Desculpa — disse ele com aquele sorriso caloroso que mostrava que não estava lamentando de verdade. — Um bando de animais, não é mesmo?

Muito pelo contrário. Acho que parecia orgulhoso deles. Ele era estranhamente familiar, pensei, mas eu não sabia dizer de onde o conhecia.

Tinha o Jeremy, dois Hugos — "Hugo gordo" e "Hugo escroto" —, um Briggs e um David. Jeremy me contou que eles tinham se formado fazia dez anos, mas que vinham todo ano para um "fim de semana dos caras". Contou que trabalhava na BBC, em Londres. Ele era bonito e inteligente. Diferente dos amigos, no entanto, não ficava tentando aparecer: eu tinha mais tendência a gostar de caras como ele.

Jill e eu bebemos bastante. Ela estava bem desbocada, era dessa forma que Jill dava em cima dos outros — sua arma secreta contra garotas delicadas. Jill passou um bom tempo com um dos Hugos, mas, quando ele começou a dar mole para uma lambisgoia de chapéu de feltro, decidiu investir em Briggs.

Todos eles deram em cima de mim, mas só um parecia determinado a me conquistar. Sentia os olhares dele, eu o vi derrotando seus rivais um a um e, por volta de meia-noite, estávamos sentados em West Sands, na calada da noite, com as mãos por dentro das roupas um do outro, enquanto as ondas do mar iam e vinham. Eu lhe disse o que faria com ele mais tarde e, naquele instante, acreditei naquela minha versão.

Ele foi embora às seis e quarenta e cinco da manhã.

— Preciso voltar para Londres. O trem sai às sete e quarenta e cinco de Leuchars, e não faço ideia de onde os outros estão.

— Você tem celular? — perguntei.

Eu não tinha condições de ter um, mas vários alunos estavam comprando.

Ele sorriu, como se minha pergunta tivesse sido fofinha. Ele tinha trinta anos, morava e trabalhava em Londres: é claro que tinha um celular.

— Tenho, mas está sem bateria e não lembro meu número de cabeça. Me passa o seu que eu te ligo.

Rabisquei o número da nossa casa em um pedaço de papel, ainda que duvidasse que teria notícias dele de novo. Depois enrolei o edredom ao redor do meu corpo de um jeito sedutor, como se fizesse esse tipo de coisa o tempo todo.

— Bom, a gente se vê. Foi legal.

Jill entrou no meu quarto pouco depois que ele foi embora. Tinha manchas de rímel embaixo dos olhos, e seu pijama estava manchado de vinho tinto.

— Bom dia. Tudo bem?

Fiz que sim com a cabeça, sorrindo.

Ela se virou para olhar pela janela.

— Uma pena que seja casado — comentou, enquanto o observava andando pela rua.

— O quê? Não é, nada!

— É, sim — disse, sentando-se em minha cama. — Desculpa ter que te contar isso, Em.

Depois de um tempo, quando notei que ela estava falando sério, fechei os olhos.

— Não.

— Infelizmente, sim. Ele me contou ontem à noite.

— Quando? — pergunto, olhando para ela. — Por que você não me falou?

— Você não perguntou para ele?

— O quê? Se ele era casado?

— Ué. Sim!

Balancei a cabeça.

— Não, eu só... Não faz sentido presumir que um homem que está tentando te beijar seja solteiro?

Jill começou a rir.

— E você não sabe como homem é, Emily?

— Ai, meu Deus. Não.

Ela balançou a cabeça, com dó.

— Vocês transaram, né?

A gente passou a noite toda transando.

— Queria que você tivesse me avisado — falei, meio emburrada.

— Quando, Em? Quando eu devia ter te avisado? Vocês sumiram do pub do nada! O que eu podia fazer?

Resmunguei. Ela tinha razão.

— Só me diz que vocês usaram camisinha.

— Claro — respondi, arrasada. — Nossa, estou me sentindo péssima.

Ela se aproximou de mim.

— Isso é o que chamamos de quebrar a cara, Em. Sinto muito — lamenta ela, deslizando pela cama e puxando o edredom para cobrir nós duas. — O que você acha da gente dormir para se recuperar e depois sair para comer um hambúrguer?

E foi isso que fizemos. Mas ela passou o dia todo meio esquisita, e eu sentia que, de alguma forma, eu a tinha decepcionado.

* * *

Ele não me ligou, o que foi um alívio. Tinha sido divertido me sentir desejada por algumas horas, ser escolhida por alguém mais velho, que tinha controle sobre a própria vida. Mas ele tinha prometido coisas para outra pessoa no altar, na frente de todos os seus amigos.

Se Jill não tivesse me contado, eu nunca descobriria: era isso que mais me irritava. Ele não teve nenhum remorso, não pensou duas vezes. Esse cara casado me possuiu e só pensou nos orgasmos. Dele, meu, dele outra vez, meu outra vez.

Pensei bastante nela nos dias que se seguiram: na esposa dele em Londres. Será que ele já tinha feito isso antes? Ela sabia? Chegou a confrontá-lo alguma vez? Ou será que eles tinham algum acordo?

Depois de um tempo, finalmente consegui tirá-lo da cabeça e me prometi que nunca mais seria tão burra assim. Continuei com a minha vida na faculdade. Havia artigos, trabalho de campo, leituras intermináveis e, claro, festas. Eu estava no segundo ano da faculdade. Levava uma vida normal, e minha infância esquisita estava ficando cada vez mais distante.

Eu estava feliz.

Até que, em uma manhã fria de início de março, quando estava sentada na biblioteca lendo sobre hermafroditas marinhos, me dei conta de que não menstruava havia um tempo.

CAPÍTULO 33

Vai dar tudo certo, pensei, sentada no canto do boxe mofado do nosso banheiro. De algum jeito, vai dar tudo certo.

Eu tinha dezenove anos. Um risquinho azul começava a aparecer no palito, mas eu ainda achava que devia haver alguma solução. Eu poderia até ser órfã e não ter dinheiro, mas era uma mulher instruída de classe média: eu tinha opções. Pelo menos, tive a sorte de ter nascido com esse tipo de privilégio.

Não é?

Jill bateu à porta.

— Você está fazendo o que acho que está fazendo?

Nós tínhamos ido à cidade comprar o teste naquela manhã.

Fiz que sim com a cabeça, enquanto analisava nosso pequeno banheiro; os pisos rachados, a luz do espelho que nunca tinha funcionado. Uma lata de creme depilatório com uma crosta rosa nojenta em volta da borda enferrujada, um xampu vazio coberto com fios de cabelos pretos e longos.

Minha querida vida de estudante, conquistada com tanto suor.

— Emily?

— Desculpa — respondi. — Sim. E sim.

Ela fez uma pausa.

— Você está grávida?

— Estou.

Outra pausa.

— Certo. Bem, nós temos que... Vamos... Ai, Em, me deixa entrar.
Jill se sentou ao meu lado no chão.

— Nós usamos camisinha. Não consigo entender.

— Quem ficou responsável pelas camisinhas? Ele ou você?

— Ele.

— Bem, ele estava muito bêbado.

A gente ficou ali enquanto o dia de inverno ia escurecendo, até que Jill se levantou e foi fazer queijos-quentes.

— Vai ficar tudo bem — disse, enquanto se afastava. — Estamos juntas nessa.

Não estava nada bem. Quando resolvi fazer o teste de gravidez, já estava com quinze semanas e um dia: ainda dava para fazer um aborto, mas, quando li como seria o procedimento numa gestação tão avançada, não tive coragem de prosseguir.

No entanto, a ideia de ter um filho parecia bem surreal. Para onde eu iria? Quem me ajudaria; onde eu iria morar? Como eu arcaria com os custos? (Eu não tinha a menor condição de arcar com os custos.) Como terminaria a faculdade? (Não tinha a menor chance de eu terminar a faculdade.)

E meus amigos. Meus queridos e novos amigos. Eu e meu pai passávamos poucos anos no mesmo lugar e, ainda assim, eu tinha de ficar na casa da minha avó quando ele viajava com os Fuzileiros Navais. Meus amigos de faculdade eram o primeiro grupo de verdade do qual eu já havia feito parte. Mesmo que não soubessem, eles tinham um papel central na vida que sempre sonhei ter; a vida que tinha começado quando cheguei a esse lugar como uma caloura.

O vento soprava, e o Mar do Norte avançava terra adentro, indiferente e vasto. Eu costumava caminhar pela orla toda manhã antes das aulas, cantando em voz alta para manter os pensamentos distantes, observando o mar mudar a cada minuto. Ele podia estar prateado e reluzente quando eu chegava, mas agitado e furioso quando eu partia, e isso me trazia certo consolo: nada era permanente. Mesmo com todas essas mudanças, suas marés altas e baixas, sua força e seu brilho, ele nunca me trouxe respostas.

Será que eu dou conta? Perguntava ao mar toda manhã, e toda manhã não tinha nenhuma resposta.

Havia uma camada de gordura crescendo ao redor da minha cintura, e minha cara estava inchada por causa dos hormônios e da preocupação. Eu não tinha enjoos, mas sentia uma exaustão que era como se estivesse presa embaixo da água, meus pensamentos pareciam lentos e escorregadios. Desesperada, finalmente fui a uma clínica para discutir a possibilidade de aborto, mas fui embora antes de chamarem meu nome.

Meu breve período no mundo das pessoas normais tinha chegado ao fim: eu seria mãe aos vinte anos.

— Se você pensa mesmo em ter o bebê, vai precisar de ajuda — disse Jill. — Ajuda financeira, logística, os arranjos necessários. Você tem que falar com ele.

— Como?

Ela franziu o cenho.

— Bom, a não ser que você tenha o número dele, e sei que não tem, acho que só existe uma alternativa.

Nós pesquisamos. Jeremy Rothschild era bem famoso: eu não estava errada quando achei que ele me parecia familiar. Era um locutor de rádio, milhões de pessoas o ouviam toda manhã: passei anos ouvindo a voz dele quando morava com meu pai.

A esposa dele era atriz. Eu também a reconheci.

Escrevemos uma carta. No envelope, coloquei o endereço de correspondência da BBC que tinha ouvido centenas de vezes no canal infantil: Television Centre, Wood Lane, Londres, W12 7RJ.

Nunca que ele daria algum retorno.

Três dias depois, Jill irrompeu em meu quarto.

— Cacete, Jeremy Rothschild está no telefone — disse, sussurrando.

— O quê? O que ele falou?

— Ele está na linha agora. Lá embaixo. Anda, levanta logo dessa cama!

— Emily — disse Jeremy, com uma voz agradável e tranquila, embora eu ache que nenhum de nós acreditava que sua tarde estava sendo agradável.

— Olá. Humm... me desculpa — falo.

— Não precisa se desculpar. Suas últimas semanas devem ter sido péssimas.

Eu não estava esperando por isso. Por um momento, meus olhos se encheram de lágrimas, mas Jill me cutucou e eu concordei, cautelosa, que não tinha sido nada fácil.

— Não consigo nem imaginar — suspirou ele. — A situação é complicada para os dois lados, mas sei que para você é bem pior. Bom, deixa eu tentar explicar onde eu entro nessa história, para a gente pensar no que fazer em seguida.

— Ok — respondi e coloquei a ligação no viva voz. Fico sentada embaixo de uma coberta com Jill enquanto ele fala.

CAPÍTULO 34

Minha mãe morreu após me dar à luz. Ela teve uma hemorragia pós-parto que demorou a ser notada e, poucos dias após eu ter nascido, papai ficou viúvo. Vovó, mãe da minha mãe, costumava vir de Londres para ajudar, mas ela era Membro do Parlamento e não podia ficar por muito tempo.

Tenho apenas duas lembranças dos meus primeiros anos. As duas são em uma praia, em algum lugar perto da nossa casinha em Dorset. Em uma dessas lembranças, estou brincando em uma poça de maré com meu pai: ele me mostra uma anêmona chamada morango-do-mar, e eu fico fascinada. Na outra, está chovendo e estamos sentados em uma caverna rasa. Enquanto observamos pássaros vira-pedras procurando comida entre os seixos na praia, papai canta uma música sobre resgate e salvação. Sua voz é suave e carregada de tristeza.

Muitos anos depois, minha avó me contou que aquilo que ele estava cantando era uma canção de marinheiros. Ela disse que minha mãe tinha sido sepultada no mar, como havia desejado, mas papai não suportava a ideia de deixá-la ali, sozinha. Então, sempre que ele estava de folga, nós costumávamos ir de carro até lá para fazer companhia para mamãe. A garotinha e seu pai consumido pelo luto caminhando pelas ondas do sofrimento.

Meu pai era presbítero de uma paróquia. Era tudo o que sempre quis ser — acho que ele tinha um dom —, mas acabou abandonando a paróquia para se tornar capelão dos Fuzileiros Navais Reais quando eu tinha quatro anos. Tenho vagas lembranças de algumas discussões entre ele e vovó. Depois de um tempo, ela me contou que havia tentado impedi-lo, porque ele não deixava nada para mim quando partia. Não porque ele não se importasse, e sim porque já não pensava mais de forma linear. No entanto, as discussões eram em vão; nada que ela dizia parecia ser capaz de convencê-lo. Acho que o som da sirene de emergência era a única coisa que conseguia diminuir seu luto e sua solidão. Isso, ou talvez a crença de que poderia estar mais próximo de minha mãe perto do mar.

Após o treinamento, ele assumiu o posto de capelão no Comando 45 em Arbroath, próximo a Aberdeen, e nos mudamos para um conjunto residencial bastante austero. Eu tinha quase seis anos e odiava o lugar, mas me virei como pude. Afinal, papai ainda era o papai. Ele me buscava na escola e me levava para a praia, onde a gente revirava as pedras e nadava na água congelante. A gente plantava batatas em nosso jardinzinho e acampava em Grampians. Ele cantava para mim e estava sempre do meu lado quando eu adoecia.

Quando eu tinha nove anos, fomos transferidos para um comando em Somerset, e, quando eu estava com doze, ele foi com seus "meninos" para o Iraque. Eu fiquei com minha avó durante essa missão. Outro primeiro dia de aula em outra escola nova. Eu estava exausta.

Papai foi o clérigo de um grupo de fuzileiros que protegiam refugiados curdos na fronteira com a Turquia, ao norte. Um lugar tranquilo, segundo suas cartas, até que, de repente, elas pararam de chegar. Soubemos mais tarde que tinha acontecido um confronto com uma milícia local, e uma jovem e o filho ficaram feridos. Assim como minha mãe, essa jovem havia morrido nos braços de meu pai.

Ele foi dispensado por três meses após esse episódio, porque o Arcediagado Naval estava preocupado com ele. Na verdade, esse isolamento — algo que ele tinha feito de tudo para evitar durante tantos anos — foi o que o levou a beber até a morte.

Não houve cenas dramáticas, e ele continuava me levando até a praia sempre que estava sóbrio o bastante para dirigir. Continuava me dando carinho, dizendo que me amava — às vezes até fazia sanduíches para minha merenda da escola. Mas a bebida o destruiu de uma hora para outra, e ele nunca mais voltou a trabalhar. Acho que chegou a prever seu fim, porque decidiu comprar uma casinha para nós em Plymouth quando eu tinha catorze anos. Foi a minha sorte: quando eu tinha quinze anos, a única coisa que ele conseguia comprar era álcool.

O Arcediagado Naval fez o que pôde para ajudá-lo, mas papai não queria saber do apoio que eles ofereciam. Beber era mais fácil e rápido, era só ir à lojinha no fim da rua, diferente das sessões semanais de terapia a vinte quilômetros de distância.

Meu pai era um tipo de bêbado solitário e modesto. Passava a maior parte do tempo na sala, assistindo à TV, bebendo, dormindo. Só comia quando eu o alimentava. Sempre que eu tentava falar alguma coisa, a bebedeira só piorava, então não teve aquele desespero de ter de esconder garrafas. Ele só ficava bêbado o tempo todo, e eu tinha medo de acabar piorando as coisas.

No fim das contas, o Arcediagado teve de dispensá-lo. Chegaram a montar um plano de reabilitação que lhe permitiria voltar ao seu comando no Zaire no final, mas ele nunca ia às reuniões e ignorava as cartas que recebia. Ele simplesmente não tinha mais condições.

Ele morreu de insuficiência cardíaca causada pelo consumo de álcool alguns dias antes das minhas provas finais no colégio. Seu treinamento pelo menos serviu para lhe dar o bom senso de ligar para a ambulância antes de perder a consciência, mas ele acabou morrendo a caminho do hospital. Disseram-me que ele não tinha noção do que estava acontecendo e que morreu com um sorrisinho no rosto. Fiquei me perguntando se foi porque ele já conseguia ver minha mãe.

Quando terminei o colégio, eu só tinha a minha avó. Ela era uma pessoa incrível, mas já era uma senhora de oitenta anos.

Jeremy Rothschild era minha única esperança a longo prazo.

CAPÍTULO 35

— David é casado — disse Jeremy, como se eu já não soubesse.
— Minha amiga me contou. Na manhã seguinte. Se eu soubesse, eu nunca... nunca...
Parei de falar.
Comecei a me lembrar da forma como David deu em cima de mim, naquela noite. Imagino o que Jeremy deve ter pensado quando viu a gente se beijando. Quando recebeu minha carta.
Ele ficou em silêncio por um tempo. Fiquei me perguntando se estava com raiva ou constrangido. Ou talvez acostumado? Aquela podia não ser a primeira vez que ele teve de lidar com as consequências das aventuras do primo.
— Por isso escrevi para você, não para David. — Mantive minha voz firme, e Jill me deu um sorriso encorajador. — Não queria que a esposa dele encontrasse a carta. A situação já é ruim o bastante sem um casamento sendo destruído.
— Muito gentil da sua parte, ainda mais considerando todo o cenário.
Começou bem, escreveu Jill no verso de um envelope. *Ele parece legal.*
— Olha, Emily. Sinto muito que isso tenha acontecido. Não era para ter sido assim.
Concordei, embora só tivesse um fiapo de voz.
— Posso mandar algum dinheiro? Olha, não foi por isso que te liguei! — acrescentou depressa. — Mas, agora, como um quebra-galho,

enquanto ainda não resolvemos nada, um pouco de dinheiro poderia ajudar?

Eu e Jill nos olhamos.

— Isso não é um...? — Eu não conseguia completar a frase. — Isso é um...

— Um cala-boca? — perguntou Jeremy, de forma delicada. — Meu Deus, não, Emily. Olha, meu primo é um moleque. Ele é irresponsável, um grande idiota e, infelizmente, muito bom de lábia. Mas ele não é um homem ruim, não é pior que eu. Estou ligando para saber como posso ajudar.

— Ok.

Ficamos conversando por um tempo e chegamos até a conversar um pouco sobre vovó, que ele tinha entrevistado quando estava no início da carreira de jornalista:

— Ela acabou comigo — admitiu, e percebi que estava sorrindo.

Por um instante, sorri também, porque vovó adorava intimidar as pessoas, principalmente rapazes ambiciosos.

Disse a Jeremy que ainda não tinha contado a ela que estava grávida. Ela estava velhinha e havia levado uma vida de excessos.

— Ela fumava como uma chaminé — expliquei, embora ele provavelmente já soubesse disso. — Trabalhava muito, bebia, nunca recusava nada. Ela até parece saudável hoje em dia, mas acho que não posso contar com ela no longo prazo.

Houve um momento de silêncio.

— Pelo que me lembro da sua avó, ela ficaria furiosa de ouvir você falando isso.

— Ficaria mesmo.

— Certo, olha.

Seu tom de voz mudou. Jill se inclinou em direção ao telefone, mesmo o volume estando bem alto.

— Janice — disse, depois parou. — Desculpa. Isso não é fácil. Eu... nós... não falamos muito sobre isso. Mas a Janice e eu... bom, nós não podemos ter filhos. Os últimos dez anos têm sido muito difíceis. Terríveis, na verdade.

— Sinto muito — digo, cautelosa, esperando que ele continue.

— Demos entrada no processo de adoção há um tempo. Estamos na segunda fase, o que significa que, em cerca de dois meses, podemos ser aprovados e começar a busca por um bebê.

Ai, meu Deus, Jill gesticulou com os lábios.

— E, mesmo que a gente consiga combinar uma forma de fazer David pagar pensão, através de mim, para proteger sua esposa, que não sabe de nada, eu me pergunto se isso bastaria ou se você estaria aberta a outro tipo de solução.

Ai, meu Deus, gesticulei com os lábios para Jill.

Pedi a Jeremy que explicasse melhor, embora não restasse muita dúvida sobre o rumo daquela conversa.

— O que eu quero dizer é que você parece o tipo de mulher que não está a fim de parar a sua vida para criar uma criança. Mas, claro, pode me corrigir se eu estiver errado. Talvez você esteja encantada com a ideia.

Fiquei em silêncio. Como uma mulher que não está a fim de parar a vida para criar uma criança parecia?

— O que estou tentando dizer, e só Deus sabe como isso é difícil, é que Janice e eu estamos dispostos a adotar o bebê. Se isso for do seu interesse. E entendo que pode não ser o caso.

CARALHO, Jill escreveu no envelope.

Eu sublinhei o "CARALHO".

— Emily, não espero que você tenha uma resposta logo de cara. Pensei até em escrever uma carta, para que você pudesse processar tudo isso sozinha e não se sentisse pressionada a dar uma resposta logo.

Queria que ele tivesse feito isso.

Jeremy fez uma pausa, mas, como continuei calada, ele continuou:

— Em termos legais, não seria algo complicado, porque sou primo do David. É claro que a gente teria que passar por todo o processo oficial, mas, como eu disse, a gente já está fazendo isso.

— Então... Você contou para o David? Ele sabe?

A voz de Jeremy fica mais suave.

— Sim, ele sabe.

— E ele não... Não quer...

Jeremy suspirou.

— Infelizmente, não. Mas ele apoia a ideia da adoção, se você chegar a cogitar essa possibilidade.

— Certo. Ok.

Meu rosto estava quente. Eu era apenas um aborrecimento, uma estudante burra e grávida de quem ele queria se livrar.

— Sinto muito — disse Jeremy, baixinho. — Sei que é difícil.

Jill ficou segurando minha mão por um tempinho. Depois, começou a rabiscar o envelope outra vez. *Por que esse bebê?*, escreveu.

— Hum... por que esse bebê? — perguntei, seguindo a sugestão da minha amiga.

— Como assim?

Olhei para Jill. Não fazia ideia do que ela queria dizer.

Esquisito ser o filho do primo dele, não?, rabiscou.

— Você não acha que seria difícil, ou até mesmo estranho, criar o filho do seu primo? Quer dizer, e se a esposa do David descobrisse? — acrescentei, assim que as engrenagens do meu cérebro voltaram a funcionar. — Como ele se sentiria vendo o filho o tempo todo? E se mudasse de ideia e dissesse que queria criar a criança?

Jeremy ficou um tempo em silêncio.

— Não tenho como responder a essas perguntas — respondeu, por fim. — Janice e eu passamos a noite praticamente inteira acordados discutindo tudo que poderia dar errado. David diz que não vai se incomodar, mas não dá para saber como ele vai de fato se sentir ao ver a criança. Você está certa em perguntar, mas eu não posso fingir que tenho essa resposta.

Nem Jill sabia o que dizer.

— Só acho que isso faria sentido. O bebê faz parte da família. Nós poderíamos acolhê-lo logo após o nascimento, se você aceitar, é claro; mas, se não for o caso, tudo bem.... O que quero dizer é que seria um bebê com quem já teríamos uma conexão. E, depois desses últimos dez anos, seria uma dádiva!

— Você não me conhece — digo, parecendo uma criança falando.

Aquilo era demais para mim.

— É verdade. Mas a gente se deu bem naquela noite. Achei você uma mulher inteligente e gentil. Você me contou um pouco sobre o seu pai.

— Contei?

— Contou. Não foi muita coisa, mas deu para perceber que você cuidou dele com muito carinho quando ele estava enfrentando o vício em álcool. Senti que estava conversando com uma mulher decente.

— Eu não esperava por isso — digo, por fim.

— Claro. Por isso acho melhor a gente desligar agora para você pensar com calma. A menos que seja um "não" logo de cara e, se for esse o caso, pode me dizer.

Ele ficou esperando, mas eu não falei nada. Em seguida, Jeremy me passou seu e-mail para que eu pudesse dizer "não", se achasse que fazer isso por telefone fosse muito intimidador.

— Ou, se você aceitar, a gente pode marcar um dia para conversar mais sobre isso. Sei que você pode ter muitas dúvidas. Não temos nenhuma pressa para falar com o Serviço Social nem com a agência de adoção.

Eles realmente já tinham pensado em tudo, sabiam de cada etapa do processo, tudo que precisava acontecer para poderem pegar esse bebê que estava no meu ventre para eles.

— Eu... Certo. — disse e comecei a chorar.

Jill pegou o telefone e disse a Jeremy que estava na hora de encerrar a ligação.

Ele não pareceu surpreso em saber que havia outra pessoa escutando a conversa.

— Que bom que ela tem uma amiga para apoiá-la — falou com Jill, antes de desligar. — Cuida bem dela.

Gostei disso. E gostei dele. Não é qualquer famoso que consegue falar de sua vida pessoal assim, tão abertamente.

Mas apreciar a honestidade de uma pessoa era uma coisa bem diferente de dar seu filho a ela.

CAPÍTULO 36

Antes de entrar para os Fuzileiros Navais, quando era apenas um presbítero na paróquia, meu pai costumava visitar uma jovem chamada Erica. Ela tinha dezenove anos, era mãe solo e não tinha ninguém no mundo, dependia totalmente do auxílio do governo. Eu estava com apenas dois ou três anos na época, mas li sobre ela nos diários de meu pai depois que ele morreu.

A vida de Erica como mãe solo parecia partir o coração do meu pai. Nas páginas de seu diário, ele perguntava a Deus como podia ajudar. Ele escreveu sobre as ocasiões em que a levou ao supermercado, completou o valor da conta de luz com o próprio dinheiro e que, às vezes, a via sentada no parque, com o olhar vazio e infeliz.

Porém, o que mais me marcou foi uma frase em que ele dizia que o bebê dela chorava o tempo todo. A imagem de uma bebezinha adorável — minha bebezinha adorável — enfiada numa quitinete úmida, com uma mãe que não fazia ideia de como cuidar dela (eu tinha certeza de que era uma menina), era algo que tirava meu sono. Uma bebê que poderia viver em uma casa aconchegante e confortável com adultos de verdade como Jeremy e Janice Rothschild.

Jill disse que isso era ridículo, que era comum jovens mães solo dependerem de auxílio, que esses bebês eram felizes e não passavam o dia todo chorando nem viviam em quitinetes úmidas. Era verdade, claro, mas era mais fácil para ela dizer isso. Ela não tinha lido os diários do meu pai. Além disso, ela tinha uma família com quem podia contar.

Ela me lembrou que Jeremy havia prometido que faria David pagar uma pensão se eu decidisse ficar com a criança. Ele e Janice já tinham me mandado um celular, eu sabia que eles queriam mesmo ajudar.

Mas e se David se recusasse a pagar a pensão? Se dissesse que não ia me ajudar? Ele era advogado e acharia uma saída, se quisesse; Jeremy não tinha como forçá-lo a nada. E eu era uma mulher de vinte anos sem recursos, que tinha tanta condição de levá-lo à Justiça quanto de atravessar o Pacífico a nado.

Quando finalmente liguei para fazer mais perguntas, Jeremy disse que ele e a mulher tinham uma casa de praia em Northumberland. Em um vilarejo chamado Alnmouth, perto de onde eu e meu pai havíamos morado quando eu era pequena. Um dos rapazes do meu pai, do Comando 45, tinha um trailer em Beadnell Bay, a alguns quilômetros da costa.

Fiquei imaginando uma menininha correndo naquela praia enorme e reluzente com um baldinho e uma pá, como eu costumava fazer no passado; o pai mostrando para ela como procurar blênios e camarões em poças de marés, ensinando-a sobre anêmonas, esponjas e algas marinhas, exatamente como meu pai havia feito comigo.

Janice e Jeremy ficariam observando a filha brincar, sorrindo, explicando, educando; talvez adotassem outra criança, para que ela sempre tivesse um companheiro. Eles teriam um carro, uma geladeira cheia de comida, e dariam a ela aquela sensação confortável e natural de segurança que um saldo positivo na conta é capaz de proporcionar.

Jill também contestou isso: disse que nada me impedia de levar minha filha à praia.

— Você daria uma ótima professora — insistiu. — Seu pai sabia o básico sobre poças de maré; você é quase uma profissional!

No dia em que me levou para comer um sanduíche e tentou me convencer a não dar o bebê, ela disse que me ajudaria.

— A gente expulsa a Vivi e transforma o quarto dela no quarto do bebê. Podemos pedir para ficar em turmas diferentes para que eu possa cuidar do bebê quando você estiver assistindo às aulas. E tenho certeza de que você poderia levar a criança para as aulas.

Tive de pedir a ela que parasse, e ela me obedeceu, porque sabia o que eu realmente temia: que esse bebê tivesse uma infância tão solitária quanto a minha.

Foi a ligação de Janice que me fez tomar uma decisão.

Um pequeno grupo de alunos do departamento, guiado por um dos doutorandos, tinha se reunido em uma praia rochosa durante a maré baixa, na hora do almoço de quinta-feira, para investigar uma faixa de rocha exposta. Tínhamos quadrículas, lupas e câmeras, e eu me sentia estranhamente esperançosa, cercada por amigos, trabalhando no clima inclemente de primavera.

A maré estava baixa, o Mar do Norte, contemplativo. Nuvens se avolumavam no horizonte, onde navios-tanque se arrastavam rumo ao norte com destino à Rússia e ao Canadá. Eu estava em pé sobre uma rocha, cercada por favas-do-mar encharcadas de todos os lados, quando o telefone começou a tocar.

— Emily? — perguntou uma mulher.

Reconheci a voz na mesma hora. Jill, Vivi e eu tínhamos alugado um de seus filmes outro dia: era uma participação curta, mas ela estava ótima, e todas concordamos que ela era uma pessoa "legal".

— Isso — respondi. — Janice?

Embora eu não me permitisse fazer isso, pousei a mão em minha barriga, em um gesto protetor.

— Isso — confirmou ela. — Alan, sai fora!

Dava para ouvir barulho de briga ao fundo.

— Desculpa — disse, ao voltar. — Estou cuidando do cachorro de uma amiga que vai operar. Cometi o erro de dar a ele um biscoito antes da hora, e agora ele não me deixa em paz.

Gostei dela de cara. Vovó sempre tivera cachorros e vivia dando biscoitos e brigando com eles depois.

— Olha, não vou tomar muito do seu tempo. Só achava estranho a gente ainda não ter se falado. Estou ligando para dizer, mesmo sabendo que Jeremy já deve ter repetido isso um milhão de vezes, que você não precisa se sentir pressionada a dar o seu bebê para a gente. Nem para qualquer outra pessoa. O bebê é seu, e só Deus sabe como eu acredito que deva ser especial estar grávida.

Para minha surpresa, eu ri.

— Especial não é bem a primeira palavra que passa pela minha cabeça. Quer dizer, é especial, mas é... assustador.

Janice riu também. Ninguém tinha rido de minha situação até aquele momento. Era reconfortante.

— Tem sido um inferno para você, né? Sempre temi que o David aprontasse uma dessas. Dá uma vontade de esganar. Enfim, só queria mesmo dizer que não queremos que se sinta coagida. A gente vai fazer o possível para garantir que você fique bem, seja qual for a sua decisão. Só precisava te dizer isso diretamente.

A gente vai fazer o possível. Eles não tinham como obrigar David Rothschild a nada, e ela sabia disso.

Meus colegas, concentrados nas criaturas que se escondiam sob as rochas e na água empoçada, se espalhavam pela orla, fazendo levantamentos, debatendo e registrando. Um barco de arrasto se aproximava do porto com os peixes que tinha acabado de pegar.

— Obrigada — disse. — Mas, sendo bem sincera, não me sinto nem um pouco pressionada. Jeremy tem sido muito gentil.

— Ele é muito gentil mesmo e tem sido incrível nesses últimos anos.

Acariciei a pequena protuberância que era minha barriga outra vez.

— Bom, é isso. Agora você tem o meu número, então pode ligar quando quiser. Ou para Jeremy. Estamos do seu lado, não importa qual for a sua decisão.

O céu se iluminou por um momento, e o vento oceânico bagunçou meu cabelo.

— Obrigada. De verdade. Vou ligar em breve.

Alguns dias antes, um professor havia nos contado sobre uma espécie de cavalo-marinho que passava a vida toda em uma relação monogâmica. Todos tinham ficado encantados, claro, mas eu só conseguia pensar que o pai do meu bebê não tinha nem dormido na minha cama.

Ele transou comigo, me beijou e depois pegou um trem de volta para Londres e para sua esposa.

Jeremy deve ter contado a ele que eu estava apavorada. Deve ter contado que não tinha pais, dinheiro, nem a menor ideia do que fazer. David sabia que Janice tinha me dado um celular, e imagino que tivesse o número. E, ainda assim, nada.

Nunca tive nenhuma esperança de que ele deixasse a esposa e viesse morar comigo. Eu não aceitaria isso mesmo se ele oferecesse. Eu só precisava de alguém com quem conversar às vezes. E, se isso não fosse possível — o que, é claro, não era —, eu me contentaria com a segurança financeira.

Mas nem isso era uma opção.

Janice e Jeremy eram as únicas pessoas que pareciam se importar comigo naquele momento, além de Jill, Vivi e alguns poucos colegas para quem eu havia contado; mas o que eles podiam fazer? O que sabiam da vida?

Eu precisava do apoio de um adulto de verdade.

Fiquei um tempo sentada na rocha, pensando em como seria deixar essas pessoas fazerem parte de minha vida, deixar que me ajudassem, e saber que essa bebezinha linda teria uma vida boa com pessoas boas. Eu não tinha dúvidas de que eles a amariam. Não tinha dúvidas de que dariam tudo o que ela precisasse.

Uma pancada de chuva começou a cair sobre a praia, iluminada pelo sol, e meus colegas puseram seus capuzes. A chuva escorria pelo meu pescoço, então apertei o casaco contra o corpo e tentei fechar o zíper, mas minha barriga estava muito grande, e ele arrebentou.

Aquilo foi a gota d'água. Eu simplesmente caí no choro, assim como a chuva caía do céu. A merreca que eu ganhava do aluguel da mulher que morava na casa do meu pai, em Plymouth, mal pagava o daqui, que dirá sobrar para eu comprar roupas de grávida. Eu não tinha dinheiro nem para comprar um casaco e manter minha barriga aquecida e seca. E, se eu não tinha como comprar nem roupas de grávida, como poderia sustentar uma criança? Alguns de meus amigos mais próximos vieram e me cercaram. Eles já estavam de olho em mim.

— Vai ficar tudo bem — diziam eles. — Você é incrível, Emily, e vai superar isso!

Eles eram fofos, mas não faziam a menor ideia do que estavam falando. Eu estava sozinha e grávida de quatro meses.

Quando a chuva passou por nós e seguiu para o interior, eu me levantei e disse a eles que estava bem.

Eles voltaram a estudar seus blênios e camarões, seus caranguejos e búzios, reforçando aquelas coisas vazias que todo mundo sempre diz: que eu era "incrível" e "brilhante" e "mais forte do que imaginava".

Avistei Jill, que estava longe e com a mão enfiada em uma poça congelante, e fui correndo pelas pedras.

— Estou pensando em aceitar — disse, quando me aproximei dela. — Vou dizer que sim.

Jill largou a concha que estava examinando.

— Eu realmente ajudaria você, se decidisse ficar com o bebê. É sério.

— Eu sei. Obrigada, de verdade. Mas acho que quero que eles fiquem com ela. Quero que ela tenha uma vida boa, Jill. Tudo que mais quero é que ela seja feliz. E acho que ela não seria feliz comigo.

— Mesmo? — Sua voz era triste. — Você acha mesmo que ela não seria feliz com você?

— Acho.

Depois de um longo silêncio, Jill pegou minha mão fria e molhada com sua mão fria e molhada e concordou com a cabeça.

Ficamos ali, rodeadas por algas, observando a sombra das nuvens sobre a orla. E, pela primeira vez em semanas, mesmo com lágrimas silenciosas escorrendo pelo meu rosto, senti algo que parecia ser esperança.

CAPÍTULO 37

Depois que eu disse aos Rothschild que topava, comecei a frequentar as sessões de aconselhamento e entrevistas obrigatórias. Preenchi formulários, compartilhei meus registros médicos. Contava piadas divertidas para todo mundo e, quando o repertório acabava, eu ia caminhar pela orla de St. Andrews, desolada e desejando não sentir mais nada.

Janice foi respeitosa e me deu espaço nas primeiras semanas, mas acabou perguntando se eu gostaria que ela ligasse de vez em quando para ver como estavam as coisas. E eu queria que ela fizesse isso. Ela e Jeremy eram as únicas pessoas que desejavam a minha gravidez. Que tinham alguma ideia do que eu estava passando e do que viria pela frente.

Ela mandava frutas e vegetais do hortifruti do bairro para mim toda semana, me enviou um livro sobre gravidez e um casaco de grávida, como se estivesse presente naquele dia em que minha barriga fez meu zíper arrebentar. Parecia saber a hora certa de mandar um chocolate ou um pijama.

Ela me animava e me ouvia.

Janice se ofereceu para ir comprar roupas de grávida comigo em Edimburgo. Não era uma ideia ruim, mas me senti intimidada. Essa mulher meio famosa, essa desconhecida, queria ser a mãe da minha bebê. O que a gente diria uma para a outra, sem a segurança do telefone? Será que haveria aqueles papos furados intermináveis? Ou ela iria querer conversar sobre coisas que eu ainda não sabia, coisas como o momento e a melhor maneira de entregar o bebê? Será que a agência aprovava nosso encontro?

O problema é que, a essa altura, eu estava exausta, não aguentava mais passar por isso sozinha. Não queria falar sobre ecossistemas marinhos nem sobre quem estava pegando quem na minha turma, só queria falar sobre movimentos fetais, dores pélvicas e os nomes de meninas que eu mais gostava.

Então acabei concordando.

Janice me levou para a John Lewis em Edimburgo e comprou um travesseiro de gestante para mim. Fomos almoçar em um restaurante bom. Ela comprou óleo de massagem e suplementos de ferro, me pôs no trem para Leuchars no fim do dia e disse que eu era uma jovem muito corajosa e que deveria ter orgulho de mim.

— Por favor, vamos fazer isso de novo? — pedi, ao entrar no trem.

Ela sorriu e disse que sim, como se não fosse nada de mais viajar centenas de quilômetros. E ela voltou na semana seguinte. E na outra.

Eu ficava ansiosa por suas visitas. Ela estava se tornando uma amiga.

Eu tinha tomado a decisão certa. Sabia disso, mesmo no meio da noite, quando tinha de encarar meu corpo com essa humaninha começando a chutar e a mexer. Ela teria uma vida melhor com os Rothschild. Eles não eram só pessoas boas e gentis, eles estavam prontos para ser pais, e eu não estava.

Vovó sempre ligava para tentar me convencer a mudar de ideia, mesmo sabendo que não ia adiantar. Ela parecia derrotada ao fim de cada ligação, e minha avó não era o tipo de mulher que deixava suas derrotas transparecerem.

Ela acabou desistindo. Concordamos que eu ficaria com ela durante o verão, depois que terminasse o segundo ano da graduação, e que eu teria o bebê em Londres, no início de setembro. Depois disso, eu continuaria em sua casa até me sentir pronta para retornar a St. Andrews e cursar meu último ano. Ela chegou a fazer um de seus amantes pintar o quarto de hóspedes para mim.

Às vezes, eu me perguntava se vovó estava certa ao achar que, juntas, poderíamos fazer isso dar certo de alguma forma. Ou pensava no que Jill dizia — que a gente podia dar um jeito de criar um bebê em nosso pequeno apartamento de estudante. Vivi, com quem a gente dividia apartamento, passava as noites em claro fumando maconha e conversando com o namorado que estava na Coreia: ela daria conta de alimentar o bebê de madrugada numa boa! Mas, quando eu acordava e ouvia Jill se divertindo com algum cara em seu quarto, ou conversava com vovó ao telefone e notava o peso de sua idade em cada palavra que pronunciava, sabia que seria impossível. Jill tinha vinte anos. Vovó tinha oitenta.

No feriado de Páscoa, Janice me convidou para ficar na casa deles em Northumberland e "relaxar".

Nunca esqueci como aquele lugar era lindo, com aquelas praias enormes, suas inúmeras poças de marés e os castelos que se erguiam pela orla como em um sonho. Eu aceitei.

Cheguei a Alnmouth em uma bela manhã de quarta-feira, no fim de abril. Janice só chegaria mais tarde, então usei a chave que ela havia escondido no portal para entrar. Um portal, pensei. Um portal! A casa que tinha herdado do meu pai em Plymouth era tão estreita que mal comportava a porta da frente.

O interior da casa era lindo. Havia peles de carneiro, tapetes kilim e aqueles sofás de cor creme chiques que só vemos em revistas. Tomei banho em um boxe reluzente que parecia ter sido instalado naquela manhã.

Mais tarde, fiquei sentada em silêncio, observando as plantações molhadas através do estuário. Essa será sua casa de praia, disse à minha bebê. É aqui que você conhecerá o mar. A bebê devia ter acordado de uma soneca naquele instante, porque algo se moveu no lado direito da minha pelve.

De repente, lágrimas começaram a arder em meus olhos. Ela viria para cá, com um baldinho e uma pá, como eu tinha feito. Ia implorar por sorvete, waffle e espreguiçadeiras que não usaria por estar ocupada demais. Ia brincar nos balanços do estuário, tomaria chá no pub no fim da rua, ficaria perguntando, ao longo de toda a viagem pela rodovia M1, *falta muito?*

— Oi? — Ouvi a voz de Janice no térreo. — Emily?

Engoli em seco.

— Oi! Estou aqui!

— Que bom! — gritou. — Vamos dar uma caminhada, está lindo lá fora. O dia está perfeito, com muito sol e vento! Trouxe comida!

Nós nos abrigamos em um antigo casebre de ovelhas para comer o que Janice tinha levado. Lá fora, uma tempestade caía sobre a praia.

A conversa fluía enquanto a chuva atingia as pedras da cabana. No meu coração, a esperança crescia.

Avistamos o esqueleto do caranguejo na outra ponta da praia, logo após nosso piquenique de almoço. Tamanho médio, morto, sozinho na orla em meio a galhos e amontoados de algas ressequidas. Havia fragmentos de amêijoas grudados em sua barriga, parte de uma rede de pesca embolada em uma antena sem vida e manchinhas vermelhas peculiares em seu corpo e nas garras.

Cansada, me sentei para examiná-lo direito. A carapaça tinha quatro espinhos. Suas garras eram cobertas de cerdas.

Observei seus olhos sem vida, tentando imaginar de onde poderia ter vindo. Eu tinha lido que caranguejos percorriam grandes distâncias em todo tipo de superfície — restos de plástico, aglomerados de algas ou até mesmo em cascos de navios cargueiros tomados por cracas. Até onde eu sabia, aquela criatura podia ter vindo da Polinésia e sobrevivido por milhares de quilômetros apenas para ter a chance de morrer em uma praia da Nortúmbria.

Talvez fosse melhor tirar umas fotos. Meus professores saberiam dizer do que se tratava.

Mas, quando fui pegar a câmera na bolsa, minha visão escureceu. A vertigem veio como uma névoa marítima, e precisei ficar parada e encurvada até que passasse.

— Pressão baixa — falei, quando consegui me reerguer. — Tenho isso desde criança.

Voltamos a nos ocupar do caranguejo. Fiquei de quatro e o fotografei de tudo quanto era ângulo.

A tontura voltou quando guardei a câmera, mas dessa vez ela ia e vinha, imitando as ondas. Comecei a sentir uma dor nas costas, seguida de uma sensação mais aguda e forte na altura das costelas. Eu me ajoelhei outra vez, colocando as mãos entre as pernas, sentindo a tontura aumentar.

Contei até dez. Palavras de preocupação murmuradas, repletas de medo, giravam em minha cabeça. O vento mudou de direção.

Quando finalmente abri os olhos, havia sangue na minha mão.

Observei com atenção. Com certeza era sangue. Fresco, molhado, espalhado pela palma da minha mão direita.

— Tudo bem — disse a mim mesma. — Não tem por que se preocupar.

O pânico subia junto com a maré.

Fiquei um tempo sentada com a cabeça entre os joelhos, então Janice ligou para a maternidade de Edimburgo.

— Sim, ela está sentada. Não, não chega a ser uma hemorragia... Mas foi o bastante para sujar a mão de sangue quando ela a pôs entre as pernas... Sim. Mais do que um escape menstrual... Sem perda de consciência. Ela só ficou um pouco tonta e precisou se sentar, mas agora está... Só um minuto. Emily, você ainda está sangrando?

Eu verifiquei.

— Não.

— Não. Ela está com vinte e uma semanas de gestação. Sim... Emily, você sentiu alguma dor ou cólica?

— Sim, nas costas...

Janice ficou pálida.

— Sim, nas costas. O que acha? Precisamos de uma ambulância?

Fiquei encarando o mar. Havia uma ilha se erguendo dele a alguns quilômetros mais ao sul. Uma luzinha piscou no alto — devia ser um farol. Parecia tão solitário quanto eu. Será que eu estava perdendo meu bebê?

— Bom, ela está bem agora, mas não acho que... Certo... Está bem... Você tem o telefone deles? Sem problemas. Vou levá-la para lá.

Ela se sentou ao meu lado.

— Eles acham melhor examinarem você. Como estamos longe de Edimburgo, sugeriram que a gente fosse até a maternidade de Alnwick. Pode ser? É aqui perto.

O vento soprava, e as nuvens se moviam depressa. *Eu não aguento mais. Eu não aguento mais.*

O sol passou rapidamente pela ilha e pelo pequeno farol.

— Quero ir para Edimburgo — respondi, após uma pausa. — Não gosto de hospital... Prefiro ir a um que já conheço.

— Claro — concordou Janice. — Deve ser menos de duas horas de carro, mas tem certeza, Emily? E se você começar a sangrar outra vez?

Pânico. Dava para ouvir o pânico em sua voz.

— Tenho.

Não queria mais a companhia dela. Não queria mais estar perto dessa mulher, que já agia como se o bebê fosse dela.

— Quero ir sozinha. De trem. Já estou me sentindo melhor.

CAPÍTULO 38

Peguei o trem de volta para a Escócia, sentada em cima do meu casaco. Janice chegou a implorar na estação de Alnwick, mas não dei o braço a torcer. Eu queria que ela ficasse o mais distante possível da minha bebê.
Minha bebê.
Nunca havia me permitido usar essas palavras antes. Mas as regras convencionais não se aplicavam, e passei o caminho todo acariciando minha barriga.
Não sangrei de novo e devo ter checado umas vinte vezes no trajeto de Alnwick para Edimburgo.
— Por favor, fique bem — sussurrei para ela, enquanto seguíamos rumo ao norte. — Por favor, fique bem.

— Tente não ficar preocupada, Emily — disse a obstetriz no quarto.
Seu tom era neutro, mas eu sabia que a situação não era boa quando ela me levou direto para um quarto privado.
Poucos minutos depois, a obstetriz que acompanhava minha gestação, Dee, entrou no quarto.
— Vi seu nome no quadro. Você está bem, querida?
Foi então que comecei a chorar. Chorei durante todo o exame e, quando ela me conectou a uma máquina que monitorava o batimento cardíaco do bebê e disse que estava tudo bem, sorrindo ao me examinar, comecei a chorar copiosamente. Foi apenas quando Dee me levou

para fazer uma ultrassonografia e eu a vi ali, dormindo, com a cabecinha encostada em meu umbigo e a mãozinha posicionada embaixo da bochecha, que acreditei que ela ia sobreviver.

— Parece estar tudo em ordem. Preciso chamar um médico para dar uma olhada, mas o bebê parece feliz, e tudo parece estar bem.

Ela deu um zoom no peito do bebê.

— Às vezes essas coisas acontecem mesmo.

Fiquei observando as câmaras do coração de minha menininha se movendo silenciosamente. Eu não aguentava mais aquilo.

Agarrei sua mão quando ela estava prestes a sair, e disse:

— Por favor, Dee, me ajuda.

Depois que contei a história toda para Dee, ela foi ligar para minha avó.

— Sua avó vai cuidar de tudo — sorriu, ao voltar. — Ela está ligando para a agência agora mesmo. Você não precisa dar o seu bebê para ninguém, querida. Queria que você tivesse me contado sobre os seus planos. Não acredito que estava passando por tudo isso sozinha.

Vovó ligou uma hora depois.

— Tudo resolvido — disse ela, como se tivesse cancelado a vinda de um encanador. Suspirei. — Também tomei a liberdade de ligar para os Rothschild. Sei que a agência vai fazer isso, mas quis pôr logo um ponto final nisso tudo.

— E aí?

— Fui educada, mas pedi que não te procurassem mais. Não quero que eles fiquem te pressionando.

— Eles não me pressionaram em momento nenhum.

— Humm.

— Como a Janice reagiu?

— Dane-se a Janice.

— Por favor, vovó.

Ela suspirou.

— Ficou arrasada, mas isso não é problema seu, Emily.

Fez-se um momento de silêncio.

— A gente vai enfrentar isso juntas — disse minha avó de oitenta anos. — A gente vai enfrentar isso juntas, Emily, e, se pensa que sou velha demais para isso, você só pode ter esquecido quem eu sou.

Apesar do meu receio quanto à sua idade, me mudei para a casa de vovó em Londres duas semanas depois. Estava cansada demais para fazer minhas provas do segundo ano. Poderia levar anos até eu voltar para a faculdade, percebi, e não estava nem aí.

Vovó tinha passado horas pesquisando auxílios e incentivos fiscais, e criou um orçamento complexo que contava com sua pensão e o mísero aluguel que eu recebia da casa de papai. A situação não era excelente, mas estava longe de ser péssima, e ela estava toda empolgada.

Eu amava essa bebê que crescia dentro de mim. O amor corria em minhas veias como uma infusão. Sonhava com os dias que passaria em Heath com minha menina. Em passear com a vovó, ou talvez com Jill, quando ela se formasse, porque os pais dela também moravam em Londres. Cheguei a me ver fazendo amizade com outras mães no curso de gestantes. Tentei imaginar as noites em claro e não senti medo. O bolo e o café que tomaria com minhas novas amigas compensariam tudo isso.

Mas, então, em um dia de setembro, a criança nasceu, e não foi nada como eu havia imaginado.

Nada mesmo.

CAPÍTULO 39

Quatro dias após o parto

Era uma terça à tarde, e eu não dormia fazia dias. Fiquei observando o céu pela janela do banheiro de minha avó e anotando o que via em um pedaço de papel higiênico.

O sol de meio-dia brilhava, mas o céu ao seu redor estava totalmente preto. A frente da casa de vovó dava para um jardim cercado, onde árvores de magnólia e arbustos de lilases balançavam com a brisa. Mas o céu estava imóvel, como em um retrato: não ventava, só havia um véu preto onde deveria haver nuvens e luz.

Abri a janela para tentar ver ou entender melhor a paisagem. Devia ser um eclipse, mas havia certa energia, algo oculto, que não parecia fazer sentido para um fenômeno astronômico. Além disso, o sol não estava encoberto. Era uma esfera flamejante, um globo de discoteca no teto preto de Hampstead.

Eu queria dançar. Eu amava dançar, no passado. Era boa nisso.

Fui tomada por uma onda de amor, de euforia, de uma clareza total e profunda enquanto descia as escadas até minha avó e minha bebezinha. Tínhamos voltado do hospital fazia uma hora, e a cicatriz da cesariana ardia em meu ventre vazio. Senti algo repuxar quando tentei levantar o braço esquerdo e meus seios pareciam bombas prestes a explodir.

Mas estava tudo sob controle. Eu era uma mulher que tinha acabado de dar à luz uma menininha, e nós éramos verdadeiras guerreiras, feitas de aço, forjadas no fogo. A gente era capaz de superar qualquer coisa.

Na cozinha, encontrei uma salada, vovó e minha filha. Minha menininha perfeita. E, meu Deus, como ela era perfeita; um pacotinho, minha dádiva, uma pequena deusa. Ainda não tinha escolhido um nome para ela, mas ia fazer isso assim que as coisas se acalmassem. Eu precisava comprar roupas de bebê, uma bomba de tirar leite e ainda tinha prometido ajudar várias mulheres na ala pós-natal. Muitas estavam passando por dificuldades.

— Só se descobre o que é medo quando se tem um filho — dissera ontem uma mãe deitada no leito ao lado do meu na ala A300. — Você não faz ideia.

Eu disse que entendia, mas que era importante não ter medo, ainda mais agora, quando ela estava no auge de seus poderes femininos. Tentei retomar o assunto depois, mas ela estava dormindo e não acordou nem mesmo quando a cutuquei. Perguntei às obstetrizes se ela estava viva e disseram que era só exaustão, porque esse era seu quarto filho.

Eu queria dizer a ela que não havia nada a temer: nós éramos mulheres, mães e guerreiras. Ninguém podia nos parar.

Vovó segurava minha menininha na poltrona gasta que ficava no canto da cozinha, onde qualquer pessoa normal teria colocado um lava-louças. Ela sorriu para mim, por cima da cabeça de minha bebezinha.

Eu me aproximei e agachei em frente a ela. Minha filha. Ela era linda: fofinha e quentinha, as mãozinhas vermelhas e os cílios longos. Ela dormiu por duas horas e depois acordou para mamar, como me disseram que faria; tinha uma boa pega e quase não chorava. Eu não via a hora de poder levá-la para passear. Vovó dissera que era bom esperar um pouco, mas ela estava sendo cautelosa demais. A filha dela morreu pouco depois de eu ter nascido, então acho que era um trauma antigo. Mas vovó sempre fora tão destemida!

— Acho que a gente podia dar uma caminhada. Os vizinhos devem estar loucos para conhecê-la. Além disso, precisamos conversar. Acho que você está muito ansiosa, vovó, quero te ajudar.

— Estou bem. Mas você não pode se cansar. Heath não vai a lugar nenhum, e Charlie também não está com pressa.

Charlie era o cachorro da vovó. Ele deve estar preso no jardim, porque não o vejo desde que voltamos. Ele era preto como um corvo, como o céu lá fora.

— Ah, aliás, o céu...

Parei de falar. O céu havia voltado ao normal em questão de minutos.

— Você viu o céu? — perguntei, bruscamente.

Havia alguma coisa errada. Muito errada. O dia estava claro lá fora, mas tinha um tom acobreado, como se uma nuvem nuclear pairasse sobre nós.

Vovó se levantou, tentando não acordar minha filha.

— O que tem o céu? Não vai chover, vai?

— Não, ele estava escuro. Preto, na verdade, mas agora...

Eu me calei. As autoridades tomavam bebês de mulheres que começavam a falar maluquices. Eu já tinha quase perdido minha filha para a adoção; não ia perdê-la por conta dos hormônios.

— Nada, é besteira minha — falei.

Guardei a salada na geladeira. Eu não tinha tempo para comer.

Uma onda de pânico tomou conta de mim quando me virei para vovó, então sorri. Vinha me sentindo eufórica desde o nascimento de minha filha, toda triunfante e gloriosa. Não estava preparada para o baque emocional que todos disseram que viria.

Hormônios. São apenas hormônios: nem todo mundo tinha depressão pós-parto. Além disso, quem tinha me alertado sobre esse baque emocional havia sido a obstetriz esquisita, aquela que falava uns dialetos que eu não entendia. Quase como um código, como se estivesse me testando para ver se eu fazia parte da seita dela.

Eu me agachei outra vez em frente à minha filha e me levantei logo em seguida, esquecendo de me apoiar em alguma coisa, porque o pânico voltou. Arfei com a dor no abdome.

— Acho que vou dar uma volta de carro. Se ela ainda estiver dormindo.

Vovó franziu o cenho. Atrás dela, o rádio tocava baixinho. Dava para ouvir vozes exóticas do outro lado do Atlântico, talvez do Havaí ou de Malibu.

— Se ela ainda estiver dormindo? Emily, você precisa descansar. Por que você não tira um cochilo? Você não pode dirigir pelas próximas cinco semanas e meia.

Tinha esquecido que estava proibida de dirigir, mas isso era só para aquelas mães que estavam em piores condições, cujas cicatrizes da cesariana tinham infeccionado ou algo do tipo. Eu estava saudável e me sentia bem. Muito bem. Meu corpo fazia tudo que o corpo de uma mãe de primeira viagem deveria fazer com maestria. Eu estava adorando.

A porta!

Senti a cicatriz repuxar outra vez quando fui correndo atender a porta. Era a obstetriz, usando um uniforme estranho, parecido com o dos carteiros nos anos 1970. Deixei que entrasse, mas vê-la fez com que eu ficasse nervosa. Ela agia como se fôssemos muito amigas, mas eu nunca tinha visto essa mulher antes.

Respondi às suas perguntas, desconfiada. Durante nossa conversa, aquela sensação de pânico que se abateu sobre mim na cozinha com vovó voltou, me empurrando para um buraco. Continuei falando até que ela passasse.

A obstetriz parecia estar me interrogando, e no fim tive de perguntar que tipo de formação ela tinha, algo que a ofendeu menos do que eu esperava. Meus pensamentos começaram a acelerar. Quem era ela? Quando ia embora? Eu queria dançar. Precisava comprar uma bomba de tirar leite.

Depois de um tempo, fomos ver minha menininha.

— Ah, que menininho adorável — disse ela, despindo minha filha. — Olha só para você!

— É uma menina — eu a corrigi em um tom firme.

Não fui com a cara dessa mulher.

A obstetriz parou e me olhou por cima do ombro.

— Posso te pedir um chá? — perguntou, após uma longa pausa.

Fiquei feliz com o pedido: estava com um pressentimento ruim e um medo incomum. Ficamos sentadas, paradas, pelo que pareceram horas, e essa mulher nem para reconhecer quanto eu estava ocupada, quanto do meu tempo ela estava tomando. Será que ela já tinha estado com uma mãe que havia acabado de parir antes?

Na cozinha, observei o céu. Vovó e a obstetriz conversavam baixinho, sendo interrompidas por chiadinhos da minha filha. Fui fazer uma torrada, mas desisti, porque o cheiro era horrível.

Um gato saltou no jardim de minha avó e começou a andar por um canteiro florido, procurando um lugar para cagar. Fui correndo espantá-lo, porque cocô de gato fazia mal para os bebês, mas, quando cheguei ao jardim, ele tinha desaparecido.

Tudo parecia claro, mas nada fazia sentido. O céu estava normal outra vez; sem nenhuma nuvem de cogumelo nuclear. A euforia havia passado, e o medo agora era biológico.

Vovó veio me buscar no jardim.

Fui até minha filha, que estava deitada em um tapetinho infantil com móbiles que vovó havia comprado. Tirei sua manta para fazer cócegas e vi que ela estava nua, exceto pela fralda.

— Assim ela vai acabar morrendo de frio — protestei, saindo da sala para buscar uma roupinha de dormir.

Idiotas. Se eu não estivesse tão ocupada, denunciaria essa obstetriz.

Vovó me seguiu pelo corredor.

— Emily — chamou ela em um tom que provavelmente usava na Câmara dos Comuns. — Meu bem, por que você fica chamando o Charlie de "ela"?

— O quê?

— O Charlie. O seu bebê. Por que você o chama de "ela"?

Subi as escadas correndo.

— Não tenho tempo para isso.

Vovó tinha pendurado um quadro novo no patamar da escada, mas ele já estava cheio de poeira.

Quando voltei para a sala, vovó estava segurando minha filha.

— Emily — disse novamente com sua voz de Membro do Parlamento. — Você acha que teve uma menina?

— O que é isso? — explodi, mas o medo tinha se entranhado em mim, e era difícil pensar com clareza. — O que você está fazendo, vovó?

Ela ficou me encarando por um tempo e depois tirou a fralda do bebê.

— Você teve um filho e o chamou de Charlie. É um menino.

E ali, dentro da fralda, tinha a genitália de um menininho.

Eu não conseguia mais respirar. Eu me curvei, me contraindo de dor, então coloquei a fralda de volta e vesti o pijama nela. Mas, antes de fechar os botões, olhei outra vez dentro da fralda e a sala escureceu.

— Viu só? — resmunguei com um fiapo de voz. — O céu.

Abotoei a roupinha.

Sua cabeça tinha um formato diferente, e seu cabelo era mais espesso e mais escuro. Ele estava usando um dos pijamas dela, mas essa não era a criança que haviam tirado do meu ventre ontem, ou na semana passada, ou seja lá quando ela nasceu.

O medo veio à tona, como uma onda serena e reluzente.

— O que vocês fizeram? — perguntei.

As duas mulheres me observavam.

— Que merda vocês fizeram? — repeti, sussurrando.

Mas não adiantou nada. O menino começou a chorar, como qualquer bebê faria, se fosse tirado de sua mãe.

— Quem fez isso? Quem pegou minha menina e me deu um menino? Onde ela está? Onde?

— Entendo que você ache que teve uma menina — disse a obstetriz, cruzando a perna. — Só que você teve um menino e deu o nome de Charlie para ele. Está tudo aqui, nas suas anotações da maternidade. Mas não se preocupe, as mulheres sofrem um monte de alterações hormonais depois do parto; esse tipo de confusão é normal. Vejo que você tem andado bastante... — Ela deu uma olhada nos meus registros da maternidade. — Bastante ocupada e distraída desde que ele nasceu, e sua avó também acha isso. Você tem dormido direito?

Respondi, ou ao menos minha boca respondeu, mas meus pensamentos continuavam acelerados. Quem está por trás disso? Como isso aconteceu? Se fosse apostar, diria que é a obstetriz, aquela que usava palavras esquisitas. Será que ela era mesmo obstetriz? Ela usava algum crachá de identificação? Olhei para o menino, Charlie, que parecia estar ficando com fome.

Eu precisava encontrar minha filha.

Com o corpo dolorido, eu me forcei a me levantar e fui até minha avó.

— Vovó, alguém pegou minha filha, você precisa me ajudar. A gente precisa ligar para o hospital. E para a polícia. Agora.

Até aquele momento, achava que vovó era minha aliada, mas ela olhou em meus olhos e disse:

— Emily, não houve nenhuma troca, ninguém roubou sua filha. Esse é o seu filho, Charlie, que você teve na sexta-feira. Eu estava lá quando ele nasceu e não o perdi de vista desde então. Acho que precisamos ir a um médico, só para ver se você está bem.

A obstetriz estava no corredor, falando com alguém ao telefone. Tudo estava desmoronando. O caranguejo com manchas vermelhas e garras cheias de cerdas estava em nosso jardim, e papai conversava com a obstetriz pelo celular, dizendo que esse bebê não era meu filho biológico.

— Vovó...

— Oi, estou aqui. Pode falar, querida.

A traição dela era a pior coisa do mundo. Eu não conseguia olhar nos olhos dela.

— Você é uma mentirosa — sussurrei, mas ela não parecia me ouvir. — Uma grande mentirosa.

O bebê chorava, vovó chamava meu nome e havia um homem ali perto, acho que era o carteiro que entregava a correspondência para mim e para meu pai quando eu era pequena, no início dos anos 1980, quando eles ainda usavam aquele quepe.

Eu tinha vinte anos, meu bebê tinha sido roubado e não havia ninguém do meu lado para me apoiar.

* * *

A obstetriz foi embora e acabei dando de mamar para o bebê. Afinal, como poderia me negar a fazer isso? Era estranho, meus seios jorravam para alimentar outro bebê, enquanto minha neném estava desaparecida.

A obstetriz tinha escondido uma câmera de vigilância no relógio de carruagem que ficava na cornija da lareira. Havia outra acima da porta, e eu desconfiava de que tinha um monte delas na cozinha. Centenas de lentes ocultas me acompanhando enquanto eu andava pela casa.

O céu foi escurecendo conforme o sol começava a se pôr. A casa da vovó estava cheia de flores, babadores fofinhos e meinhas de tricô. Havia uma bomba de tirar leite, mas eu não me lembrava de ter saído à tarde para comprá-la, e vovó disse que ela sempre esteve ali.

Uma médica veio de noitinha. Disse que ia chamar a equipe comunitária de saúde mental, então liguei para a emergência e falei que um grupo de pessoas de Hampstead tinha roubado minha bebê e que agora eles estavam inventando que eu estava sofrendo um surto psicótico. Não lembro o que eles responderam.

O céu estava avermelhado, e a câmera no relógio estilo eduardiano me observava. Vovó dava mamadeira para Charlie, e ele não parecia se incomodar. Implorei para que desse fim àquela conspiração, mas ela apenas disse que me amava, então nós duas choramos.

As pessoas que vieram à noite não estavam com minha filha. Eram duas mulheres, disseram que eram uma assistente social e uma psiquiatra, e estavam ali para avaliar minha saúde mental. Uma delas fedia a cigarro. Falei que precisava ir ao banheiro, mas meu plano era subir até o terraço e tentar descer pela casa do vizinho, que estava cheia de andaimes.

Ou quem sabe eu não precisasse de andaimes? Se eu não conseguisse recuperar minha filha, será que ia querer continuar viva? Podia apenas saltar do telhado para a escuridão da noite. Seria rápido. Esse menino adorável, Charlie, logo estaria reunido com sua mãe, e...

Alguém agarrou meu pé enquanto ele desaparecia ao subir pelo alçapão que dava acesso ao telhado. Lá embaixo, um bebê chorava.

Uma escuridão profunda tomou conta de mim enquanto estava sentada no que parecia ser a cozinha de vovó e respondia a perguntas. Eu tinha perdido minha bebê. Todos eles estavam envolvidos nisso.

As pessoas conversavam entre si. Alguém veio falar comigo sobre a Lei da Saúde Mental.

Acabei dizendo que iria para o hospital de mães loucas de que tanto falavam, mas só se trouxessem minha bebê verdadeira.

Mais tarde, ou talvez tenha sido no dia seguinte, eles mandaram a ambulância de loucos.

"Eu nunca vou te perdoar", gritei para minha avó enquanto ela chorava, o que fazia sentido, considerando o que ela havia feito.

— Eu não posso perder mais uma. Por favor, não posso perder mais uma — dizia, o que não fazia o menor sentido, porque quem teve uma bebê roubada fui eu, não ela.

CAPÍTULO 40

Norte de Londres – Hospital Universitário de Londres –
Fundação de Saúde Mental do Serviço Nacional de Saúde
Unidade de cuidados para mães e bebês, Camden

Eu me deitei na cama e fiquei estudando os rostos que apareciam em minha porta; corpos uniformizados que me observavam. Em uma cadeira ao lado da minha cama, uma mulher de crachá dava uma mamadeira para Charlie. Sua mãe verdadeira, talvez? Esse lugar era assustador. Todas as portas ficavam trancadas, mas a do meu quarto estava escancarada e não havia tranca no banheiro. Havia câmeras espionando e bebês chorando.

Outra mulher, que tinha me recebido quando cheguei, entrou no quarto. Ela me disse pela segunda vez que se chamava Shazia — como se eu ligasse! — e conversou comigo sobre calmantes. Falou que eu precisava de uma noite tranquila de sono.

— Quem precisa de tranquilidade é essa criança. Ele foi roubado da mãe. Não tem nem uma semana de vida. Alguém está com o meu bebê. Você sabe se a polícia já está sabendo? Não? Bom, de qualquer maneira, não quero me dopar com remédios. Você não tem noção de como os últimos dias foram terríveis...

— Eu entendo — disse ela, e eu acabei gostando de sua voz. — Eu entendo, Emily, porque meu trabalho é cuidar de mulheres na sua situação. Sei que está assustada, com raiva e, principalmente, sei que não queria estar aqui.

Quando recusei os remédios, ela disse que voltaria em meia hora.

Fiquei abraçada com Charlie por um tempo, porque ele era uma graça e eu estava com medo desse lugar, mas chorei por ela — minha menina, que se chamava... se chamava...

Será que eles já tinham me drogado?

Perguntei para a mulher na cadeira onde estava minha avó, e ela pareceu surpresa, porque, ao que parece, eu havia dito que não a queria por perto. Ela acabou concordando que vovó poderia vir na manhã seguinte.

— Antes, precisamos avaliar você — disse.

Ela também tinha uma voz agradável. Acho que estavam acostumados a ganhar a confiança de mulheres, antes de trocarem nossos bebês e alegarem que estávamos loucas.

Quando o dia chegou ao fim, eu estava tão assustada que percebi que só conseguiria aguentar mais um minuto nesse lugar se estivesse morta ou inconsciente. Acabei aceitando os remédios que Shazia havia me oferecido.

— Descanse — falou.

Seu cabelo parecia cetim preto.

— Charlie está bem. Vai passar a noite no berçário. Ele se adaptou muito bem à mamadeira.

Comecei a flutuar em uma maré tranquila.

Eles me mantiveram naquele estado semiconsciente por dias, mas juravam que tinha sido por menos de doze horas, e que agora era sábado à tarde. Eu tinha dado entrada na noite anterior.

Shazia me entregou Charlie, e me dei conta de que eu o amava tanto que chegava a doer, mas, durante a tarde, o céu tinha ficado preto outra vez, e comecei a chorar por minha filha.

Não sei quanto tempo levei até me recuperar. Só sei que, com o passar dos dias, parei de pensar em uma filha e comecei a aceitar o que me diziam: psicose pós-parto, alucinações, mania, euforia, mudanças de humor. Havia muita dor e confusão. Ninguém conseguia dizer por que aquilo tinha acontecido comigo.

Quando não estava mais tão ocupada com tudo, que na verdade não era nada, comecei a conversar com as mulheres da unidade. Éramos oito no total. Três delas mal saíam dos quartos; o restante de nós passava a maior parte do tempo no espaço comum, tentando entender o que estava acontecendo com a gente.

As coisas ficavam mais claras, depois turvas de novo, mas a comida era sempre um horror.

No quarto ao lado do meu ficava Darya. Ela era apaixonada pela filha, mas não encontrava razões para viver. Certo dia houve um tumulto em seu quarto, pessoas corriam e gritavam. Depois disso, ela estava sempre acompanhada por auxiliares de enfermagem. Seu marido ia visitá-la, eu os ouvia conversando em russo, e ele começava a chorar assim que saía do quarto.

Nas conversas com Shazia, lembrei que, durante a gravidez, eu achava que o bebê era uma menina, o que, de alguma forma, explicava um pouco as coisas. Mas é claro que era Charlie, sempre foi, com seus olhos pretos e seus tufinhos de cabelo, a mãozinha fechada escapando da roupa.

Comecei a cuidar dele durante os dias e, uma ou duas semanas depois, deixaram que ele ficasse comigo durante a noite. Quando chorava, eu abraçava seu corpinho bem apertado e rezava para que estivesse seguro. O mundo era muito perigoso, e eu não fazia ideia de como protegê-lo.

Ah, a vida de uma lapa, escrevi para Jill. Rodeada por conchas e substrato rígido. Sempre olhando para baixo, nunca para cima. O papel da lapa na reprodução era apenas liberar as larvas. Nosso professor estava errado: a vida de uma lapa não era nem um pouco difícil.

— Que doença maldita — resmungou vovó, com um suspiro, em uma de suas visitas.

Ela tinha trazido barrinhas de aveia e um livro, mas se deparou comigo em péssimo estado após outra crise.

— É muito injusto que logo você tenha que passar por isso.

Um enfermeiro a chamou em um canto e a repreendeu.

— É injusto mesmo — disse vovó em voz alta para que eu ouvisse. — Você nem imagina tudo o que essa menina passou. Sabia que ela ficou órfã durante as provas finais?

Ele não soube o que responder.

Quando voltou, vovó me contou que Janice Rothschild queria fazer uma visita.

— Falei para ela não encher o saco, mas não achei que seria certo esconder isso de você. O que acha?

Eu não sabia. Não fazia ideia se estava pronta para receber pessoas, com seus perfumes, seus penteados, suas opiniões. Só de pensar em Jill eu já ficava ansiosa. Mas Janice, por outro lado, tinha se tornado uma amiga, quando ninguém mais conseguia entender minha vida. Quando soube que eu tinha desistido da adoção, ela escreveu uma carta muito gentil e mandou algumas roupas que tinha comprado: não me recriminou em momento nenhum.

Sem contar que, a essa altura, os Rothschild deviam estar prestes a adotar outra criança, não é? Pensando bem, talvez até já tivessem adotado.

Acabei aceitando.

Janice trouxe um roupão lindo em uma sacola de papel com alças trançadas e um monte de papel de seda. Sua fala era mansa, a conversa era leve, e, por um instante, cheguei a esquecer que ela era uma mulher a quem as pessoas pediam autógrafos. Ela pediu desculpas se por acaso fez com que eu me sentisse pressionada com a história toda da adoção, e disse que temia que isso pudesse ter contribuído para minha crise.

Falou que Jeremy e ela ainda não tinham encontrado um bebê, mas estava otimista. Isso fez com que eu me sentisse um pouquinho melhor.

Os dias passavam, o ar estava mais úmido e frio. Eu trocava fraldas e dava de mamar para meu bebê. Participava de sessões de terapia, artesanato, e dormia — mas nunca era o bastante. Eu lavava as roupinhas na lavanderia, assistia à TV. O que mais desejava era ser como as outras mulheres daqui, com seus companheiros e maridos, suas esperanças incertas por uma vida lá fora. Eu não tinha planos. Os próximos cinquenta ou sessenta anos eram uma incógnita para mim, como uma névoa sobre o mar invernal.

Com a ajuda de vovó, escrevi uma carta para a universidade, dizendo que não pretendia retornar. Fiquei comovida quando tive notícias do meu professor. Ele tentou me convencer a continuar, então pedi à minha avó que respondesse dizendo que não. Era uma oferta gentil e totalmente utópica.

Charlie começou a sorrir. Ele dormia no meu peito nos dias arrastados de outono. Jill mandou um livro sobre peixes tropicais para ele e a gente o folheava juntos, observando os recifes de corais, o peixe-anjo-imperador, o peixe gramma. Ele segurava meu dedo e passava em suas gengivas. Seu cabelo de recém-nascido caiu, e cachos dourados cresceram no lugar. Meu corpo doía de tanto amor.

As névoas ainda voltavam, mas eram passageiras agora; visitantes ocasionais.

Comecei a acreditar que poderia me recuperar de verdade.

E foi então — quando achei que estava melhorando — que tudo aconteceu.

CAPÍTULO 41

Diário de Janice Rothschild

1º de novembro de 2000

A avó de E disse que posso ir visitá-la. Parece muito chateada e estressada com a situação toda.

Tenho lido sobre psicose pós-parto. Em vai melhorar. Mas e aí? Sua avó tem uns oitenta anos, e a recuperação de E deve ser lenta e difícil. Eu me preocupo com Emily e com Charlie.

Tenho pensado muito no quanto esse bebê estaria melhor com a gente, mas não posso dizer isso para ninguém, claro. Especialmente para J. Ele acha que as minhas visitas são uma péssima ideia.

MAS: temos uma reunião com a agência de adoção sobre um recém-nascido que pode ficar disponível em breve, então J está pegando leve comigo. (E disseram que poderia levar anos! Incrível!)

Mas ele tem razão: eu não devia visitar E. O problema é que gosto dela. Ela faz com que eu me lembre de mim mesma, quando tinha a idade dela.

Enfim. Vou arrumar as coisas e fazer uma visita.

2 de novembro de 2000

Meu Deus. Meu Deus. Meu Deus.

Não paro de repassar as últimas vinte e quatro horas na minha cabeça. Nunca vi nada tão assustador.

Ontem fui visitar Emily no hospital e a encontrei tentando sufocar Charlie.

Cheguei exausta, o que não deve ter sido bom para o estresse: discuti com J antes de sair; ele teve a coragem de perguntar se eu pretendia tentar convencer Emily a mudar de ideia sobre a adoção. (Que tipo de monstro ele pensa que eu sou?)

Eu estava no corredor, a caminho do quarto de Emily, e achei que tinha ouvido risos e alguém brincando de "cadê o neném?". Mas deve ter sido outra pessoa porque, quando entrei no quarto, ela estava tentando sufocar Charlie com um travesseiro.

Berrei e consegui impedi-la. Os alarmes tocaram, foi um verdadeiro caos. Eles me tiraram de lá, mas deu para ouvir o choro dela implorando para que lhe devolvessem Charlie quando saí da ala.

Realmente achei que ela estava melhorando — muito —, mas deve ter sofrido uma recaída. Sei que ela o ama e que jamais pensaria em fazer mal a ele se estivesse bem.

Eu faria qualquer coisa para tirar aquela imagem do travesseiro da minha cabeça. Não consigo suportar.

J tinha razão. Eu nunca devia ter ido visitá-la.

CAPÍTULO 42

Emily

Não me lembro de nada antes de Janice Rothschild entrar no quarto gritando "PARA! Emily! Para!"

Congelei. Pessoas entraram correndo.

Janice disse algo para a enfermeira, que tentou levar Charlie embora, então o segurei firme. Janice foi retirada do quarto. Ela estava chorando e cobria a boca com uma das mãos, como se estivesse enjoada ou tivesse testemunhado algo horrível. Logo depois, Shazia chegou.

Eu não entendia o que estava acontecendo, só sabia que não era nada bom. Eles tinham reduzido a dose dos meus antipsicóticos dois dias antes. Eu tinha feito alguma coisa? Tentava recapitular os acontecimentos da última hora, mas não me lembrava de nada, só do mar vermelho de pânico. Eu ouvia o som de um violão tocando sem parar, como se estivesse me impedindo de lembrar.

— Shazia, me ajuda. O que eles estão fazendo?

Shazia, que parecia abalada pela primeira vez desde que fui admitida aqui, abaixou-se em frente à minha cama, onde eu estava sentada segurando Charlie.

— A gente precisa conversar. Longe do Charlie. Você pode entregá-lo para mim, Emily?

Comecei a chorar.

— Por quê? O que eu fiz? Por que ele não pode ficar? Por que não posso segurá-lo?

Shazia pôs as mãos em meus joelhos.

— Você confia em mim? Confia que vou levá-lo só para a gente conversar por alguns minutos e depois o trarei de volta?

Chorei ao colocar meu menininho em seus braços. Eu sabia que não tinha escolha.

— O que aconteceu? — perguntou Shazia, quando voltou sem ele. — O que você estava fazendo, Emily? Do que você se lembra?

Eu disse que não sabia. Repeti isso várias vezes, com o pânico em minha voz cada vez mais alto. O que todos pensavam que eu tinha feito? Por que Janice tinha gritado comigo?

— O que houve com o Charlie? Ele está doente? — perguntei.

Ela disse que ele tinha sido examinado e estava bem. A essa altura, eu estava chorando outra vez. Seja lá o que tenha feito, foi algo grave.

Depois de um tempo, Shazia pegou minha mão e me levou até uma sala onde estava a psiquiatra que vinha me ver toda manhã. Havia também um homem que eu não conhecia e dizia ser um assistente social. Ele tinha olhos grandes e cristalinos, e eu podia ver neles que tinha feito algo errado, não importa o quanto ele desse aquele meio sorriso de quando alguém sente pena de você, mas não pode ser afetuoso.

Shazia fez com que eu me sentasse e disse que Janice tinha me visto tentando sufocar Charlie.

Fez-se um silêncio nebuloso. Ficamos todos nos entreolhando. Comecei a negar tudo, quando vi: Charlie, na minha cama, com um retângulo azul-bebê sobre o rosto. Meu coração parou quando tentei focar a imagem, mas estava claro. As mãos que seguravam o retângulo azul eram minhas.

As três pessoas na sala ficaram me observando. Havia um relógio quase sem bateria com o ponteiro dos segundos oscilando entre o três e o quatro.

Tentei pensar na imagem outra vez. O rosto sorridente de Charlie, que desaparecia enquanto eu aproximava o retângulo azul dele. Uma almofada? Uma roupinha dobrada?

Soltei um grunhido. Era meu travesseiro.

— Janice tem... talvez ela tenha razão — murmurei, sem acreditar. Minha vida estava desmoronando.

— Eu acho. Ai, Deus, não.
— "Deus, não" o quê? — perguntou Shazia.
Fechei os olhos.
— Acho que ela está certa.
— Tem certeza? — perguntou Shazia, o que me fez abrir os olhos.
— Quer dizer...
O assistente social lançou um olhar em sua direção, e ela parou.
— Só nos conte o que aconteceu conforme você for lembrando os detalhes — pediu, em um tom gentil.
Pensei novamente naquilo, no travesseiro. Eu queria sufocá-lo de propósito? Mesmo? Aquele menininho, que já era o amor da minha vida?
Senti algo se movendo em minhas entranhas, uma dor que queimava. Foi exatamente essa a minha intenção. O travesseiro em seu rosto, para que ele ficasse seguro, longe de mim e desse mundo cruel.
Gritei com eles por terem reduzido minha medicação. *Eu falei que não estava pronta. Eu falei!*
De alguma forma, Shazia fez com que eu me sentasse novamente.
Tivemos de revisitar a cena várias vezes. A cada vez, novos detalhes surgiam, e era tudo insuportável. Eu teria conseguido, se Janice não tivesse entrado. Eu teria conseguido.
— Você disse que mulheres com essa doença não machucam seus bebês. Você disse que era seguro o Charlie ficar comigo.
— É um caso muito raro — explicou Shazia, impotente. — E, nas poucas vezes que isso aconteceu, não era intenção da mãe...
— Claro que não era minha intenção — gritei. — Ai, Deus, me ajuda. Me ajuda.
Mais tarde, me levaram de volta para o quarto e me devolveram Charlie. Ele estava dormindo. Uma das auxiliares de enfermagem ficou me fazendo companhia, e eu sabia que ela não tinha autorização para sair do quarto.
— Desculpa, desculpa, desculpa — disse para meu bebê adormecido. — Eu te amo. Amo mais que tudo nesse mundo. Eu te amo.
Eu queria morrer.

* * *

Trocaram minha medicação. Dormi por dois dias. Quando acordei, liguei para Janice.

— Quero continuar o processo de adoção — falei.

Eles tentaram me impedir. Tive várias reuniões e consultas; até as outras mães tentaram me dissuadir. Mas, no fim das contas, tudo se resumia a uma única coisa: eu queria que Charlie estivesse seguro. Queria que tivesse uma vida boa — uma vida ótima, na verdade —, e ele não teria isso comigo.

Eu ficava acordada à noite ouvindo o som de violão, que tinha começado no dia em que Janice me flagrou, que reverberava sem parar em minha cabeça, como um grito. Nenhuma droga que me ofereciam diminuía a dor, e tudo que eu conseguia fazer era chorar e pedir desculpas ao Charlie.

Meu coração queimava com o desprezo que sentia por mim mesma. Ele se tornou uma massa densa e dura, e se despedaçou quando a equipe finalmente aceitou que eu ia entregar Charlie para Janice e Jeremy.

Na época, eu já suspeitava de que ele nunca mais se recuperaria. E foi o que aconteceu.

CAPÍTULO 43

Diário de Janice Rothschild

7 de dezembro de 2000

Nosso bebê chegou! Ele está em casa!

Nada se compara a esse sentimento. Estou completamente apaixonada, feliz, animada, apavorada, exausta e energizada — mesmo que Charlie durma à noite, duvido que eu consiga dormir. NÓS TEMOS UM BEBÊ! Nosso menininho perfeito!

Claro que David ficou mt feliz com esse "plano" e já assinou os papéis da adoção. Eu estava apreensiva com o que poderia acontecer quando ele conhecesse C, mas ele deu uma passadinha aqui hoje mais cedo e, embora tenha achado C uma graça, não notei nenhum traço de reconhecimento nem dúvida no olhar dele — nada. Ele só tomou champanhe, falou um monte de besteiras e foi embora. Típico do D.

Em compensação, e entrega foi terrível. Eu não esperava ver E, mas ela trouxe o bebê pessoalmente. Acho que não existem regras para uma situação tão inusitada quanto essa. Ainda assim, foi terrível. Ela mal conseguia respirar. Ficava beijando a cabeça dele, cheirando seu cabelo, tentando respirar. Ela estava aos prantos quando conseguiu chegar à nossa porta. Um horror. Tanta culpa, e a enfermeira da E, Shazia, foi bem escrota com a gente, o que não ajudou. Não sei o motivo. A E implorou à gente que ficasse com ele. O que a gente podia fazer?

Até o último minuto, fiquei achando que, a qualquer momento, ela ia sair correndo, gritando que tinha mudado de ideia. É claro que não foi isso que aconteceu, mas os paparazzi chegaram a nos fotografar.

Aqueles merdas. J disse que os jornais não podem divulgar as fotos porque Charlie é menor de idade, mas estou preocupada. Se eles publicarem, vão me perguntar para SEMPRE em coletivas de imprensa sobre doenças psiquiátricas pós-parto. O que eu poderia responder?

Eram tantas variáveis. Tanta culpa. Não paro de pensar em E. Não consigo nem imaginar o que ela está passando. Sentindo-se incapaz de poder criá-lo. Tendo que entregá-lo a outra pessoa. Mas então me lembro daquele dia horrível, e sei que ela fez a coisa certa. Por todos nós.

4h

Não consegui dormir. Estou com medo. Não paro de olhar meu telefone caso ela ligue dizendo que o quer de volta. Não tem nada que a impeça de fazer isso. A lei está do lado dela até que saia a ordem judicial, e isso pode levar mais de um ano.

Não sei se consigo fazer isso. Não sei se consigo viver com tanto medo.

12 de dezembro

Uma "jornalista" ligou hoje. Disse que tinham fotos minhas saindo da unidade de cuidados para mães e bebês, e planejavam publicar uma matéria. Depois perguntou se eu gostaria de dar alguma declaração.

Esse foi outro momento do qual nunca me esquecerei. O momento que uma mulher usou da saúde mental pós-parto de outra para chantageá-la.

J está fazendo de tudo para abafar o caso, mas o jornal e os advogados de merda deles estavam preparados — eles estão determinados a publicar as fotos.

15 de dezembro

A "história" é apenas uma foto nossa saindo da unidade com uma legenda que diz "Jeremy e Janice Rothschild, no início do mês, saindo de uma unidade de cuidados para mães e bebês, que cuida de mulheres com distúrbios psiquiátricos perinatais". A foto é tão grande que ocupa a maior parte da página.

A imprensa apareceu e ficou do lado de fora durante algumas horas. Agora eles já foram embora. Só tem um escroto de tocaia, mas ele vai acabar ficando de saco cheio. Odeio essa gente.

A agência de adoção não gostou nem um pouquinho desses últimos acontecimentos, mas acabamos de receber uma ligação deles a respeito de uma reunião que fizeram, na qual decidiram que podíamos continuar o processo de adoção, mas que estaríamos "sujeitos a constantes avaliações".

19 de dezembro

O medo continua tirando meu sono. Medo de que Emily mude de ideia, medo por Charlie, medo por mim. Estou exausta de estar sempre tão apavorada. Não paro de pensar no que deve estar passando pela cabeça de Emily. No que pode estar se desenhando.

Será que ela vai querer Charlie de volta?

A situação toda é péssima.

CAPÍTULO 44

Emily
Um ano depois (dezembro)

A primeira vez, em meses, que saí da casa de minha avó foi na noite seguinte à conclusão do processo de adoção de Charlie.

Depois de um tempo, eu me vi em frente à casa de Janice e Jeremy, debaixo de uma pancada de chuva. Era uma bela casa de quatro andares de estilo georgiano em pleno Highbury Fields. A enorme porta da entrada era ladeada por pilares caríssimos. Havia uma caixa de correio com uma placa entalhada dizendo NADA DE PANFLETOS, porque eles eram importantes demais e cosmopolitas demais para um faz-tudo ou propagandas de pizzarias.

Dava para ver a cozinha deles pela janela, com uma ilha enorme de mármore, maior que a sala de jantar da casa de minha avó. Jeremy estava sentado lá, lendo algo no laptop.

Fiquei parada na chuva, observando-o por um tempo. A gravata estava enrolada ao lado do computador, e havia uma taça de vinho tinto ao seu lado. Se Charlie já estivesse falando, era esse o homem a quem chamaria de papai. Essa casa, essas pessoas, aquela era sua vida.

Em uma das cabeceiras da gigantesca mesa de jantar havia uma cadeirinha de bebê.

Cravei as unhas nas palmas das mãos, tentando respirar para acalmar a dor. Ao longo do último ano, eu havia ido algumas vezes ao grupo de apoio para mães que tinham entregado seus filhos para adoção e ouvi muitas conversas sobre "confiar" ou "respirar para acalmar a dor".

Desde às duas da tarde, meu bebê não era mais meu, e não havia nada que eu pudesse fazer para mudar isso. Exercícios de respiração eram um insulto.

Por um momento, me permiti sonhar que era eu que estava lá em cima com Charlie, não Janice: dando banho nele, me molhando, brincando. Ou, quem sabe, no banheiro de vovó, com o ranger do assoalho e a janela que nunca fechava direito.

A dor fez com que eu quisesse me deitar em posição fetal, ali mesmo, na calçada molhada de chuva.

Fiquei ali por um bom tempo, morrendo de frio, encharcada, até que Janice apareceu na cozinha de repente, segurando uma mamadeira. Antes mesmo de largar a mamadeira, ela foi direto até a sala de estar para olhar pela janela.

Já fazia algumas horas que havia escurecido, e eu estava do outro lado da rua, perto de uma árvore. Mas percebi, tarde demais, que estava próxima de um poste de luz, e ela logo me viu. Encostou o rosto no vidro e enquadrou a visão com as mãos para tentar enxergar melhor. Não tive coragem de me mexer. Eu estava de capuz, então não dava para ver meu rosto, mas ela sabia. Eu sentia a presença dela, da mesma forma que ela sentia a minha. Ela foi chamar Jeremy na mesma hora.

Jeremy me alcançou quando eu estava atravessando a rua. Eu devia ter me desvencilhado quando senti alguém tocando meu ombro — devia ter corrido —, mas parei e me virei. Fazia tempo que ninguém além de minha avó e da minha médica tocava em mim.

— Emily?

Fiz que não com a cabeça.

— Não.

— Emily... — disse ele, me conduzindo gentilmente até a calçada.

A chuva rufava em meu capuz.

— Tive a impressão de que ela olha pela janela toda noite. — Foi tudo que consegui dizer.

— Ela olha.

Jeremy se encolhia, inutilmente, para não se molhar.

— Por quê? Vocês tiveram algum problema?

Jeremy fez que não com a cabeça.

— Não. O Charlie está totalmente seguro. Ela só... Ela tem andado muito ansiosa desde que ele chegou. Teve medo de que você mudasse de ideia.

— O medo foi tanto a ponto de ficar olhando pela janela toda noite?

Após uma pausa, Jeremy assentiu.

— Ela é ótima com o Charlie. Você não precisa se preocupar com o efeito dessa ansiedade sobre as coisas, mas... Enfim, agora que tudo foi formalizado, acho que ela vai conseguir colocar um ponto final nisso. Começar a acreditar que é, de fato, mãe.

Eu não esperava por isso. Em minha cabeça, sempre imaginava Janice e Jeremy sorrindo, alegres, para o bebê deles dormindo, indo tomar um vinho juntos no térreo e conversando sobre as gracinhas que ele havia feito durante o dia. Nunca havia me passado pela cabeça que ela pudesse estar ansiosa. Muito menos por minha causa. Por causa de Emily Peel, que tinha passado meses prostrada na cama, mal dando conta de suprir suas necessidades mais básicas.

— Nunca vim aqui antes. Essa foi a primeira vez. E, claro, a última.

Ele começou a dizer algo, mas eu o interrompi:

— Nunca vou superar o que eu fiz. Isso acabou com a minha vida. Mas você não precisa se preocupar, Jeremy. Não estou perseguindo vocês. Foi só... Não sei. Acho que entrei em pânico com a conclusão do processo judicial.

Ele assentiu.

— Eu entendo. Mas isso não pode se repetir. Janice vai ligar para a polícia se você nos assediar, e eu não vou impedir.

Fechei os olhos sob a chuva, por um instante.

— Desculpa, Jeremy. Por favor, não conta para ela que era eu. Isso só vai deixar a Janice assustada sem necessidade.

— Claro. Vou falar que foi um doido qualquer.

Quase sorri. Ele também.

— Só... Só me diz que o Charlie está bem — pedi.

A saudade crescia em mim outra vez. A maré estava subindo novamente.

— Me diz que ele está bem e feliz.

— Ele está — disse Jeremy, com gentileza.

Um ônibus com os vidros embaçados parou atrás dele.

— Emily, ele está ótimo, e muito feliz. Você não tem com o que se preocupar.

Eu não conseguia dizer nada. Passageiros começaram a surgir das entranhas do ônibus.

— A gente não vai contar o que aconteceu para ele — disse, com a voz mais doce do mundo. — Vamos apenas falar que você era muito jovem e que a sua vida foi muito difícil, que você sentia que não tinha como cuidar dele. Ele nunca vai saber sobre aquele dia.

— Obrigada.

Ele assentiu.

— Sua avó está cuidando de você?

Enfiei as mãos nos bolsos.

— Na verdade, não. Ela teve uma virose e ficou muito abatida. Não sei quanto tempo ela ainda tem, para ser sincera.

— Sinto muito.

— Sim. Bom, desculpa. Mesmo. Você não vai me ver de novo.

Sem saber exatamente o que fazer, me virei e fui embora na chuva.

Meu menininho. Meu querido Charlie, agora um bebê com pais abastados e uma casa enorme no parque. Afastado de mim pela lei.

E se eu quisesse fazer alguma coisa certa na vida, pensei, andando pela Holloway Road, se realmente me importava com ele, nunca mais me aproximaria dele.

CAPÍTULO 45

Emily
Quatro meses depois (abril)

O parquinho não estava muito cheio.

Duas mães comiam biscoitos, enquanto um de seus filhinhos brincava em um barco de madeira. Um pai estava sozinho com seu bebê. Um grupo de adolescentes com o uniforme da escola comia frango frito em uma caixinha.

Perto da caixa de areia, sentada sob um pequeno limoeiro, eu observava meu filho. Charlie brincava em um trenzinho vermelho, a poucos metros de mim. Se eu me esforçasse, ainda era capaz de lembrar o cheiro de sua pele macia e me convencer de que a brisa carregava essa fragrância.

— Biuí, biuí, biuí — murmurava ele.

Piuí?

Eu te amo tanto.

Janice ria com a outra mulher, como se sua vida fosse perfeita. O cabelo de Charlie era tão loiro que parecia branco, suas bochechas ainda eram rechonchudas. Eu tinha de sair dali. Não devia ter me aproximado tanto.

Não me mexi.

De repente, Charlie desceu do trenzinho e olhou para mim. Após refletir por um tempo, ele sorriu. Meu filho sorriu para mim, como se soubesse. Como se não tivesse esquecido.

Eu me levantei e me afastei, indo em direção às árvores.

— Oi! — sussurrei, me virando para sair. — E tchau, tchau!

Ele me seguiu por um montinho de terra, se afastando do trem e da caixa de areia.

Eu conseguia ver Janice pelas árvores. Ela continuava conversando com a amiga. Não fazia ideia.

Do nada, antes que conseguisse me conter, corri até Charlie e o abracei, passando os braços pelo seu corpinho infantil, cheirando seu cabelo.

— Eu te amo — sussurrei, em meio a uma avalanche de alegria e dor. — Nunca vou deixar de te amar.

E fui embora. Ouvi uma voz chamando, depois berrando, enquanto ela procurava por Charlie. Fui contornando as árvores até o portão mais a leste do parque. Eu sabia que ele estava seguro — esse portão ficava fechado e, para chegar até a entrada principal, ele teria de passar por Janice. Ela o encontraria sob as árvores a qualquer instante.

Escutei sua voz sumindo, depois ficando mais alta e, depois, justo quando passei pelo portão, a ouvi encontrando Charlie onde eu o havia deixado. Lágrimas, lamentos, *onde você estava, meu Deus, eu fiquei tão preocupada... meu Deus, Charlie, meu menininho...*

Andei devagar para não chamar muita atenção. Meu coração estava acelerado.

Eu precisava de ajuda.

Era a quinta vez que eu fazia isso. Simplesmente decidi aparecer em Highbury, quando as coisas ficaram muito difíceis. Observei meu filho vivendo sua vida com Janice e Jeremy em plena luz do dia.

Janice parecia ter relaxado nas últimas semanas; ela não ficava mais procurando por mim. Eu me sentei no ponto de ônibus do outro lado do Trevi, e vi Charlie tentando comer espaguete sentado a uma mesa perto da janela. Eu os observara da loja de esquina em frente ao Hen and Chickens, e os vira duas vezes no parque. Nunca ficava mais que uns dois minutos: era só o tempo de me acalmar; de adormecer meus nervos agitados.

Preciso de ajuda.

Fui em direção a Highbury Place, me mantendo de costas para o parque, concentrada em meus passos, um após o outro.

Pé esquerdo, pé direito. Esquerdo, direito.

Preciso de ajuda.

CAPÍTULO 46

Diário de Janice Rothschild
Abril

Eu o abracei, chorando, beijando, gritando. Reparei nos olhares repreensivos dos outros. Sério? Você está gritando com uma criança pequena que andou em direção às árvores?

Peguei o celular, que tinha deixado cair no chão quando achei C. Eu não parava de chorar. Consegui dizer a J que C parecia bem.

Então J disse que tinha encontrado Emily Peel enquanto vinha correndo a caminho do parque para me ajudar.

Tudo parou. Eu não conseguia acreditar.

E, no entanto, conseguia. Claro que conseguia. Senti uma raiva que nunca tinha experimentado. Um desespero.

J levou Emily para a delegacia de Islington. Ele estava sempre "pisando em ovos" com ela desde que nos tornamos legalmente os pais de Charlie, mas agora isso acabou.

"Ela será punida pela lei", disse ele, com aquela voz que faz os políticos se borrarem de medo. Garantiu que não deixaria a imprensa chegar perto disso.

Mas o que faremos para tirá-la de nossas vidas? Ela mora a menos de trinta minutos da nossa casa. Ela não vai desistir, sinto isso dentro de mim.

Logo agora que comecei a acreditar que estávamos seguros.

* * *

30 de setembro de 2002

Uma ordem de restrição de dois anos. Foi essa a sentença dela.

Dois anos? Para uma mulher que tentou sequestrar uma criança? Não consigo pensar nem fazer nada direito. Tenho ataques de pânico, não consigo dormir. Minha terapeuta quer que eu faça um tratamento para trauma. Ela acha que tenho transtorno de estresse pós-traumático. Não tiro os olhos de Charlie.

Emily convenceu o juiz com a ladainha de que "só queria vê-lo". Ele disse que não havia evidências de que ela tentou sequestrar C, mesmo com E admitindo que vinha nos assediando.

Fiquei esperando por ela do lado de fora do Tribunal de Magistrados de Highbury. J não tinha como me impedir de fazer isso. Ele tentou, mas eu não estava a fim de colaborar. Por fim, ele acabou indo para casa.

Ela demorou uma eternidade para sair. Estava sozinha. Tinha emagrecido muito.

Eu queria empurrá-la na frente de um ônibus, literalmente. Você pede que eu seja uma mãe sã e estável para Charlie e depois começa a me seguir? É sério isso? Você se escondeu na porra de um arbusto no parquinho do meu bairro e tentou roubá-lo?

Como você tem coragem? Como, porra?

Você nos privou de tanta coisa fazendo isso com a gente. Todos nós. Você privou Charlie do lar seguro que pediu que eu desse a ele. Sua doida do caralho. Sua lunática desgraçada.

Em vez disso, apenas andei até ela, calma e controlada, e disse baixinho que ia fazê-la pagar pelo que fez.

E eu estava falando sério. Não importa quanto tempo leve, ela vai pagar.

CAPÍTULO 47

Emily

Após minha sentença, comecei a estudar na Open University. Após três anos de completo vazio, eu me formei e mudei de nome. A mulher que havia aterrorizado a família de Charlie tinha deixado de existir.

Não me aproximei mais dos Rothschild, nem pretendia fazer isso. Em vez disso, usei a intensa energia do luto para procurar meu caranguejo. Sempre que eu tinha uns dias livres — e sempre havia muitos dias livres naqueles primeiros anos —, eu ia até Northumberland procurar por ele. Nunca encontrei nada, mas também nunca desisti. Eu apenas continuava procurando.

Concluí o mestrado em Plymouth e depois consegui uma vaga de pesquisadora lá. Comecei a viver uma vida que se aproximava daquilo que é considerado "normal". Às vezes, até chegava a ser agradável, se eu não pensasse muito no meu passado. Com o passar dos anos, Emma passou a se comportar mais como a jovem Emily, e as pessoas adoravam sua companhia. Elas ficavam encantadas com ela — eu me assegurava disso.

Não sei se eu era feliz de verdade, mas me mantinha ocupada e com um propósito, e estava sempre rodeada de pessoas. Isso parecia bastar.

Minha avó morreu alguns anos depois. Um homem chamado Leo ligou para falar a respeito do obituário dela, e eu soube, antes mesmo de conhecê-lo pessoalmente, que tinha recebido uma segunda chance.

E aquela segunda chance era linda, mais do que eu jamais teria sonhado. Meu corpo pôde seguir em frente, e meu coração se permitiu amar outra vez.

Mas havia sempre aquele vazio, aquela sombra na areia. As coisas são assim quando o assunto é a perda: ela não pode ser desfeita, não importa o que você ganhe.

PARTE III

Emma

CAPÍTULO 48

Leo

Jeremy fica me olhando.

Sinto tudo e nada ao mesmo tempo. Estamos sentados juntos, dois homens sem suas esposas, unidos por um pesadelo do qual até então eu nem sequer tinha conhecimento.

— Não me agrada que você tenha descoberto tudo isso por mim — diz Jeremy, após um longo silêncio. — Não é certo, mas, se isso te ajudar a descobrir onde Emma pode estar...

Esfrego os olhos, me sentindo perdido. Não sei quem é essa mulher que Jeremy descreveu. Essa mulher que ele conhece há quase vinte anos. Não sei nada sobre a forma como ela pensa ou toma suas decisões. Eu a amo? Poderia amá-la? Será que ela sequer me amou, ou foi tudo encenação?

Emma é Emily. Ela conheceu o primo de Jeremy e engravidou dele. Concordou em deixar que os Rothschild adotassem o bebê; depois mudou de ideia, sofreu de uma psicose pós-parto e tentou sufocar o bebê. Acabou dando continuidade com o processo de adoção e depois começou a assediá-los e tentou sequestrar a criança.

— Isso... Isso é um pesadelo — digo, por fim.

Em algum outro cômodo, uma máquina de lavar apita. Consigo escapar por um instante do inferno em minha mente e tento vislumbrar Jeremy Rothschild lavando roupa, mas não dá. Eu não consigo raciocinar.

Sei um pouco sobre psicose pós-parto. Tive de escrever sobre aquela pobre mulher que pulou da ponte com o bebê há alguns anos; a história me assombra até hoje. Mas Emma? Como ela pôde passar por um trauma desses e nunca ter me contado? Nem para mais ninguém?

Mas ela contou para alguém, de repente me dou conta, conforme vou assimilando a verdade. Jill, que apareceu em nossa casa um pouco antes de Ruby nascer, e que não arredou o pé até Ruby completar duas semanas. Jill, que nunca deixava Emma sozinha com Ruby, nem quando elas estavam dormindo juntas no sofá.

Jill sabia.

A ideia me deixa com tanta raiva, tão desolado, que quase me levanto para ir embora. Mas e depois? Tenho tanta coisa para perguntar a Jeremy.

Tento me recompor e me concentrar na respiração, como Emma me ensinou.

Emily. Emily Ruth Peel, com um filho adulto e uma ficha criminal.

— Quanto ao sequestro, o que realmente aconteceu? — Acabo perguntando.

— Ela se escondeu entre as árvores no parquinho do bairro, supostamente "apenas para dar uma olhadinha" no Charlie. Ele sumiu por alguns minutos, Janice entrou em pânico e ligou para mim. Encontrei Emma quando fui correndo até o parque.

Apoio a cabeça nas mãos.

— E isso não foi durante a psicose pós-parto?

— Foi mais de um ano depois, Leo. Acho que ela não estava nada bem naquela época, mas com certeza não estava psicótica.

Imagino Ruby sumindo em um parque. Eu e Emma correndo, gritando o nome dela; um completo horror. Não entra na minha cabeça que Emma pudesse fazer isso com outros pais.

— O que a Emma falou na época? O que ela alegou?

Jeremy hesita.

— Na verdade, ela negou a acusação de tentativa de sequestro. Disse que só estava observando o Charlie do outro lado do parque. Que ele a viu e foi em sua direção, sem que ela o incentivasse a isso. É claro que o juiz acreditou.

Sinto uma pontada de alívio.

— Bom, tendo a acreditar nela também. Emma não ia...

A dúvida me invade antes que eu consiga terminar a frase. Emma não é só uma pessoa capaz de contar umas mentirinhas, mas também de esconder coisas sérias. Para começo de conversa, ela estava escondida no meio de um monte de árvores, observando Charlie brincar, sem que Janice soubesse disso. Quem sou eu para dizer que isso não é aceitável? Isso está muito longe de ser aceitável. Quem sou eu para dizer que ela não pensava em levá-lo? Que ela não tentou?

Olho para Jeremy.

— O que você acha?

Ele reflete sobre sua resposta por um tempo.

— Também acho difícil que ela quisesse sequestrá-lo — admite. — Ainda assim, o fato é que o Charlie ficou desaparecido por vários minutos, e, quando Janice o encontrou, ele estava perto do portão pelo qual Emma saiu. É coincidência demais para mim. Principalmente porque ela admitiu ter observado Janice e Charlie à espreita várias vezes nos meses anteriores.

— Só não entendi uma coisa: por que o juiz deu uma ordem de restrição se não acreditava que ela tinha a intenção de sequestrá-lo?

A expressão de Jeremy é impassível.

— Desculpa, você não ouviu quando eu disse que Emma nos seguiu cinco vezes em seis meses?

Ele está perdendo a paciência.

— Você tem ideia de como isso foi perturbador? O sequestro não vem ao caso. Ela estava nos assediando. Fato.

— Mas se ela só queria ver a criança, me parece um pouco exagerado...

Jeremy me interrompe.

— Cuidado com o que você vai dizer, Leo.

Peço desculpas, mas a tensão agora é grande.

— Foi tudo muito estressante — diz Jeremy, com um nervinho que só pode ser visto bem de perto pulsando sobre seus olhos. — Isso tudo acabou com a Janice. Mas a pior parte é que a Emma voltou a nos assediar quatro anos atrás.

— *O quê?*

— Eu a encontrei depois que ela recebeu o diagnóstico de câncer, porque ela estava com medo de morrer sem conhecer o Charlie. Mas eu não podia e não iria simplesmente jogar essa bomba na vida do Charlie, não importava quais eram as circunstâncias, e foi por isso que não concordei. Então um dia ela apareceu em Alnmouth, e a gente estava passando o feriado lá. Charlie tinha catorze anos. Janice quase perdeu a cabeça.

Estou me sentindo enjoado.

— Quer dizer que ela tentou sequestrá-lo?

— Não. Ele estava em casa, graças a Deus. Janice e eu estávamos caminhando na praia. Ela veio até nós pelas pedras.

Fecho os olhos. Aquela vez que Emma não voltou de Northumberland no trem de sempre. O celular dela estava desligado, e a preocupação crescia a cada minuto. Acabei ligando depois para Jill, que disse que Emma estava na casa dela. Não tive motivos para desconfiar de nada. Só me lembro do alívio que senti ao saber que ela estava com a amiga.

Conto para Jeremy sobre aquela noite e pergunto se as datas batem. Ele assente.

— Sim, foi nesse dia.

Ele observa a noite caindo em seu jardim pela janela francesa. Após uma pausa, ele se levanta, abre um armário e pega um pacote de batatas chips.

Nunca imaginei que Jeremy Rothschild comesse batatas chips. Não sei bem o porquê. O sabor é molho inglês, o que me surpreende ainda mais. Ele me oferece um pacote, mas eu recuso, e depois se senta à mesa e abre o dele.

— Ela não foi presa nem fichada naquela ocasião — diz, pensativo. — Parece que havia bastante evidência para comprovar que Emma estava em Alnmouth fazendo uma espécie de pesquisa marinha informal. Caranguejos, acho. Mas nós chamamos a polícia. A amiga dela, Jill, foi de carro de Londres até lá para buscá-la.

Essas mentiras. Tantas mentiras.

— E depois disso?

Jeremy dá de ombros e pega outra batata.

— Depois disso, ela nos deixou em paz outra vez, e não tivemos mais contato com ela até três semanas atrás, quando a Janice desapareceu. Procurei a Emma para saber se ela tinha falado com a Janice. Ela disse que não, e eu realmente acreditei nela. Mas a Janice escreveu uma carta para a Emma, então a encontrei em Alnmouth para entregar a carta para ela.

— Você não podia só mandar pelos correios?

Jeremy faz que não com a cabeça.

— Queria conversar com ela de novo. Precisava olhar nos olhos dela para ter certeza de que ela não tinha falado com a Janice.

Ele pega um punhado de batatas e enfia tudo na boca.

— E, caso esteja se perguntando por que Emma foi até Alnmouth me ver, foi porque ela nunca perdeu a esperança de que eu a deixasse ver o Charlie. Ela implorou para vê-lo inúmeras vezes. Acho que nunca vai desistir.

Eu me recosto na cadeira da mesa de jantar de Jeremy.

Os pensamentos passam pela minha mente, ora lentos, ora rápidos. Jeremy continua comendo.

— Mas... Charlie já deve estar com dezenove anos — digo, com calma. — Emma não poderia procurá-lo, se quisesse?

— Você tem razão, poderia, mas ela não vai fazer isso. Não sem a minha permissão.

— E por que não?

Jeremy termina de comer as batatas e dobra o pacote, formando um quadrado. Ele coloca o saco embaixo de uma caneca de café vazia. Fico pensando como deve ser para ele saber mais do que eu sobre minha esposa, sobre minha vida.

— Pelo que entendi, Emma fez uma promessa para si mesma no dia da tentativa de sequestro. Ela prometeu que nunca mais tentaria entrar na vida do Charlie sem ser convidada, não importava o que acontecesse. Ela sabia quanto o episódio do parque tinha sido traumatizante para nós e, consequentemente, para ele. Ficou morrendo de remorso. Ela poderia ter arruinado a infância tranquila que tinha sonhado para ele. Então decidiu que só entraria em contato por meio de um de nós, em vez de procurá-lo diretamente. Janice nunca aceitaria isso, então ela sempre recorria a mim.

Eu franzo o cenho.

— Então quer dizer... Quer dizer que você nunca falou para ele que a Emma gostaria de conhecê-lo? Você escondeu isso dele?

Jeremy olha para mim todo paciente, com pena, e percebo, com uma dose extra de humilhação, que ele sabe que eu fui adotado. Minha pergunta foi muito pessoal.

— Claro que não escondi. Ele sempre soube que foi adotado.

Ele se ajeita na cadeira.

— Quando Emma teve câncer, tive uma conversa com o Charlie. Não disse exatamente que a mãe biológica dele queria conhecê-lo, mas que eu o ajudaria se ele quisesse saber mais sobre ela ou se tivesse interesse em conhecê-la um dia. Ele me agradeceu, e foi isso. Nunca mais tocou no assunto. E não vou ficar forçando a situação.

Tento imaginar uma vida inteira longe de Ruby, e meu coração fica apertado com o pânico. O que Emma passou é inacreditável. Ela deve amar demais esse menino para conseguir se segurar e não escrever para ele. Mesmo agora que ele já é adulto.

Nenhum de nós diz nada por um bom tempo. Está tão quieto aqui que consigo ouvir o som baixinho do relógio de Janice, enrolado na ilha da cozinha atrás de nós. Nossa velha casinha é cheia de rangidos e barulhos altos, canos estrondosos e aquecedores ruidosos. Tudo aqui é muito bonito, alinhado, ajustado e moderno. Por que Janice deixaria esse santuário para trás?

— Onde está o Charlie? — pergunto, de repente. O lugar parece arrumado demais para ser a casa de um jovem de dezenove anos. — Você não disse que estava cuidando dele?

Jeremy olha para trás.

— Está no quarto dele. Tem sido muito difícil para ele.

Fico bastante abalado por um momento. Estou sob o mesmo teto que o filho de Emma. Minha vontade é de subir correndo a escada e olhar para ele, falar com ele, ver se é mesmo verdade que minha esposa tem um filho adulto.

— Ele está de férias na faculdade e veio passar uns dias aqui. Estuda no MIT, nos Estados Unidos — diz, sem conseguir conter o orgulho em sua voz. — O primeiro ano dele foi ótimo, mas aí a Janice sumiu poucos dias depois de ele ter voltado para casa no verão. Ele está sofrendo muito.

Meus pensamentos se voltam para Emma. Para Janice e para todos esses anos de confusão e tristeza que todos viveram.

— A Janice chegou a perdoar a Emma? — Acabo perguntando. — E você?

Jeremy pensa na resposta. Lá fora, as flores de alho balançam sob as luzinhas. Quase sinto inveja da clareza dos sentimentos dos Rothschild com relação a Emma. Ela os assediou e os perseguiu; provavelmente eles nunca a perdoarão. Só que ela é minha esposa, e eu a amo profundamente há dez anos. Não sei o que sentir.

— Nós apoiamos muito a Emma — diz Jeremy, por fim. — Tanto durante a gravidez quanto no período terrível após o parto, mas isso não justifica o que ela fez depois, Leo. Fazer um pai ou uma mãe achar que seu filho não está em segurança é algo horrível.

Não tenho como discordar.

— Isso fez a Janice mudar muito. Em sua essência, eu acho. Ela perdeu a confiança, a espontaneidade, a resiliência; ficou mais ansiosa e irritada. Não confia nas pessoas. Com o passar dos anos, ela foi deixando de lado a vida social; é difícil fazê-la sair de casa hoje em dia.

Acredito nele, embora nada disso transpareça na Janice Rothschild que vemos nas telas. Entretanto, o que mais me intriga é a ausência de danos mais evidentes em Emma. Ela teve algumas Fases ao longo dos anos, e depressão pós-parto, mas nada disso durou muito tempo. Ela não se isolou, não ficou mais irritada. Confia em si mesma e nos outros e, acima de tudo, é alegre e cheia de vida. Foi tudo encenação? Isso sequer seria possível? Duvido que alguém seja capaz de passar dez anos fingindo.

Outra coisa me ocorre.

— Olha — digo com delicadeza. — Desculpa a pergunta, mas você não acha... Quer dizer, você não acha que existe alguma chance da Janice ter feito alguma coisa para que Emma desap...

— Pode ir parando por aí — diz Jeremy. — Agora mesmo.

— Desculpa, mas você mesmo disse que a Janice ameaçou a Emma depois da decisão judicial. Sei que faz anos, mas talvez...

— Não, Leo.

— Não estou insinuando que a Janice tenha feito algo ruim ou a machucado, só...

— Leo, você ouviu quando falei que a Janice está frágil no momento? Você me ouviu dizer que, desde o início, a pessoa que demonstrou comportamentos agressivos e ameaçadores foi a Emma? Janice nunca revidou. Nunca, nem mesmo quando foi provocada de maneira tão terrível.

— Sim, mas eu...

Jeremy continua falando:

— Preciso te lembrar que, até ontem à noite, você nem sabia que o nome de batismo da sua esposa é Emily Peel? Que você nunca soube que ela tinha um filho? Leo, você não tem informações o suficiente para questionar a Janice. Só Deus sabe quanto ela sofreu nas mãos da Emma.

Agora, sim. Esse é o Jeremy Rothschild.

Ele anda com tranquilidade até a porta da cozinha.

— É melhor você ir embora. Minha esposa teve um surto e desapareceu. Estou muito preocupado. E, mesmo assim, você vem até aqui e começa a insinuar que ela tenha resolvido dar uma passadinha em Londres para dar cabo de alguma vingança patética contra a Emma. É muito insensível da sua parte, Leo. Insensível e baixo.

— Jeremy, por favor, desculpa, eu não...

— Dá logo o fora daqui — diz, cansado. — Anda logo, some.

Não é assim que ele termina suas transmissões no rádio.

Ele fica parado ali, na porta da cozinha, sem olhar para mim, e, segundos depois, estou na Highbury Place.

Quando chego ao meu carro, há uma multa presa no para-brisas. Peguei o dinheiro emprestado com Jeremy para o parquímetro, mas acabei esquecendo de apresentar o recibo.

Os torcedores do Arsenal passam por mim, cantando e rindo. Parece que eles venceram essa noite.

CAPÍTULO 49

Leo

Encosto o carro em Highbury Corner. Rothschild pareceu feliz de abrir o bico a respeito de Emma, sobre suas catástrofes, suas mentiras, o mal que ela havia causado. Agora, quando fiz uma única pergunta sobre Janice, a coisa mudou.

E depois ele me atacou, como se eu fosse um desses políticos corruptos. Era uma humilhação pela qual eu não precisava passar. Afinal, o cara tinha acabado de estraçalhar meu casamento, pelo amor de Deus.

— Vai se foder — resmunguei, enquanto acelerava pela Upper Street.

(Por que estou fazendo esse caminho? Em nem moro nessa direção. Viro à direita em Islington Park Street, para cortar caminho por Barnsbury.)

— Não fode — grito para ninguém em específico.

Acabo passando por um quebra-molas que não tinha visto.

— Merda! — berro.

Meus olhos começam a ficar marejados. Emma sumiu. Emma nem mesmo existe.

— PORRA! — grito, passando por outro quebra-molas.

Dessa vez o fundo do carro raspa no asfalto, e um pedestre se vira para olhar o motorista idiota que está dirigindo de forma descontrolada e destruindo o próprio carro.

— VAI CUIDAR DA SUA VIDA — berro para o pedestre, mas as lágrimas estão escorrendo agora.

Continuo dirigindo e chorando, até quase acertar um terceiro quebra-molas, então percebo que preciso encostar o carro. Por um breve instante, antes de me curvar sobre o volante e chorar de soluçar, xingar, gritar e socar, vejo que o pedestre virou na outra direção e saiu correndo para longe.

Dez minutos depois, dou a partida de novo. A raiva que sinto por Jeremy já diminuiu. Ele é apenas o mensageiro, sei disso. Estou com raiva mesmo é da minha esposa. Minha esposa, a mulher que não existe.

Eu teria entendido, fico me dizendo. Emma podia ter me contado tudo que Jeremy havia acabado de me dizer, eu teria aceitado. Como poderia culpá-la por algo que aconteceu quando ela estava em meio a uma crise psiquiátrica? Como poderia julgá-la por ficar olhando o próprio filho no parque quando a dor da saudade havia turvado todo o seu bom senso? Qualquer pessoa no mundo faria uma visita clandestina se soubesse onde o filho que deu para adoção estava, não é? Eu faria.

Sei que ela não ia querer me contar que entregou o filho para adoção. Deus sabe quanto ela me viu sofrer por causa da minha situação. Ainda assim, eu teria aceitado tudo sem julgá-la. Eu era apaixonado por ela; não teria deixado meu passado interferir nisso.

(Não é?)

Aos poucos, eu poderia tê-la ajudado a se perdoar pela tentativa de sufocamento, ou pelo menos tentado ajudá-la a amenizar a culpa. Dia após dia, ano após ano, teria dito a ela que a culpa era da doença, até que ela conseguisse acreditar.

(Não é?)

Passo pela prisão de Pentonville, iluminada e misteriosa.

A verdade nua e crua é que uma parte de mim está horrorizada. Uma parte de mim está apavorada; uma parte chegou a se perguntar, por um instante, se Ruby estava segura com a própria mãe.

E foi por isso que ela não contou para mim nem para mais ninguém, só para sua amiga mais antiga — ela sabia que grande parte das pessoas se perguntaria isso. Será que, no fundo, ela é uma pessoa violenta? Será que ainda pensa em machucar o filho ou a filha? Ou machucar outra pessoa?

Dou outro soco no volante, com raiva de Emma, com raiva de mim por pensar exatamente aquilo que ela sabia que eu pensaria.

Saio da Agar Grove e entro na barulheira e na imundície que Camden fica durante a noite. As ruas estão lotadas de jovens bebendo e rindo.

Quando começo a seguir no sentido norte, rumo a Chalk Farm e Belsize Park, me permito revirar o baú de mentiras que Emma deve ter me contado. As viagens para Northumberland: aquelas malditas viagens, todas as vezes eu a encorajava a ir para que pudesse passar um tempo sozinha, procurando caranguejos, quando, na verdade, ela só queria saber de ficar vigiando os Rothschild.

O dia que Ruby nasceu... a equipe da maternidade deve ter sentido pena de mim, enquanto segurava minha bebê pela primeira vez, extasiado de felicidade, sem saber que era o segundo filho de Emma.

Aliás, falando em dias especiais, e o nosso casamento? Será que é legal, já que Emma não informou aos funcionários sobre a mudança de nome? Ela não disse nada quando demos entrada no processo no cartório. Ainda assim, alguns meses depois, lá estava ela, diante de mim, no cartório, dizendo que ela, Emma Merry Bigelow, não sabia de nenhum motivo legal pelo qual não poderia se casar comigo, Leo Jack Philber.

Sua ficha criminal. A perseguição aos Rothschild, mesmo durante nosso relacionamento. Seus "jantares" com Jill, quando ela devia estar fazendo sabe lá Deus o quê; sua recusa em frequentar as festas da imprensa, para evitar esbarrar com Jeremy em público.

O trânsito está engarrafado até Haverstock Hill. Tamborilo no volante. Minhas pernas estão agitadas. É insuportável ficar preso aqui com esses pensamentos.

Quando estaciono em minha casa, procuro o carro de Emma, só por via das dúvidas, mas vejo apenas o de Olly.

Meu coração está disparado. Estou exausto. Não sei o que pensar, o que fazer, nem qual deve ser meu próximo passo. Meu coração está angustiado por Emma — um coração que a amou tanto e por tanto tempo —, mas estou com raiva, chocado, e não consigo me ver confiando nela outra vez.

E, sem confiança, nossa relação não existe.

Ao trancar o carro, ouço outra porta batendo atrás de mim. Eu me viro, certo de que será Emma, mas vejo Sheila parada na minha rua, sob a luz de um poste. Ela, que costuma se vestir de forma casual, hoje está usando um terninho. Estava muito parecida com uma agente de alto escalão da inteligência.

— Sheila? O que você está fazendo aqui?

— Tenho novidades sobre Emma.

CAPÍTULO 50

Quando entramos em casa, Olly e Tink estão olhando algo no laptop de Tink; Mikkel e Oscar estão dormindo enrolados em uma coberta.

Eu os apresento a Sheila.

Olly a observa, curioso.

— Você é a ex-espiã?

— Olly!

— O quê? Eu nunca conheci uma espiã!

— Sem comentários — diz Sheila, para a alegria de Olly.

Tiro John Keats da poltrona do escritório e a levo para Sheila.

— Está com um pouco de pelo...

Paro de falar. Ela não se importa e se senta na poltrona cheia de pelos mesmo. Eu me sento no chão.

— Fui até a creche da sua filha e pedi para ver as imagens das câmeras de segurança. Achei que isso pudesse ajudar, já que foi o último lugar onde a Emma foi vista.

Fico olhando para ela.

— E eles deixaram você ver?

Ela faz que sim com a cabeça, quase surpresa.

— Claro. Enfim, vi a Emma ir embora exatamente no horário que te informaram. Ela parecia triste, como disseram. E você tem razão. Ela não estava nem com a bolsa dela.

John vem do escritório, sonolento, com uma das orelhas dobrada sobre a cabeça. Ele vai direto para Sheila e enfia a cabeça no meio de suas pernas.

Sheila o afasta. Não dá para saber se ela ficou incomodada com isso, seu rosto é impassível.

Estou chocado e encantado. Não apenas com meu cachorro e meu irmão, mas com a ideia de Sheila entrando em uma creche e exigindo as imagens das câmeras de segurança. É exatamente esse o tipo de coisa que sempre a imaginei fazendo.

— Então vi um carro parar na entrada da creche. Ela entrou nele e foi embora. Acredito que tenha embarcado de forma voluntária, já que nem hesitou.

— Acha que é algum conhecido? — pergunta Olly.

— Acho.

Sheila pega o telefone e seleciona algumas opções.

— ZQ165LL — diz. — Um Peugeot prata. Soa familiar?

Franzo o cenho.

— Não. Pelo menos, acho que não... Ah, na verdade, ela tem uma amiga, Heidi, que tem um carro prata, um carro grande...? Com trilho de teto? E suporte de bicicleta na parte detrás?

— Não. Era um carro pequeno. Deixa para lá. Tomei a liberdade de pedir um favor para um antigo contato do departamento de trânsito.

Olly e Tink se entreolharam. Agora que sabem que Emma deve estar bem, estão maravilhados.

Sheila mexe no celular de novo e depois olha para mim.

— O carro está no nome de Jill Stirling. Você conhece essa mulher, Leo?

CAPÍTULO 51

Emma
Mais cedo no mesmo dia

— Você vai ver. — Isso é tudo que Jill responde quando pergunto para onde estamos indo.

Ela está gostando disso. Não fala quase nada, mas dá para ver em seu rosto; em sua linguagem corporal — parece determinada a atingir seu objetivo. O rádio está desligado, mas ela fica cantarolando trechos de músicas bem baixinho e comentando sobre as condições da estrada, como se estivéssemos em uma autoescola.

Tem mais de vinte minutos que ela me pegou saindo da creche. Acabamos de entrar na North Circular, nos arredores de Londres. Mais adiante, na rodovia M1, há placas indicando Watford e The North.

— Olha o tamanho da bunda desse homem — brinca, apontando para um pobre coitado atravessando uma passarela. — Que bundão!

A bunda dele é realmente grande, mas não a ponto de ser ridicularizada.

— Preciso mesmo ligar para o Leo — digo, após uma pausa. — Sei que você disse que ele precisava de mais um tempo, mas... Parece errado não dar sinal de vida. Me empresta o seu telefone?

— Não — diz Jill. — Já disse. Eu falei com ele.

Quando ela apareceu em frente à creche de Ruby mais cedo, pensei que Jill tinha apenas vindo oferecer apoio moral antes do meu encontro com Leo — uma carona, talvez, com uma palavra de incentivo, um café e um abraço. Em vez disso, ela passou direto pela nossa rua e cruzou o Heath, em direção a Golders Green.

— Tenho que encontrar o Leo às nove e meia. Jill, para! Eu não posso conversar agora!

— Isso é mais importante.

Ela estava com um sorriso estranho, tão estranho que quase me fez pensar que ela tinha usado alguma coisa. Em nosso primeiro ano em St. Andrews, nós havíamos experimentado uns cogumelos, mas Jill achou tão insuportável não ter controle sobre seus atos que nunca mais experimentou nenhuma outra droga.

— Jill — grito. — Sério, preciso descer!

Ela me ignorou, então soltei meu cinto de segurança em uma faixa de pedestres na entrada do Golders Hill Park e tentei abrir a porta. O que ela estava fazendo?

Como em filmes de sequestro, Jill tinha acionado a trava de segurança.

— Para de ser doida! Você não pode simplesmente sair rolando do carro como se fosse o Bruce Willis. Você é uma quase quarentona e está fora de forma!

— Jill! Sério! Eu quero sair daqui.

Mas ela continuou dirigindo.

Contou que havia falado com Leo. Ele ainda estava atordoado e precisava de mais uns dias para pensar.

Ela repetiu isso várias vezes até que, finalmente, eu lhe dei ouvidos.

— Foi por isso que vim te buscar. Imaginei que seria horrível você ficar em uma casa vazia, esperando o Leo.

Toquei seu ombro.

— Obrigada — disse, baixinho.

O trânsito estava lento, e estávamos passando por um monte de lojas, mas não tentei mais fugir. Leo não queria me ver. Só na quarta, ou talvez na quinta, ele estivesse pronto. Até lá, ele provavelmente vai chegar à conclusão de que nunca mais vai conseguir confiar em mim, e eu o perderei. Aquele homem incrível, o amor da minha nova vida. Meu querido Leo.

Agora estamos seguindo pela North Circular em direção à rodovia M1. Nem ligo mais para onde Jill está me levando.

Procuro meu celular pela quarta ou quinta vez para mandar uma mensagem para Leo, na surdina, mas é claro que ele ficou na bolsa, em cima da cama. No meu quarto, na minha casa, onde esperava convencer meu marido do quanto o amo.

O trânsito já está um pouco melhor, e Jill mete o pé no acelerador.

CAPÍTULO 52

Nós não pegamos a rodovia M1, continuamos na North Circular até Wembley, onde Jill muda o caminho. Então percebo que ela está me levando para seu apartamento.

Claro.

Conhecendo bem Jill, ela deve ter comprado ingredientes para fazer um café da manhã completo, ou uma sacola cheia de doces. Deve ter separado um monte de filmes que vimos no passado. Teríamos chocolate quente, muitos conselhos e um papo para levantar o astral. Não acho que Leo e Jill morram de amor um pelo outro, mas ela sabe que ele é tudo para mim. Ela vai me animar e dizer que ele vai mudar de ideia, que fomos feitos um para o outro e que vamos sair dessa.

Pelo menos, é o que eu espero.

Jill mora em uma cidade composta por apartamentos recém-construídos em Wembley, com seus projetos paisagísticos e cafés sem personalidade, com slogans como "venha se encontrar" e "seu cantinho de paz". Não tem nada a ver com a zona da minha casinha. E sempre gostei de vir para cá. Tudo é tão arrumado e organizado; a geladeira de Jill é cheia de sacos Ziploc, e seu armário está sempre repleto de potes de plástico empilhados e comida dentro do prazo de validade.

No mês passado, Leo achou uma páprica defumada em nossa casa que tinha vencido havia dezessete anos.

Jill desliga o carro e olha pelo retrovisor por mais tempo do que o normal.

Eu me viro para olhar para trás, mas não tem ninguém além de um caseiro instalando uma cerca de madeira ao redor de uma pequena árvore.

— Quem você está procurando? — pergunto, descendo do carro.

Ela dá uma olhada no estacionamento.

— O quê? Não estou procurando ninguém. Bom, vamos entrar e tomar um chá.

Tem alguma coisa estranha. Ela não me trouxe até aqui só para me animar.

— Olha, eu realmente devia mandar uma mensagem para o Leo — digo, contornando a frente de seu carro. — São dez e quinze, estou quase uma hora atrasada para o nosso encontro. Por favor, me empresta o seu celular?

— Depois.

Há uma brisa fria hoje. Estou usando um daqueles suéteres cujas mangas mal passam dos cotovelos. Tento puxá-las até os punhos enquanto sigo Jill pelo estacionamento dos moradores, mas continuo sentindo frio.

Reparo que cada vaga foi pintada com uma cor diferente, só para mostrar como a vida é divertida ali.

Jill tem sido uma amiga leal há mais de vinte anos, mas, quando entramos no elevador, sinto sua mão em minhas costas de uma forma desconfortável.

CAPÍTULO 53

Leo
Agora

Ligo outra vez para Jill enquanto atravesso o noroeste de Londres a caminho do apartamento dela. São dez e meia da noite, e as ruas continuam agitadas, mesmo com o vento frio. Passo pelos conjuntos habitacionais com suas janelas quadradas e amareladas, e, na escuridão, as roupas balançam nos varais.

O telefone de Jill continua chamando até a ligação cair. Como ela havia passado quase doze horas com Emma e não me retornou? O que elas estavam fazendo?

Antes de voltar para casa, Sheila me passou o endereço de Jill. Se ela estava decepcionada em saber que o sequestrador de Emma era, na verdade, sua amiga mais antiga, não deixou transparecer.

— Boa sorte — disse, antes de entrar no carro e sair de ré da vaga.

Acenei enquanto ela acelerava.

Ela abriu a janela.

— Obrigado por tudo — falei. — Você é incrível, Sheila. Eu... eu estou muito feliz por ter você na minha vida.

Sheila refletiu por alguns segundos, depois fez um aceno bastante impessoal. Fechou a janela e partiu.

Paro o carro em um acostamento na North Circular nas sinalizações de Wembley Park e tento ligar outra vez para Jill.

Dessa vez a ligação cai direto na caixa postal.

CAPÍTULO 54

Mais cedo

Jill comprou doces, não o café da manhã. Ela começa a esquentar o leite para fazer o chocolate quente, enquanto vou ao banheiro. Faço xixi, lavo o rosto e elaboro outra mensagem para Leo em minha cabeça, dizendo que respeito sua necessidade de mais uns dias, ao mesmo tempo que tento deixar claro que o adoro e que, se menti para ele por todos esses anos, foi por uma boa razão.

Mas é claro que ainda estou sem celular, e Jill continua com essa teimosia chata de não me emprestar o dela.

Paro em frente ao espelho do banheiro, analisando meu rosto. Estou exausta e cheia de olheiras.

O que eu estava esperando? Eu acreditava mesmo que conseguiria esconder essas verdades dentro de mim para sempre, que Leo nunca notaria que havia algo mais?

Sério mesmo?

— Olha, Jill — digo, ao voltar para a cozinha. — É muito legal da sua parte fazer tudo isso, mas preciso falar com o Leo. Mesmo que ele não queira me ouvir, temos que resolver o que faremos com a Ruby. Por favor, me empresta o seu celular.

Jill pega uma colher de chocolate em pó de um de seus belos potes de plástico.

— Ok. Está bem.

Ela começa a misturar chocolate em pó, leite e açúcar, cantarolando baixinho, como se eu não estivesse ali.

— Jill.

— Sim. Só um minutinho, deixa eu terminar isso e então...

Vou até o corredor, onde seu casaco e sua bolsa estão pendurados, cada um em seu respectivo gancho. Tiro o celular do bolso do casaco e, quando ela se aproxima, entrego a ela para que coloque a senha.

— Emma. Você não podia...

— Só desbloqueia, por favor. Jill, estou desesperada.

Ela suspira e pega o celular. Então o interfone toca.

Ela dá um salto. De verdade. E seu rosto muda totalmente de fisionomia.

— Emma...

— O quê?

Ela faz uma pausa.

— Olha, eu não te trouxe aqui só para comer doces e desabafar. Tenho que te contar uma coisa importante. Era por isso que estava tentando falar com você na sexta à noite.

Fecho os olhos.

— E não dá para esperar?

Silêncio. Quando abro os olhos, ela está liberando a entrada de alguém no prédio. Ela esfrega as mãos na calça jeans e percebo que não está só nervosa, está apavorada.

— O que você fez? Jill, o que está acontecendo?

— Espera só um pouquinho — sussurra.

Ela vai até a porta e olha pelo olho mágico.

— Jill — sussurro em resposta, mesmo sem saber o porquê.

Então ela se ajeita e abre a porta para um jovem que está de pé na entrada. Um homem com o meu rosto e um corpo masculino.

Com um cabelo meio longo e sujo e uma blusa vermelha desbotada, que agora era rosa. Ele fica ali, parado na entrada, olhando para mim com um misto de medo e curiosidade.

Eu reconheceria meu filho em qualquer lugar. Mesmo que não tivesse passado anos vendo fotos dele pela internet, eu o teria reconhecido.

Ficamos nos encarando.

Meu coração dispara. Toda minha vida. Esse momento.

— Oi. Você é a Emma, não é? — pergunta ele.

Faço que sim com a cabeça. Meus olhos estão marejados. Meu filho. Ao ver minhas lágrimas, ele hesita.

— Desculpa, eu... Eu não queria... Sou o Charlie. Charlie Rothschild.

Balanço a cabeça outra vez, sem saber o que dizer. O luto chega como uma avalanche dentro de mim.

— Venho tentando falar com você, na verdade, eu...

Esperei por esse momento todos os dias da minha vida.

Charlie.

Jill toca minhas costas gentilmente e vai até a cozinha, enquanto meu filho continua falando comigo. A avalanche sai arrastando tudo pelo caminho.

— Tentei entrar em contato pelo Facebook, mas acho que você não sabia que era eu, ou talvez não quisesse falar comigo; você me bloqueou depois da minha segunda mensagem, então... Tudo bem eu ter vindo até aqui?

Ele está usando short, e suas pernas são bronzeadas. Seus tênis de couro estão bem gastos.

Meu menino.

Por fim, as lágrimas começam a rolar. Ele é meu filho, e, mesmo assim, somos completos desconhecidos. Mexo nos bolsos à procura de lenços, mas não tenho nenhum; Charlie me oferece um que estava no aparador de Jill.

Consigo dizer que está tudo bem. Que ele não tem ideia do quanto isso é importante para mim.

Então começo a chorar muito, usando o lenço de Jill, e o pobrezinho fica todo sem jeito.

Pare de chorar, penso, e começo a chorar mais ainda, mesmo sem querer fazê-lo passar por isso.

Não consigo me conter. Continuo chorando, enquanto meu filho fica ali, parado no meio do corredor de Jill, sem saber o que fazer.

O rosto de Jill arde de ansiedade. Ela não esperava por isso.

Preciso parar. Determinada, assoo o nariz, porque dizem que é a melhor forma de parar de chorar, e acaba funcionando. A avalanche diminui, e meu corpo frágil consegue se conter. Depois de um tempo, Charlie estende a mão para pegar os lenços encharcados. É um gesto gentil. Suas unhas estão sujas, e os pelos do braço estão descoloridos pelo sol.

Nunca tive a oportunidade de encher seu saco por causa de suas unhas. Não tive a chance de cortar suas unhas quando ele era bebê, como fiz com Ruby, nem comprar um banquinho para que ele pudesse alcançar a pia e lavar as mãos.

— Desculpa se te deixei chateada — diz ele.

— Não, sou eu quem peço desculpas.

Ele dá um sorriso sem graça.

— Bom, acho que te dei um baita susto...

Ele se vira para Jill:

— Você não... Quer dizer, a Emma não sabia que eu...

— Ela não sabia — confirma Jill, e, embora fale com clareza, noto que está insegura.

— Sou mais forte do que pareço — minto.

Esperei por esse momento durante toda minha vida adulta, não vou pôr tudo a perder.

— Vamos sentar? Quer dizer, se você for ficar. Aceita um chá?

— Eu cuido do chá — diz Jill na mesma hora.

Sinto vontade de chorar outra vez, porque queria tanto eu mesma fazer um chá para Charlie. Queria fazer uma marmita, um bolo de aniversário, uma pizza caseira, um sanduíche de queijo. Quero dar a ele água, suco, remédio, sua primeira cerveja.

Jill desaparece de vista ao ir até a cozinha para descartar o chocolate quente e preparar o chá, enquanto Charlie e eu lidamos com a estranha situação de estarmos no mesmo cômodo. Ele se senta em uma poltrona; eu fico no sofá. Ele fica acariciando o braço da poltrona e percebo que está com medo de ficar preso aqui, ele e meu turbilhão de emoções. Mas ele acaba ficando e, de vez em quando, até olha diretamente para mim.

— Bom, como você está? Deve ser um choque!

Tento esboçar um sorriso.

— O melhor choque que já senti. Você não tem noção do quanto estou feliz de ver você.

Ele assente, e noto como isso é difícil para ele; Charlie precisou de muita coragem para vir até esse apartamento.

— Eu também — responde, todo educado. — É um pouco estranho, mas é muito bom te conhecer.

É muito bom te conhecer.

Ficamos em silêncio, que só é interrompido quando Jill traz nossos chás e nossos doces e rapidamente se retira.

Nós dois avançamos sobre o mesmo folhado de damasco e recuamos, rindo de nervoso. Charlie dá um gole no chá (com bastante leite e um cubo de açúcar, enquanto segura a xícara pela alça), e me lembro, com uma pontada de culpa, de que me comportei de uma forma muito ranzinza no carro de Jill. Ela deve ter inventado alguma desculpa para Leo, como na vez que esbarrei com os Rothschild em Northumberland há quatro anos. Não sei o que fiz para merecer tanto carinho, mas Jill sempre cuidou de mim.

— Então... — hesito, temendo perguntar algo a Charlie que o assustasse. — Você disse que tentou falar comigo pelo Facebook? Certo?

Charlie esboça um sorriso.

— Sim — responde, olhando para a xícara. — Sim, mandei mensagens, mas você acabou me bloqueando na segunda vez.

— O quê? Claro que não! Eu nunca faria isso. Eu teria adorado receber notícias suas!

Ele parece não acreditar.

— Não, está tudo bem. Sei que deve ter ficado surpresa...

Leo, penso de repente. Leo andou olhando minhas mensagens no Facebook, tentando encontrar respostas para as pistas que eu deixei.

Só não entendo por que ele teria bloqueado Charlie. Ele sabe sobre o meu filho?

Olho para o jovem sentado à minha frente.

— O que você escreveu nas mensagens?

— Só dei meu telefone e pedi que me ligasse.

Charlie, meu filho, começa a mexer no cadarço.

(Ele mantém os cadarços bem amarrados, com as linguetas para os lados. Acho que não está usando meias. Não parece ser o tipo de pessoa que passa suas roupas, mas não por ser desleixado, é só... um jovem de dezenove anos.)

De repente, ele se empertiga.

— No Facebook, uso Charlie Rod como nome. Papai falou que era melhor não usar meu nome verdadeiro, por causa dele, da mamãe e tal. Cheguei a me perguntar se não era melhor usar meu nome completo para te mandar mensagem.

Com delicadeza, digo que ele deve ter sido bloqueado por engano.

— Eu apresentava uma série de TV há alguns anos. Ela voltou ao ar tem pouco tempo, e, desde então, um monte de desconhecidos começou a me mandar mensagens, e meu marido bloqueou alguns. Ele deve ter pensado que você era um desses caras.

Ele assentiu, como se soubesse do que eu estava falando, mas não sei se estava apenas sendo educado ou se chegou a procurar algum episódio de *This Land*. Quem sabe talvez tenha até assistido?

O silêncio preenche o ambiente, mas não é algo ruim. Sinto que ele está prestes a dizer por que está aqui; o motivo pelo qual sentiu que agora estava pronto para me conhecer.

No banheiro, ouço o celular de Jill tocando. Tenho certeza de que a escuto resmungar um "por favor, só dá um tempo", mas ela não atende à ligação.

— Quando não consegui falar com você, fui atrás da Jill. Ela sempre comenta nos seus posts do Facebook, então deu para perceber, pelo que ela dizia, que vocês eram bem amigas. Ela é muito legal.

Minha admiração por esse rapaz só aumenta. Quantos jovens de dezenove anos têm a presença de espírito de dizer algo gentil sobre uma mulher de meia-idade que eles nem conhecem?

— Enfim, eu falei que queria falar com você e pedi para a Jill dar meu número para você. Mas ela sugeriu que nos encontrássemos...

— Espero que não tenha se sentido pressionado — digo, porque sei como Jill é quando mete uma ideia na cabeça.

— Não. Eu só queria te perguntar sobre a mamãe. — Sua voz fica mais firme. — Por isso queria falar com você.

Tento manter o sorriso para que ele não veja quanto estou decepcionada.

— Sei que papai já te perguntou, mas você não sabe mesmo dela? Não recebeu nenhum e-mail nem mensagem?

— Acho que você já sabe... ela escreveu uma carta para mim — digo, cautelosa. — Seu pai me entregou. Mas não teve mais nada além disso. Pelo menos, nada que eu tenha percebido. Pode acreditar... eu não falei com ela, se é isso que está perguntando.

— Mesmo?

— Mesmo.

Charlie analisa meu rosto, depois se recosta novamente na poltrona.

— Bom, é isso. Eu só precisava te perguntar.

Ele fica pensativo por um tempo.

— Eu realmente não esperava ter notícias dela — digo. — Se é de alguma ajuda. A carta já foi uma surpresa e tanto.

Paro de falar, porque não faço ideia do quanto Charlie sabe da minha relação com Janice.

— Só tive um pressentimento de que ela tinha tentado falar com você recentemente. Além da carta.

Fico olhando para ele, com medo de dizer algo errado.

— Por quê? Você sabe que não falo com ela há muitos anos, não sabe?

Há uma pequena mudança. Charlie tira o celular do bolso (capinha de silicone com as bordas desgastadas) e dá uma olhada nele. Não há nenhuma notificação na tela.

— Sei, mas deve haver um motivo para ela decidir escrever justo agora para você, falando de caranguejos. Parece algo importante. Fiquei pensando se ela não teria tentado outra forma de entrar em contato com você. Caso a gente não te entregasse a carta.

Ele está mentindo. Tem mais alguma coisa que ele não está me contando.

— Posso te mostrar a carta, se quiser, Charlie, mas acredito que você já tenha lido.

— Sim.

Ele olha para a porta, e percebo que estamos chegando ao fim de nossa conversa. Esse milagre está quase acabando, e não tenho como impedir que ele chegue ao fim.

— Então você não sabe de nada? Nadinha mesmo?

— Nadinha.

— Está bem. É melhor eu ir. Arrumei um trabalho durante o verão em Queens Park. É fácil ir para lá daqui, mas vou chegar atrasado se não for logo.

Meu coração começa a doer, e eu sorrio, gentil e calma, para que Charlie saiba que sou o tipo de pessoa que ele poderia ver outra vez, se quisesse, e não uma maluca que tentou sequestrá-lo no parque quando era pequeno e que vai chorar toda vez que o vir depois de adulto.

— Claro — respondo. — Desculpa não poder ajudar.

Ao meu lado, em outro aparador, há uma caixinha de couro com bloquinhos de anotações e uma caneta. Anoto meu número e meu endereço.

— Pode me procurar, se precisar perguntar mais alguma coisa. Ou se quiser só... conversar.

Charlie pega o papel e se levanta.

— Eu sei onde você mora.

Ele para de falar de repente.

Eu paro.

— Era você. De boné.

Ele recua.

— Você me viu?

Fecho os olhos. Graças a Deus. Graças a Deus.

— Vi, sim. E não só em frente à minha casa, mas acho que te vi em frente aos meus dois empregos. Plymouth e Londres. Também era você?

Ele parece morto de vergonha.

— Nossa, sinto muito.

Até as orelhas dele estão vermelhas.

— Eu me sinto péssimo, não queria... — Ele passa o dedo em uma mancha, de ketchup, talvez, em sua calça jeans. — Descobri seu nome há algumas semanas. Eu só queria... Sinto muito, mesmo. Só queria te ver, acho. Ter uma ideia de quem você era, como era a sua vida... Sinto muito mesmo. Pensei que tivesse sido discreto.

Digo que ele não precisa se preocupar. O fato de ele tentar dar uma olhada em sua mãe não era pior do que eu tentando dar uma olhada no meu filho tantos anos atrás.

Ele se desculpa outra vez e olha para a porta, e sei que é o fim.

— Espero que sua mãe volte logo — digo, desesperada. Não suporto ter de chamá-la de "mãe" dele. Eu quero ser a mãe dele. — Sei que vai. E, enquanto isso, pode ligar, ou só aparecer lá em casa, de verdade, não tem problema. O que precisar de mim.

Ele dá um breve sorriso.

— Obrigado. Pelo menos sabemos que ela está viva. Mas estou preocupado. Enfim... Olha, muito obrigado pela atenção. Foi muito bom te conhecer.

Em seguida, ele sai andando, e tudo que quero fazer é agarrá-lo, derrubá-lo e trancar a porta. Mas eu apenas o acompanho lentamente, sorrindo quando ele se vira. O sensor de movimento faz as luzes se acenderem quando ele chega ao corredor.

— Se cuida — diz ele e vai embora.

Jill faz um café e põe um pouco de conhaque no meu, mesmo depois de eu dizer que não queria. Mas fico feliz quando estou com ele em minhas mãos. Estou sentada no sofá dela, petrificada, mas dentro de mim tudo está se revirando. Eu entendi direito? Ele gostou de mim? Será que queria me ver de novo?

Não importa quão desesperada eu estivesse para vê-lo nos últimos anos, sempre concordei com Jeremy: a iniciativa tinha de ser de Charlie, não minha. No entanto, com o passar dos anos, acabei achando que isso não ia acontecer.

A situação da praia em Alnmouth, há quatro anos, foi realmente um acidente. Sempre evitei ir para lá durante as férias escolares, porque sabia que os Rothschild estariam lá. No entanto, quando queria ir para Alnmouth durante o semestre, eu ligava na Radio 4 entre seis e nove da manhã. Se Jeremy estivesse no ar, era porque estava em Londres, e era seguro ir para lá. Se não estivesse, eu mantinha distância.

Mas é claro que daquela vez eu tinha esquecido. Estava com a cabeça cheia por causa do diagnóstico de câncer, por causa da demissão da BBC, da gravidez. Acabei esquecendo de verificar. Só queria ir para lá, curtir o aconchego daquelas praias vastas e das nuvens apressadas, na esperança de achar o *Hemigrapsus takanoi*.

Só vi Janice e o marido quando já estava bem perto deles, e tudo virou um caos. Nunca vou esquecer sua voz me xingando de tudo quanto era nome.

Minha última esperança tinha sido no aniversário de dezoito anos de Charlie, quando ele poderia ter me procurado, mesmo que Janice e Jeremy tivessem escondido minha identidade dele até então, mas nada.

Então, de repente, ele estava aqui. Em um apartamento em Wembley, em um dia de julho com muito vento. Meu DNA vivia dentro dele, o de meus pais, de minha avó, dos parentes e ancestrais sobre os quais nunca havia pensado antes de meu pai morrer. Tudo estava ali, na poltrona, por trinta minutos maravilhosos.

Jill está sendo gentil até demais e disse que eu não tinha motivos para pedir desculpas pela grosseria de mais cedo.

— Eu também teria estranhado. Só que, se eu tivesse contado o que estava prestes a acontecer, você teria entrado em pânico. Da maneira como aconteceu, você foi totalmente natural. Se eu fosse o Charlie, ia querer te ver outra vez.

Ela ouviu tudo pela porta do banheiro, devorando a maior parte dos doces, a julgar pelo estado do pacote. Ela estava convencida de que eu havia me comportado de modo exemplar, mesmo com a choradeira no início.

O conhaque já está me ajudando a relaxar. Estou cansada e confusa, mas também eufórica.

— Olha, pode ficar o tempo que precisar. Podemos passar a tarde tomando vinho e vendo filmes ruins. Ficar bêbadas e passar a noite assim. Você pode dormir aqui, se quiser. Acho que não é uma boa ideia ir para casa agora.

Fecho os olhos. Claro que quero ficar aqui, este é o apartamento onde encontrei meu filho adulto. Onde há possibilidades e esperança.

Mas Leo. Ruby.

— Preciso falar com o Leo — digo, por fim. — Sei que ele não quer falar comigo ainda, mas ele precisa saber que é o pai da Ruby. Eu ia contar pessoalmente hoje de manhã. Além disso, se vou passar a noite aqui, tenho que ver se ele pode buscar a Ruby na creche e levá-la amanhã também.

Jill concorda com a cabeça.

— Entendo. Ele precisa saber que é o pai da Ruby. Claro. Mas, Emma, é ele quem busca a Ruby na creche todo dia. Nunca é você! Tira umas horinhas para se acalmar.

Fico pensando nisso. Jill oferece o celular.

— Pode ligar para ele agora, se quiser. Só tentei adiar porque não queria que estivesse arrasada quando o Charlie chegasse.

Ela parece cansada, com calor e desidratada. Eu a vi se entupir de carboidrato e açúcar desde que cheguei: tem algo errado com a minha amiga, e estava mais do que na hora de eu me fazer presente para ela. Nos últimos tempos, as loucuras da minha própria vida tinham sido o centro das atenções.

— Quer dizer, você passou por algo grandioso hoje. Você não acha que merece umas horas para botar a cabeça no lugar?

Acabo concordando com certa relutância, porque sei que ela tem razão. Ela quer passar o dia comigo, Leo não quer. Vou aceitar o vinho, a comida, o filme, as risadas cansadas. Vou deixar para ligar depois do jantar de Ruby e torcer para que Leo escolha um dia para a gente se encontrar.

Esse é o meu plano. Conto para Jill, e ela sorri.

— Muito bem, lapa. Muito bem.

CAPÍTULO 55

Presente

Enquanto subo de elevador até o apartamento de Jill, me ocorre, pela primeira vez, que ela talvez seja mesmo uma lunática. Que posso acabar encontrando minha esposa esquartejada na bela cozinha de sua amiga, com cada parte identificada em um saco Ziploc.

A porta do elevador se abre, silenciosa, e vou andando, pé ante pé, pelo carpete do sexto andar. Olho no meu relógio: são dez e quarenta e uma da noite. Queria estar na cama. Queria estar me entregando ao sono lentamente enquanto Emma lê suas revistas complicadas, se mexendo na cama e me irritando. Quero saber que Ruby está dormindo no quarto ao lado com o Pato, e John está adormecido no primeiro andar com sua música jungle tocando bem baixinho.

O rosto de Jill, quando abre a porta, é impagável. Aproveitei para entrar com outro morador do prédio; ela não fazia ideia de que eu estava aqui. Está com uma taça de vinho na mão. Parece ter engordado bastante desde que a vi pela última vez, mas, em vez de isso suavizar suas feições, a impressão é de que a tornou ainda mais inacessível.

— Ah. Oi — sussurra, como se um bebê dormisse lá dentro.

— Oi. A Emma está aqui?

Ela hesita, mas posso ver em seu rosto que sim. Passo por ela, entro na sala, e encontro Emma no sofá, bebendo vinho e comendo torrada.

Ficamos nos encarando por alguns segundos.

— Leo?

Emma parece surpresa, como se fosse estranho eu aparecer aqui depois de passar treze horas procurando por ela.

Olho a garrafa de vinho aberta. Está pela metade. Há uma segunda garrafa vazia no aparador.

— O que você está fazendo? — pergunto. — O que está *fazendo*?

Emma olha para Jill.

— É... O quê?

Então ela leva as mãos ao peito.

— Meu Deus. Eu ia ligar depois do jantar da Ruby. Juro, mas o celular da Jill estava sem bateria, então ela colocou para carregar e... desculpa, Leo, eu...

— Você ia ligar depois do jantar da Ruby? Ela janta às seis horas!

Emma olha para mim como se eu estivesse falando em outro idioma. Ela está bêbada?

— Leo...?

— E que tal me ligar às nove e meia da manhã, quando a gente ia se encontrar? Ou talvez às dez, quando já estava meia hora atrasada? Que tal ligar em algum momento do dia?

Minha voz estava muito alta para essa sala tão confortável, com suas almofadas alinhadas e suas superfícies imaculadas.

— Você se importa um pouquinho sequer comigo, Emma? Nosso casamento significa alguma coisa para você?

O cabelo de Emma brilha sob a luz das lâmpadas cuidadosamente posicionadas de Jill. Minha vontade é de esvaziar a taça em cima dela. Ela não teve nenhum respeito nem consideração por mim nem pela Ruby. Permitiu que eu desvendasse sua vida dupla e depois nos abandonou para continuar suas missões secretas, como se não fôssemos nada além de objetos.

— Leo — diz ela devagar, para não parecer bêbada. — Desculpa, eu ia ligar depois do jantar da Ruby, mas... para falar a verdade, achei que você não ia querer saber de mim. Você disse que precisava de mais uns dias até estar pronto para conversar. Só estou respeitando a sua vontade, meu bem, eu...

— Eu disse *o quê*?

Sua expressão muda um pouco, e vejo que ela está recapitulando algo em sua mente.

Ela se vira para Jill devagar.

— Jill? — pergunta Emma.

Jill está na porta da cozinha, ainda com a taça na mão. Os nós de seus dedos, ao redor da taça, estão brancos. Ela não está gostando nada da minha primeira visita ao seu apartamento.

— Tive que ajudar a Emma a resolver um problema hoje. Não posso falar sobre isso, infelizmente, mas era muito importante.

Jogo as chaves do carro de uma mão para a outra.

— Sobre o filho adulto dela? Aquele de quem eu não sabia nada? Sobre a relação dela com Jeremy e Janice Rothschild? Sobre a demissão na BBC, quando descobriram que ela tinha sido indiciada por assédio? Acho que você pode falar sobre isso, sim.

Silêncio.

Há uma música tocando na cozinha, algo meio popular que não combina nem com Emma nem com Jill. Uma voz sofrida canta a respeito de um trem desaparecendo nos trilhos, nos trilhos, nos trilhos, e uma guitarra triste a acompanha ao fundo.

Emma cobre a boca com as mãos, então se levanta.

— Não — murmura. — Leo, não... Por favor, não...

— Estive na casa do Jeremy Rothschild essa noite. Fui até lá porque estava apavorado, Emma, com medo de que algo terrível pudesse ter acontecido com você, então fui tentar descobrir o que ele sabia, porque ele estava mandando mensagens para você tentando marcar um encontro. Ele me contou tudo.

Emma se senta outra vez, de forma abrupta.

— Não — repete. — Não.

— Sim.

A música termina, e Jill desaparece para desligar o som.

O rosto de minha esposa está pálido.

— Leo, não era para você descobrir assim.

Aperto as chaves na mão.

— Não era mesmo. Era para eu ter descoberto por você. Há dez anos. Nove anos. Em qualquer outro momento do nosso relacionamento que não fosse hoje, através do Jeremy Rothschild.

— Não — sussurra outra vez.

— Mas, em vez de me contar, você sumiu para passar o dia aqui, tomando vinho. Sem dar qualquer explicação nem demonstrar consideração pelos meus sentimentos. Emma, que merda é essa?

Emma olha para Jill, que está novamente na porta da cozinha. Acho que nunca vi uma pessoa se sentir tão desconfortável.

— Eu estava fazendo algo importante — diz Jill, mas ela parece insegura.

Então Jill olha para mim.

— Eu fiz Charlie e ela se conhecerem.

— Como é?

— Fiz Emma e Charlie se encontrarem e... Olha, desculpa por ter feito tudo na surdina, mas eu tinha uma chance e decidi arriscar.

Eu me viro para Emma:

— Você esteve com o Charlie?

Ela faz que sim com a cabeça.

Passo a mão pelo rosto. Essa não é a minha vida. Minha vidinha pacata e bagunçada de sempre, com minha esposa e minha filha.

— Leo, você disse para a Jill que precisava de mais uns dias para pensar. Falou que ainda não estava pronto. Então eu vim para cá. Não entendi por que você ainda ficou me esperando hoje de manhã nem por que passou o dia todo me procurando.

Começo a rir, sem acreditar.

— Eu realmente disse para a Jill que precisava de uns dias. Tem razão. Mas eu falei isso no sábado de manhã. Falei no *sábado de manhã* que precisava de mais um tempo. Hoje é segunda-feira. Já se passaram "uns dias". Era para a gente ter se encontrado hoje de manhã.

Nós dois encaramos Jill, que está com o rosto vermelho.

— Desculpa se misturei as coisas. Peço desculpas aos dois, de verdade. Mas o que realmente importa é que conseguimos reunir Emma e Charlie no mesmo cômodo pela primeira vez em quase duas décadas.

Exausto, eu me apoio na parede.

— Eu prestei queixa do seu desaparecimento — digo para Emma. — Liguei para todos os hospitais. Olly e Tink estão lá em casa cuidando da Ruby. Até Sheila acabou se envolvendo nessa história. Foi assim que descobri que você estava aqui.

— Meu Deus — Emma está ofegante. — A Ruby não acha que eu desapareci, né?

— Não.

— Tem certeza?

— Tenho, mas eu ia acabar falando para ela amanhã.

Emma parece que vai vomitar.

— Jill, como você pôde fazer isso com uma criança pequena? — Ela se levanta, depois se senta de novo, talvez por se dar conta do quanto tinha bebido. — O que você tinha na cabeça?

Emma me disse uma vez que, desde que conheceu Jill, nunca a vira chorar. Então é um choque para nós dois quando as lágrimas começam a escorrer dos olhos dela.

— Eu só queria que vocês se conhecessem — diz, com a voz falhando. — Só queria que isso acontecesse, sem o Leo ou qualquer outra pessoa se metendo. Nada era mais importante do que isso.

— Não era você quem tinha que tomar essa decisão — digo, baixinho.

Jill aperta a ponta do nariz.

— Tem razão, não era, mas eu queria ajudar a Emma. Foi tudo que eu sempre quis.

Emma e eu nos entreolhamos. Nada disso faz o menor sentido.

Jill pressiona os olhos com a palma da mão. Ela está decidida a não chorar.

— Me desculpa. Me desculpa. Eu realmente menti para te trazer até aqui. Fiz o Leo ter um dia infernal e me arrependo disso. Eu não pensei direito. Desculpa, Emma. Por tudo. Me desculpa.

Emma parece perdida.

— Jill, o que está acontecendo? — pergunta, baixinho. — O que foi?

Após um instante, Jill cruza os braços na frente do corpo.

— Você é burra assim mesmo ou só se faz de burra?

Emma olha para mim outra vez. Ela está tão perdida quanto eu.

— Sou bem burra — responde Emma com cautela. — Na maior parte do tempo. Só que não sei do que você está falando nesse caso. — Emma suaviza a voz. — Por favor, Jill, me fala.

— Eu podia ter evitado tudo isso — diz Jill, por fim.

— Evitado o quê? "Tudo isso" o quê?

— Eu sabia que o David Rothschild era casado. Um dos amigos dele me contou. Eu podia ter te contado naquela noite, mas não contei porque estava com ciúmes, Emma. Todos eles estavam babando por você. Todos. Eu queria fazer você se sentir burra e diminuída por um momento. Só que você engravidou, e a sua vida desmoronou. E a culpa é minha. Então, sim, eu fiz tudo o que pude para te ajudar desde então. Mas nada nunca será o bastante.

Ela puxa para baixo a blusa, que tinha subido.

— Acho que está na hora de vocês irem embora, para poderem falar mal de mim, falar que fiz tudo errado hoje e que arruinei a vida de vocês.

Ela não consegue olhar para a gente.

— Jill — digo.

Sinto que eu nem deveria estar falando, que esse é um momento dela e de Emma, mas não tenho como deixar as últimas treze horas para lá. Eu levei Ruby na delegacia, pelo amor de Deus. Liguei para hospitais.

— Jill, nada disso justifica você ter me deixado no escuro. Ter praticamente sequestrado a Emma. Eu quase surtei. O que você tinha na cabeça?

Jill não consegue olhar para mim. Acho que ela não tem uma resposta. Acho que ela não pensou de forma racional ou sensata ao planejar tudo isso.

— Eu ia te contar hoje que foi tudo culpa minha — diz ela para Emma. — Queria me desculpar. Eu só...

Ela olha ao redor, as embalagens de comida, o vinho.

— Eu estava tomando coragem. Desculpa, Leo. Me desculpem. Por favor, é melhor para todos se vocês forem embora.

Antes que a gente se dê conta, ela vai até a entrada e abre a porta.

— Se cuidem — diz, sem olhar para ninguém.

— Jill... — diz Emma. — Para com isso, por favor. — Jill continua parada na entrada. — Jill. Jill. Você precisa parar com isso! Fui eu que convidei o David para ir ao nosso apartamento, eu que transei com ele. Fui eu que não prestei atenção na camisinha. Foi o meu corpo, a minha decisão. Não foi culpa sua. Nunca foi.

Jill não está escutando.

— Me desculpem — repete.

Quando não nos movemos, ela atravessa o corredor, entra no quarto e bate a porta.

Seguimos pelo corredor silencioso do prédio de Jill o mais afastados possível.

Não sei o que pensar nem o que fazer. Acho que Emma também não.

Está escuro no estacionamento, há uma camada fina de chuva no chão e nenhum sinal de vida, exceto por um jovem exausto na academia do prédio de Jill. Olho meu relógio: são onze e três.

Eu só quero que o dia acabe, mas tenho a impressão de que ele está apenas começando.

CAPÍTULO 56

Emma

Seguimos de carro rumo ao norte de Londres, em silêncio. Dá para ver os chuviscos pela luz âmbar dos postes, as lojinhas de kebab irradiam luzes neon e música animada. Em Willesden, vejo um homem desovando uma geladeira velha ao lado de uma lixeira, olhando em volta, atento, para saber se alguém o observa. Leo, que sempre tem algo a dizer nesse tipo de situação, não fala nada.

Eu o observo de vez em quando. Sempre gostei de vê-lo dirigindo. Não que ele seja um motorista exibido, muito pelo contrário. Ele é bem calmo. Minha vontade é de me aconchegar no calor de seu colo, sentir seu jeans surrado sob minhas pernas, passar meus braços por sua camisa listrada e dormir em seus braços.

— Leo — arrisco dizer, quando viramos na Fitzjohn's Avenue.

— Não, por favor — responde ele. Após uma pausa, acrescenta: — Não tenho condições.

Eu me viro para a janela outra vez, observando as grandes casas de tijolo vermelho, que já encerraram o dia, e os plátanos inclinados gotejando, alinhados como velhinhos na calçada.

Noto sua mandíbula cerrada, enquanto saímos da Frognal Rise e entramos em nossa rua, e sei que estou prestes a perdê-lo, o meu amor, assim como perdi Charlie. E a culpa será toda minha.

* * *

— Eu durmo no sofá — digo, depois que Olly e Tink levam os filhos para o carro.

— Não... Não quero que a Ruby pense que tem algo errado. Deixa que eu durmo no galpão do jardim. Se ela me vir entrando em casa, vai achar só que levei o John para fazer xixi lá fora.

Fico parada no corredor, me controlando para não chorar.

Leo sobe e volta com um saco de dormir e um travesseiro.

— Deixa pelo menos eu pegar uma fronha para você — ofereço, desesperada.

Ele diz que não precisa e se dirige até a porta dos fundos.

— Leo — sussurro.

Não aguento isso. Essa casa é nosso porto seguro. É onde me curei e encontrei uma razão para viver.

Ele se vira. John, que o acompanha, o imita, se sentando a seus pés e me observando.

— Leo...

Por onde começar?

— Eu não tenho como imaginar tudo pelo que você passou — diz Leo, preenchendo o silêncio. — Fico arrasado por saber em que condições você perdeu Charlie. E tudo que você passou antes e depois disso. Só que, Emma, você nem tentou confiar em mim. Nem tentou.

Ele passa a mão pelo cabelo. Seu cabelo lindo.

— Eu não sabia nem o seu nome — continua, prestes a chorar também. — Dormimos abraçados por dez anos, e eu nem sabia o seu nome.

Ele se vira e segue em direção à porta dos fundos, então alguém bate de leve à porta da frente.

Leo se abaixa na mesma hora e abraça John Keats, para impedir que ele comece a latir.

— Acho que é o Olly — diz. — Deve ter esquecido alguma coisa.

Ele fica segurando o cachorro enquanto vou até a porta.

No entanto, em vez de dar de cara com meu cunhado, me deparo com meu filho.

Fico parada, olhando para ele.

— Oi — diz.

— Oi? Oi. Oi!

Atrás dele, em nossa grama que precisa ser aparada, está Jeremy, usando uma parca e um boné, que com certeza pegou emprestado com Charlie. O vento está mais forte, e as árvores balançam com vigor, derrubando gotas de chuva no boné de Jeremy. Ele faz um meio aceno, me cumprimentando.

— Desculpa — diz Charlie. — Mas eu precisava vir. Tinha outra coisa que precisava falar com você. É importante. Devia ter comentado isso mais cedo, só que... bom, aconteceu uma coisa hoje à tarde, depois que a gente se encontrou.

Eu me viro para Leo com o coração disparado.

— Leo, esse é...

— Charlie. — A voz de Leo é suave.

Ele fica olhando meu primogênito, abre a boca para dizer algo, mas não sai nada. Consigo ver meus traços no rosto de Charlie. Leo também deve ter visto.

— Entra — diz meu marido.

Ele solta John, que pula em Charlie, animado, fazendo festa ao seu redor, derrubando uma pilha de livros ao abanar o rabo. Charlie se abaixa e brinca com ele, sorrindo e dando risadas pela primeira vez no dia, e, quando dou por mim, percebo que também estou sentada no chão, porque minhas pernas não me aguentam mais.

CAPÍTULO 57

Emma

Vamos todos até a cozinha. Leo põe a chaleira no fogo. Jeremy vai até ele, e, após uma pausa, os dois se cumprimentam com um aperto de mão. Parece que Jeremy está se desculpando com Leo, mas isso não faz muito sentido.

Charlie vê o saco de dormir e o travesseiro empilhados ao lado da porta dos fundos, mas não diz nada.

— Você está bem? — pergunta, em um tom casual, como se eu fosse um colega com quem ele esbarrou no bar do centro acadêmico.

Dou de ombros.

— Estou indo — digo, porque não quero que ele pense que não devia ter vindo.

— Estávamos estacionando quando vimos vocês chegarem.

Ele olha para Leo com curiosidade.

— Vocês tinham saído juntos?

— Não — responde Leo, seco, ainda que seu tom não seja hostil. — Já vou deixar vocês em paz. Deixa só eu terminar o chá.

Hesito.

— Na verdade, queria que você ficasse.

Não posso mais guardar segredos dele.

Leo serve o chá.

— Não tem problema, posso ir — diz ele, num tom calmo.

Ele é tão gentil, mas tão, tão gentil.

Charlie olha para o pai, que dá de ombros.

— Podemos deixar isso só entre nós? — pergunta Charlie.

Leo concorda com a cabeça e entrega um chá sem açúcar para Charlie, que acaba não pedindo para adoçar.

— Está bem, então — concorda Leo, se sentando.

Estou muito orgulhosa dele. Ninguém de fora que visse essa cena pensaria que meu marido estava sentado com o enteado cuja existência desconhecia até poucas horas antes.

— Certo — diz Charlie.

John Keats se acomoda no tapete no meio da sala. Ele está surpreso com toda essa movimentação no meio da noite, porém nada incomodado. Enfia o focinho embaixo do rabo e fica nos observando.

— Então... Hoje à tarde alguém deixou um recado na nossa secretária eletrônica. Alguém de uma loja em Alnmouth.

Jeremy entra na conversa:

— Pedi que ligassem se vissem a Janice. Parece que ela foi até lá hoje de manhã.

Ele para de falar, e percebo que isso não é, necessariamente, uma boa notícia.

— Não deve ser nada de mais, mas disseram que ela comprou duas caixas de paracetamol.

Charlie esfrega o rosto com as mãos.

— Tenho certeza de que ela só estava precisando de um analgésico — continua Jeremy. — Ela tem muita dor de cabeça de estresse, mas...

— Ela podia já ter comprado paracetamol em outro lugar — desabafa Charlie, mais para o pai que para mim. — Ela pode ter um estoque com ela a essa altura.

— Vamos torcer para que não — diz Jeremy. — Vamos imaginar que ela comprou paracetamol como eu e você compramos. Ninguém compra só uma caixa; a gente sempre compra duas.

Jeremy se vira para mim:

— Confio na opinião da lojista, nós a conhecemos há anos. Ela disse que a Janice parecia estar bem; que não havia motivos para nos preocuparmos. Na verdade, ela só disse que a Janice havia comprado paracetamol porque perguntei o que tinha na cestinha dela. Além do paracetamol, ela também comprou pão, queijo, macarrão, algumas maçãs e uma barra de chocolate. E uma garrafa de suco de laranja. Acho que uma pessoa que estivesse pensando em acabar com tudo não faria isso.

Charlie mexe no celular. Ele parece mais preocupado com essa história do paracetamol que o pai.

— Pelo menos sabemos que ela está lá. Vamos até lá amanhã de manhã, quando eu sair do trabalho.

— Parece uma boa ideia — diz Leo, todo educado.

Reparo que está se perguntando por que eles vieram até aqui, no meio da noite, nos contar isso, mas ele não diz nada.

— Olha, a gente veio até aqui porque... É... — Charlie respira fundo. — Bem, para começar, eu sei por que minha mãe sumiu.

Eu olho para ele, surpresa, mas não chega a ser um choque. Sabia que havia algo que ele não tinha me dito hoje cedo.

— Meu pai não sabia. Eu devia ter contado para ele antes, mas prometi para minha mãe que...

Jeremy toca o braço de Charlie.

— Prometi para minha mãe que ia guardar segredo, mas agora estou preocupado. Meu pai deve ter razão sobre essa coisa do paracetamol ser inofensiva, mas... não gosto nada disso.

Ele para de falar e respira fundo outra vez.

Jeremy tira o boné ridículo da cabeça e o apoia no joelho.

— O que o Charlie está prestes a dizer para vocês é muito difícil.

Ele se recosta em nosso sofá, iluminado pela luminária de leitura de Leo. Sua aparência é péssima.

— Por favor, não fique com raiva por ele não ter contado antes. Ele estava numa posição muito difícil.

Charlie parece prestes a falar, mas para outra vez. Ele olha para o pai, que assente, o encorajando, e sinto um breve alívio — e gratidão — pelo amor e pela confiança que meu filho e seu pai adotivo têm um pelo outro.

Após uma pausa, Charlie pega sua mochila e tira uma pequena pilha de cadernos dela, cada um de um tamanho. Todos parecem bastante usados. São diários, penso, com certa admiração. Sempre achei que ter um diário poderia ser bom para mim, mas em quarenta anos nunca cheguei perto de comprar um caderno com esse objetivo.

— São diários da minha mãe — explica Charlie. — Comecei a lê-los nas últimas semanas.

— Para descobrir onde ela está?

Charlie faz uma cara estranha.

— Mais ou menos — responde ele, organizando os cadernos. — Na verdade, comecei a ler os diários antes dela desaparecer. O principal motivo para ela ter sumido é porque eu os li.

— Não é culpa sua — diz Jeremy, baixinho.

Um cheiro horrível se espalha pela sala. John, o culpado, olha para a gente com o focinho entre as patas.

Charlie é educado demais para dizer alguma coisa, mas Jeremy torce o nariz com nojo.

— Eu só comecei a ler os diários porque estava muito preocupado com ela. Queria descobrir como podia ajudá-la.

Ele olha para as mãos.

— Sei sobre a tentativa de sufocamento.

Tento manter o contato visual, mas é muito difícil, a vergonha é muito grande, então desvio o olhar.

— Eu sinto muito. Você não imagina quanto, Charlie — digo, após uma eternidade. — Deve ter sido uma coisa horrível de se ler.

Charlie não responde. Ele fica apenas olhando os diários, os ajeitando e os empilhando em vão.

— Espero que saiba que eu estava muito doente. Se eu não tivesse aceitado ir até aquela unidade, eles teriam me internado à força em um hospital psiquiátrico.

— Eu sei sobre a psicose pós-parto. Li sobre isso há alguns anos, quando soube que você ficou doente. Meus pais disseram que minha mãe biológica havia pensado, por um breve momento, em me machucar, mas não que algo tinha chegado a acontecer.

Minha pele se arrepia. O que posso fazer? Pedir desculpas? Não chega nem perto de reparar tudo. A lembrança do travesseiro, de pressioná-lo naquele rostinho sorridente. Anos de culpa parecem queimar como ácido. O autodesprezo era um uniforme diário.

A quantidade de vezes que fui correndo até o quarto de Ruby, caso o carma estivesse à espreita no quarto de minha caçula e ela tivesse se sufocado ou parado de respirar.

— Não sei se ajuda, mas nunca me perdoei por isso — digo para ele. — Não importa quantas sessões de terapia eu tenha feito, de quantos cursos eu tenha participado, em quantos grupos de apoio eu tenha ingressado, não consigo superar.

Charlie apoia a testa nas mãos. John solta outro pum, e Jeremy, sem dizer nada, se levanta e o leva até o jardim.

— O motivo pelo qual vim até aqui hoje foi a tentativa de sufocamento — diz Charlie, quando seu pai volta.

Silêncio.

— Você não fez isso. Minha mãe inventou tudo.

Após um segundo, fecho os olhos. Claro que Charlie não queria acreditar que eu tinha feito aquilo.

— Infelizmente, ela não inventou. Desculpa, Charlie. Eu também não quero acreditar, mas aconteceu. Eu me lembro. De cada momento horrível.

Ele não diz nada.

— Revivo a cena em minha cabeça todos os dias. É um verdadeiro inferno, mas é real, aconteceu. E não posso deixar que você acredite que não.

Ele fica me olhando, meio triste, e balança a cabeça.

— Não. Minha mãe inventou tudo. Está tudo aqui, nos diários.

Olho para eles, as lombadas gastas, as orelhas nos cantos das páginas. O que está no topo da pilha tem uma marca de copo e rabiscos à caneta. Charlie pega o terceiro caderno e o abre em uma página perto do fim. Ele se abre com facilidade, como se tivesse sido lido muitas vezes. Charlie o entrega para mim.

— Isso vai ser difícil. — É tudo o que ele diz.

Ele olha para Jeremy, que afundou no sofá, perdido em pensamentos. Quando não aceito o diário, Charlie o coloca em meu colo.

Então eu o pego.

CAPÍTULO 58

Diário de Janice Rothschild
Seis meses antes

Hoje faz exatamente dezoito anos que nos tornamos oficialmente os pais de Charlie.

A culpa não diminuiu, nem o medo. As horas que passo em claro, à noite, só têm aumentado. Tenho dormido, em média, três horas e meia por noite. Chego a pensar que estou alucinando de tão cansada.

O problema é que acho que o sono não virá. Porque o que me tira o sono à noite é o esforço que faço para me convencer de que Emily estava mesmo tentando sufocar Charlie.

Cheguei a ter certeza disso, no passado. Quando entrei no quarto e vi o travesseiro pairando sobre o rosto de Charlie, eu tinha certeza. Eles me perguntaram, e eu ainda tinha certeza. Fui para casa, convicta. Contei para Jeremy, ainda certa do que tinha visto. Nem me passava pela cabeça que eu podia ter confundido as coisas.

Quando foi que comecei a duvidar? Houve um momento específico em que comecei a questionar o que vi? Se houve, não me lembro. Só sei que segui o roteiro e não me permiti pensar muito nisso.

Até poucos meses atrás. A série de TV dela voltou ao ar. Eu estava mudando de canal, e lá estava ela, caminhando por uma trilha num penhasco, tagarelando sobre as gralhas-de-bico-vermelho.

Fiquei apavorada ao ver seu rosto na minha televisão. Foi ali que tudo mudou. Simplesmente parei de me enganar. Parei de mentir para mim mesma.

Ela não estava tentando sufocá-lo. Já estava bem melhor àquela altura, estava só brincando de "cadê o neném?". Eu a ouvi dizendo isso enquanto andava pelo corredor. Cheguei a abrir um sorriso, porque sabia que eram ela e Charlie.

Mas então, lá estava ela, com o travesseiro sobre o rosto dele, e eu entrei em pânico. Foi terrível. Um trauma enorme; tive pesadelos com essa cena por meses.

No entanto, se eu tivesse continuado ali por mais um segundo, ela teria levantado o travesseiro e dito "ACHOU!".

E Charlie jamais seria meu filho.

Não sei o rumo que as coisas vão tomar. Será que estou pronta para contar a verdade? Minha carreira ia acabar. Meu casamento chegaria ao fim. Será que eu poderia acabar sendo presa? Não sei, provavelmente, não. Mas acho que Emily poderia me processar. Eu faria isso, se estivesse no lugar dela.

O pior de tudo é que isso magoaria Charlie. Ele provavelmente cortaria relações comigo, então de que adiantaria viver?

Por que destruir tudo? Emily acreditou nisso e acredita até hoje. Ela duvidava tanto de si naquela época que acreditou em cada palavra que falei: li o que ela disse. Recebi suas mensagens implorando para que eu adotasse Charlie, porque ela não confiava em si mesma.

A vida de Emily foi completamente destruída, e aquela parte de mim que está paralisada, horrorizada pelo que fiz, só cresce a cada dia.

Vou dar uma entrevista, mais tarde, para o *Evening Standard* sobre o poder da amizade feminina. Que merda de ironia.

Vou ver se consigo alguns antidepressivos ou ansiolíticos.

Tanta raiva e desesperança. Dezenove anos e nada ficou mais fácil nem melhor. Continuo sendo um monstro.

CAPÍTULO 59

Emma

Olho para Charlie, que está me observando, sem esboçar qualquer expressão. Lá fora, no jardim escuro, John late para a árvore, algo que gosta de fazer quando o vento a sacode.

Um vazio ardente se abre em meu peito.

— Tem mais?

— Sim e não. Ela não toca nesse assunto de forma tão aberta assim em nenhum outro momento. Esse é basicamente o trecho que você precisava ler.

— Você acredita nela?

Minha voz está quase se desfazendo.

— Você acredita que isso seja verdade?

— Sei que é, eu a coloquei contra a parede.

Fico olhando para ele.

— Quer dizer que ela confessou?

Charlie engole em seco e faz que sim com a cabeça.

Afundo no sofá. Queria estar mais perto de Leo, para me agarrar a ele e não correr o risco de desabar, mas ele está na outra ponta do sofá, e não faço ideia se ele sequer pegaria minha mão outra vez.

Jeremy parece arrasado.

— Meu pai não fazia ideia — diz Charlie, em resposta ao meu olhar.

Quero acreditar no que acabei de ler.

Não quero acreditar no que acabei de ler.

Charlie se recosta na poltrona.

— Comecei a faculdade em setembro do ano passado. Quando voltei para casa na época do Natal, mamãe não era mais a mesma. Tinha altos e baixos, estava sempre com raiva. Papai disse que ela tinha ficado assim depois que eu fui para Boston.

John começa a arranhar a porta dos fundos, o que distrai Charlie. Leo se levanta e deixa o cachorro entrar.

— Quando voltei para passar a Páscoa, ela tinha piorado. Estava bem carente, mas também, não sei explicar, parecia furiosa. Não com a gente especificamente, mas no geral.

Ele coça a cabeça.

— Foi uma atitude meio babaca a minha, mas, certa noite, ela deixou o diário na suíte e eu o peguei. Mamãe sempre teve diários, e eu sempre respeitei sua privacidade, mas foda-se. Eu estava preocupado.

Charlie para de falar.

— Desculpa, meus pais não ligam que eu xingue. Tudo bem por você?

— Claro.

— Então li algumas páginas. Ela parecia bastante instável. Eu já estava quase largando o diário quando li algo de que não gostei. Era basicamente uma referência ao que você acabou de ler.

Ele dá um suspiro demorado.

— Li umas quatro ou cinco vezes, mas não conseguia pensar o que mais ela queria dizer. Era sobre a história do sufocamento. Parecia que ela tinha inventado, mas eu não conseguia acreditar. Voltei para Boston, mas não parei de pensar nisso. Acho que, no fundo, eu estava torcendo para que fosse um mal-entendido.

Ele faz uma pausa.

— Mas, quando voltei para as férias de verão e procurei os diários dela de novo, acabei encontrando o trecho que você acabou de ler.

Aguardo. Nada disso parece real. Nem a sala, nem as pessoas, nem a história que ele está me contando.

— Ela confessou tudo quando perguntei. Chorava sem parar. Contou que tinha perdido vários bebês, que, no fim, a adoção era sua única esperança, e que finalmente tinham me encontrado... E contou também que você acabou mudando de ideia e decidiu ficar comigo. Acho que isso acabou com ela.

Lá fora, o vento sopra cada vez mais forte.

— Quer dizer, eu entendo. Foi uma fase horrível.

Ele olha para mim, e vejo a tristeza em seu rosto jovem.

— Ainda assim, não consigo aceitar o que ela fez, muito menos pensar em como perdoá-la.

É como se o mundo estivesse começando e acabando ao mesmo tempo. Eu me inclino para a frente e apoio os cotovelos nos joelhos.

Então foi isso que aconteceu?

Eu estava brincando com meu filho?

Quando olho para a frente, Charlie está me encarando, ansioso, à espera de uma resposta. Leo toca meu ombro.

— Desculpa. O que você disse?

— Perguntei se você sempre acreditou que tinha tentado me sufocar. Você nunca duvidou disso? — pergunta Charlie.

Tento me lembrar daquele dia. Uma enxurrada de fragmentos surge em minha mente, todo aquele ruído e sofrimento. Vislumbro o momento do travesseiro sobre o rosto de Charlie. Eu me lembro de quando fui questionada pela psiquiatra, pelo assistente social e pela minha enfermeira. E de quando perguntaram se tinha sido minha intenção tentar sufocar meu bebê. E me lembro de que, depois de refletir, disse que sim, que achava que queria fazer aquilo.

Por que eu disse isso?

Por que eu disse que *achava* que sim, e não algo mais assertivo, como "sim, era exatamente isso que eu queria fazer"?

Penso na possibilidade de eu estar brincando de "cadê o neném?". De que estava apenas brincando, e não tentando machucá-lo.

Faz sentido. Eu estava brincando, não tentando machucá-lo.

Uma onda de calor atravessa meu corpo. Por favor, não. Por favor, não posso ter abandonado meu filho por isso.

— Depois que confrontei a minha mãe, ela implorou que não contasse para o papai, pelo menos até que ela conseguisse organizar os pensamentos. Ela disse que sentia muito, que ia dar um jeito nas coisas, que ia dar um jeito nela. Saiu para ensaiar e não voltou mais para casa. Não vemos a mamãe desde então.

Depois do que parecem horas, eu me viro para Jeremy:

— Você nunca soube disso? Ela nunca deu a entender nada?

Charlie olha para o pai, que está arrasado.

— Claro que ele não sabia. Olha o estado dele.

Faz-se um silêncio insuportável. Tudo está desmoronando. Cada coisinha que eu me disse, cada momento torturante de autodesprezo: era tudo mentira.

— Depois que recebemos a carta dela, pensei que ela estaria bem — diz Charlie. — Que só precisava mesmo de um tempo. Ela mandou uma mensagem para o meu pai há uns dias e não parecia estar mal...

Sua voz está trêmula.

— Só que, agora, estou assustado.

— Viemos até aqui porque eu não podia permitir que você ficasse mais um segundo sequer sem saber disso — diz Jeremy. — E já vamos deixar vocês em paz. Deus sabe que vocês vão precisar de tempo para processar tudo isso. Só preciso perguntar mais uma coisa antes de ir.

Leo gesticula para que Jeremy continue.

— A Janice mencionou um lugar especial, em um dos registros dos diários uns meses atrás. Era algo do tipo "eu iria para o meu esconderijo, se ele não me fizesse pensar na Emma". A gente queria saber se você sabe do que ela está falando.

Tento vasculhar minha memória em meio ao choque. Os lugares aonde Janice me levou para almoçar em Edimburgo. As poças de marés que exploramos na praia de Alnmouth no dia que achei que estava perdendo o bebê. A estação de trem mais tarde, onde me despedi dela. Nenhum desses lugares parecia ser especial para ela, muito menos um refúgio onde gostaria de se recolher em seu pior momento.

Explico isso, e Charlie parece ainda mais desanimado.

— Nada? Não te ocorre nenhum lugar?

— Desculpa, mas não.

— Por favor, tenta pensar. Não tem nenhum outro lugar?

— Estou tentando. Eu... Não. Tirando nosso passeio pela praia de Alnmouth, só fomos almoçar em Edimburgo. Claro que ela também me visitou algumas vezes na unidade de cuidados para mães e bebês, mas não é disso que ela está falando. Desculpa.

Charlie parece desesperado.

— Está bem — diz Jeremy, se levantando. — É melhor a gente ir. Por favor, pode ligar a qualquer hora, se lembrar de alguma coisa que possa fazer sentido.

Eles se preparam para ir embora.

Eu poderia ter sido sua mãe, quero gritar, quando Charlie atravessa nossa sala. Você poderia ter crescido aqui nesta casa. Você poderia ter sido meu bebê.

Mas ele já está atravessando o corredor, esse homem feito, e saindo pela porta da frente. Ele atravessa nossa entrada, se abaixando para evitar as folhas, nos agradecendo e se despedindo, olhando para trás, porque não quer que eu veja de perto quão triste está. Não sei quando nem se voltarei a vê-lo um dia.

Jeremy para no degrau e se vira para mim.

— Nunca vou conseguir dizer quanto sinto por tudo isso. Nunca, Emma. Espero que acredite quando digo que eu não sabia de nada.

Não digo nada. Nesse momento, não quero acreditar em mais nada que ninguém venha me dizer, nunca mais.

— Faz todo sentido, agora, a paranoia, a obsessão dela de que você queria Charlie de volta. Ela devia morrer de medo de que você se lembrasse do que de fato aconteceu.

É claro que eu não tinha lembrado. Nem tinha como. Você podia dizer que eu tinha roubado um banco e matado todos os atendentes que ainda assim eu teria acreditado. Eu teria criado aquela memória, como criei a lembrança de tentar sufocar meu filho, porque, quando se está tão perdido assim, você só tem as coisas que as pessoas lhe dizem a que se agarrar.

* * *

Depois que Charlie e Jeremy foram embora, ficamos sentados em silêncio.

Outra vez o mundo mudou completamente. Toda minha vida adulta era uma mentira, e não era nem minha mentira.

Uma mentira de uma mulher chamada Janice. Uma mulher que deixou que eu acreditasse que tentei sufocar meu bebê, porque ela o queria para si. Uma mulher que conseguiu uma ordem de restrição contra mim, porque comecei a segui-lo.

Ela teria me mandado para a prisão, se pudesse. Fez com que eu fosse demitida do meu trabalho como apresentadora, sabendo a humilhação que isso traria, além do impacto financeiro. O pior de tudo, de longe, foi que ela roubou meu bebê.

Leo se aproxima, em silêncio, e pega minha mão, enquanto choro por tudo que poderia ter sido. Pelo meu bebê, Charlie, aquela criança sorridente com cabelinhos loiros e macios, por sua total confiança em mim. Por toda sua vida, passada com outra pessoa.

John adormece em sua cama; Leo apaga as luzes e se senta comigo no escuro, enquanto a chuva cai sobre nossa velha casinha.

Eu abri mão do meu bebê por uma mentira.

CAPÍTULO 60

Leo

Alguns minutos — ou talvez horas — depois que eu pego no sono no galpão, Emma entra e para perto do sofá.

— Leo — sussurra ela.

Sem dizer nada, me ajeito para dar espaço a ela. John Keats, que estava animado por passar a noite no galpão, está dormindo sob o edredom. Só Deus sabe como ele está respirando. Eu o cutuco com o pé, e ele se mexe ligeiramente, resmungando, mas se recusa a sair dali. Emma precisa se acomodar no braço do sofá.

— Leo — sussurra ela outra vez.

Naquele instante, tudo que quero fazer é sussurrar um "oi!" e beijá-la. Quero que a gente consiga rir da última vez que estivemos aqui, quando toda nossa preocupação era se a quimioterapia tinha funcionado e o quanto meu chocolate vegano era horrível. Quero arrancar nossas roupas, não para transar, mas pelo prazer de sentir o calor da pele dela na minha.

— Eu ia te contar — diz, no escuro.

Acendo a luz e olho para ela. Emma ainda está vestida e usa um roupão por cima. Ela tem olheiras cinzentas sob os olhos, e sua pele está pálida. Ela está com a mesma aparência da época da quimioterapia.

— Eu ia te contar — repete. — Você precisa acreditar em mim, Leo. Eu ia te contar. No fim de semana que passamos em Hitchin, quando fui conhecer os seus pais. Eu ia falar quando a gente voltasse para Londres. A gente já estava namorando havia algumas semanas, parecia a coisa certa a fazer.

— E aí?

— E aí que você descobriu que era adotado. Isso bagunçou tudo, Leo. Você levou meses para superar.

— Tá, mas e depois que eu superei?

— Eu sabia que você não ia conseguir aceitar — responde ela, após uma pausa. — Eu estava do seu lado, Leo. Ouvi tudo o que você disse sobre sua mãe biológica. Sobre adoção e pessoas que mentiam para você. Seria como arrancar suas pernas quando você tinha acabado de aprender a andar de novo.

— Isso foi há dez anos. Com certeza...

Ela me interrompe.

— Se houvesse um diazinho sequer, nesses dez anos, que eu achasse que poderia te contar sem te magoar, eu teria contado.

Fico olhando para ela.

— Então a culpa é minha?

— Não. É só que...

Ela tenta pegar minha mão, mas isso já é demais para mim. Não consigo ficar sentado ali, de mãos dadas com ela.

— Não é culpa sua, Leo, claro que não. Mas o fato é que, se o seu passado fosse diferente, eu teria te contado.

Não falo nada, então ela diz:

— Tenta se colocar no meu lugar. Imagina se fosse você, e não eu. Um passado tão horrível, que você precisou mudar de nome. Você teria, mesmo, contado para a sua parceira? Mesmo que aquilo a fizesse se lembrar de cada trauma que viveu? Você teria mesmo feito isso?

— Teria — respondo, sem pestanejar.

Ela suspira.

— É fácil dizer isso agora, sentado aqui. Só que eu estava lá, Leo. Eu sabia melhor do que ninguém o que você conseguia ou não suportar.

— Sério? De novo isso? Você me conhece melhor que eu mesmo?

— Não foi isso que eu quis dizer! Eu...
— Emma, me escuta.
Ela olha para mim.
— Não tem nada que eu tenha deixado de te contar. Nadinha. Eu te conto tudo, sempre contei, porque, se não formos sinceros um com o outro, então de que adianta?

Durante alguns instantes, nenhum de nós diz mais nada.

— Você não falou que encontrou os papéis que eu tinha escondido — diz Emma, por fim. — Até agora não sei o que mais você descobriu nem com quem falou. Você fez isso tudo pelas minhas costas.

Eu me sento.

— Quer saber com quem eu falei? Robbie Rosen, para começar. E depois com a Mags Tenterden. Passei o fim de semana na casa da Sheila, que, pelo visto, sabia mais sobre o nosso casamento do que eu. E depois passei uma noite na casa do Jeremy Rothschild, antes de finalmente conseguir te achar, na casa da Jill.

Emma fica em choque.

— Você procurou o Robbie? Meu Deus, Leo. E a Mags, eu...
— Falando no nosso casamento. Ele tem valor legal?

Ela desvia o olhar e, depois de um tempo, balança a cabeça.

— Provavelmente, não.
— Provavelmente, não? Como assim?
— Não tenho certeza, mas, quando demos entrada no cartório, havia um campo que eu devia assinalar dizendo que tinha mudado meu nome, mas eu não fiz isso.

Emma fica me olhando, mas não consigo encará-la. Aquele era o nosso dia. Nosso dia lindo, feliz, com flores, vinho, bolos e amigos, dança e risos.

Quando vi o nome de seu pai em nossa certidão de casamento, tinha ficado surpreso, claro: o sobrenome era Peel. Mas Emma disse que tinha o sobrenome de sua mãe, Bigelow, para manter a memória dela viva, e eu havia achado aquilo triste, lindo e perfeito.

Ela mentiu para mim no dia do nosso casamento.

— Fui egoísta — diz, por fim. — E errei. Agora vejo como fui covarde. Mas eu te amava, Leo, claro que queria me casar com você.

Não digo nada. Não tenho ideia do que posso acabar falando.

— Não pensei nas consequências legais quando te pedi em casamento. Não pensei em nada. Só sabia que estava encantada por você. Não acreditava na minha sorte. Eu estava muito feliz, muito feliz... Só queria que a gente se casasse.

Penso nos meus votos de casamento. Sobre essa mulher que eu conhecia tão bem e amava tanto. Todos aqueles rostos felizes, os sorrisos e as risadas, as taças erguidas. Um brinde ao casal!

Depois de um tempo, ela respira fundo.

— Foi uma época de sofrimento, Leo. De sofrimento e autodesprezo, de uma solidão que ainda não consigo descrever. E, então, você apareceu. Você era tudo para mim. Ainda é.

Fecho os olhos. Ainda estou tão chocado que acabo esquecendo tudo pelo que Emma passou. O peso que carregava em suas costas quando a gente se apaixonou.

Relembro nossa primeira ligação, quando a avó dela morreu. Eu me lembro de como os minutos voavam, depois as horas; de que, do nada, eram seis da tarde e a gente ainda estava conversando; de que meus colegas desligavam seus computadores e iam para casa rindo, porque notaram que havia algo acontecendo comigo.

Três horas e meia. Foi o que bastou.

— A vida voltou a fazer sentido quando te conheci, Leo. Lembrei por que as pessoas querem viver — diz Emma.

Olho para ela, que não está olhando para mim; está perdida em algum lugar do passado.

Penso em Ruby. Deitada no peito de Emma, vermelha e miúda, berrando com toda sua força. Penso naquele momento vertiginoso, quando tudo começou. O que se passava pela cabeça de Emma, enquanto a gente admirava nossa bebê? Ela sequer estava ali?

— Também queria saber como você conseguiu dar à luz sem que eu soubesse que era seu segundo filho. A obstetra disse que era comum precisar do fórceps no primeiro parto. Você pediu que ela mentisse?

Emma balança a cabeça lentamente.

— Não, Leo. A obstetra quis dizer que era meu primeiro parto normal. Charlie nasceu de cesariana.

Tento assimilar a informação.

— Mas você não tem uma cicatriz, você...

Paro de falar. Ela tem uma cicatriz.

Fecho os olhos. Sou um homem de quarenta anos. Fiz faculdade; passei toda minha carreira em busca da verdade. Como pude ser tão burro? Uma cicatriz de apêndice logo acima do púbis? Eu acreditei nisso? Por dez anos?

— E, sim, eles foram orientados a evitar qualquer menção a Charlie — diz Emma, com delicadeza. — Acho que tinha alguma observação na minha ficha, ou algo na porta, não sei. Eles têm o dever de proteger a mãe, Leo. Ninguém estava tentando te fazer de bobo.

Acabo aceitando, relutante, que ela está dizendo a verdade. Se eles sabiam ao menos metade do que ela tinha passado até aquele momento, creio que teriam atendido a qualquer pedido dela.

— E a Mags? — pergunto, com a voz cansada. — Por que você fingiu que foi ela quem te demitiu?

Emma esfrega o rosto.

— Porque, se eu contasse que a decisão tinha sido minha, você ia querer saber o motivo. E aí eu teria que te contar que a Janice tinha causado a minha demissão. E... — murmura: — era mais fácil não contar, Leo. Desculpa. Sei o quanto isso parece superficial.

— Parece mesmo.

Emma observa o galpão e mexe na parte amassada da luminária.

— Até hoje eu achava que tinha tentado sufocar meu bebê. Eu não confiava em mim para cuidar dele, por isso o entreguei para adoção. Você consegue imaginar ter que abrir mão da Ruby quando ela tinha oito semanas de vida? Você imagina o tamanho da dor?

— Não.

Realmente não consigo. Não consigo nem saber por onde começar a imaginar.

Ela respira fundo.

— Leo, você mudou a minha vida. Não sei se algum dia você vai entender por que guardei tudo só para mim, ou se vai me perdoar, mas me escuta.

Ela se levanta do sofá e se agacha na minha frente.

— Isso é real, Leo. Cada pedaço de nós dois é real.

Eu a encaro por um bom tempo.

— Mesmo?

— É — diz, tocando meu rosto. — Não dá para fingir que você ama alguém. Não por muito tempo.

Por um momento, me permito apoiar o rosto em sua mão. As memórias vêm e vão. O dia que tivemos intoxicação alimentar. O dia que vimos John Keats pela primeira vez. Pegar no sono no metrô, as discussões nos táxis; os jantares queimados, os beijos no sofá, o feriado em que íamos fazer "trilha" e acabamos ficando em um pub.

Foram anos tão bons.

Tiro a mão dela do meu rosto devagar. Estou confuso e exausto.

— Seu pai — digo, por fim. — Por que você mentiu sobre ele?

Os olhos de Emma se enchem de lágrimas. De Emily.

— Ah, Leo — sussurra.

Ela passa a manga da blusa no rosto.

— Eu tive que mentir... Tive que deixar a morte dele em minha vida antiga. Sei que você não vai entender, mas não consegui te contar que meu pai morreu por algo que eu podia ter impedido. Eu já tinha causado a morte da minha mãe... não conseguia lidar com isso.

Uma lágrima escorre pelo rosto dela. John se ajeita, resmungando outra vez, abrindo espaço para Emma no sofá.

— Emma, mas o Jeremy disse que o seu pai morreu de alcoolismo Como você poderia impedir isso?

Ela só balança a cabeça. Outra lágrima começa a escorrer.

— Eu disse que ele morreu em Kinshasa, mas ele nunca chegou a ir para lá. Eles mandaram outro presbítero no lugar dele; papai já estava afastado do trabalho fazia meses. Ele infartou na sala e morreu na ambulância. Tinha álcool demais no sangue. Duvido de que tivesse noção do que estava acontecendo.

Meu coração está dilacerado.

— Emma...

Pego sua mão. Afinal, como não pegaria?

— Alcoólatras morrem porque ninguém tem como pará-los. É a mesma coisa com mulheres que morrem em trabalho de parto. Nada disso foi culpa sua. Você não tinha como prevenir nada disso, não importa o que fizesse.

As lágrimas rolam pelo seu rosto, até que o primeiro pássaro do dia começa a cantar.

— Sei que vai levar um tempo para você assimilar tudo isso — diz ela, quando consegue se recompor. — Para descobrir o que quer.

Faço que sim com a cabeça, mas a verdade é que não tenho ideia do que preciso.

— Posso dormir no galpão enquanto você coloca a cabeça no lugar. Fui eu que fiz isso com a gente, você não devia ter que dormir aqui fora.

— Estou bem — digo, na mesma hora.

É mais fácil brincar de faz de conta no galpão.

— Tem certeza?

Tenho.

— Então não tenha pressa. Mas saiba que eu te amo e que sempre te amei.

Parece que horas se passam até que ela fale outra vez. É possível até que a gente tenha caído no sono; os três, ali, no sofá, como se nada tivesse acontecido. Quando escuto sua voz, ela parece distante.

— Tem outra coisa que preciso te contar. Não é sobre mim, mas sobre a Janice. Acho que sei onde ela está.

Abro os olhos.

— Sério?

Emma pega uma carta. Ela conta que Janice mandou aquela carta para ela há algumas semanas: outra coisa de que eu não sabia. Se Emma e eu vamos tentar salvar nosso casamento, vai levar meses. Anos, talvez.

Ela me entrega a carta.

Querida Emma,
  Sei que essa carta vai te pegar de surpresa, mas eu precisava fazer isso. Vivo pensando em você.
  É sobre aquele caranguejo que a gente viu faz anos. Na praia de Alnmouth, lembra? Claro que lembra. Vi sua série na TV e sei que você nunca parou de procurar por ele. Enfim, acho que você devia dar uma olhada na Coquet Island.
  Nas peças de Shakespeare, as ilhas são lugares mágicos, e ele sabia do que estava falando.
  A Coquet Island é o único lugar daquela costa que está totalmente fora do alcance humano
  Eu paguei para um pescador me levar até lá uma vez para observar os pássaros e, embora não seja permitido desembarcar ali, encontrei muitas coisas, inclusive tenho certeza de que vi um dos seus caranguejos... Acho que só amantes de pássaros costumam ir para lá, então ninguém repararia em um caranguejo diferente, porque todo mundo só quer saber dos papagaios-do-mar e das andorinhas-do-mar-róseas
  Me desculpa por nunca ter te contado isso antes. Eu devia ter feito isso há anos. É sério sinto muito mesmo.
  desculpe mais uma vez Emma
  Janice

— Ela parece bêbada — presumo, exausto.
Não sei se tenho condições de lidar com a Janice Rothschild agora.
— Sim, ou dopada.
— Talvez. Mas você acha que ela está na Coquet Island?
— Não, acho que ela está em uma cabana.
Esfrego os olhos.

— O quê?

Emma prende o cabelo atrás da orelha. Não deixo de notar que é a primeira vez, em um ano, que seu cabelo está grande o bastante para que ela consiga fazer isso.

— No dia em que decidi ficar com o Charlie, pensei que estava perdendo o bebê.

Reviro as informações que tive de acessar hoje.

— Sim, estou lembrado.

— Janice me convidou para ficar na casa dela. A gente saiu para caminhar na praia. Foi uma caminhada bem longa, mas era um alívio enorme saber que o Charlie seria criado por eles, que eu só... Bem, continuei caminhando. Acho que meu corpo percebeu que eu não ia parar, então ele me fez parar à força. Comecei a sangrar, minhas costas doíam, tive vertigem. Acabei indo parar no hospital.

Lembro que ela sentia dores nas costas quando estava grávida de Ruby. Ela ficou apavorada, tinha chegado ao hospital antes mesmo que eu conseguisse ouvir seu recado na caixa de mensagem.

— Antes disso, tinha começado a chover, e nós nos abrigamos em uma cabana de pedra nas dunas. Tínhamos levado sanduíches e chocolate e ficamos observando a tempestade varrer a baía. Foi lindo. Apenas eu e essa amiga secreta que ninguém conhecia, sentadas em meio a pilhas de cocô de ovelha e teias de aranha.

Ela faz uma pausa, enquanto relembra.

— A Janice sentia a mesma coisa. Tenho certeza. Quando a tempestade se abrandou, eu estava tão esperançosa e aliviada e com um senso de... não sei. Companheirismo, acho.

— E você acha que ela está nessa cabana?

Emma franze o cenho, um pouco envergonhada.

— Acho.

Fico esperando que ela explique, mas ela não fala mais nada.

— Sério?

— Sim. Porque na carta ela fala sobre a Coquet Island e fica pedindo desculpas por não ter me contado. "Devia ter feito isso há anos", diz na carta. Para quem lê, parece que ela está falando dos caranguejos, mas acho que está se desculpando por não ter me contado a verdade sobre a história do sufocamento.

John coloca a cabeça para fora do edredom de repente e encara Emma. Depois de olhar irritado para ela, ele se vira para mim e volta a dormir, resmungando. Estamos falando alto demais.

Sem querer, começamos a rir. Emma faz um carinho na pilha de edredom em que ele está escondido.

— Janice parece claramente fora de si nessa carta — diz Emma. — Não sei se está bêbada ou dopada, mas ela não está nada bem.

Concordo com ela.

— Acho que ela está lá, em Alnmouth, em algum lugar com vista para a ilha, pensando no que fez.

— E por que ela estaria em uma cabana? Por que não ficaria na casa deles?

— Porque o Jeremy a teria encontrado logo. E ela precisava de um tempo.

— Tudo bem, mas por que não numa pousada, num trailer ou em outro lugar? Com certeza dá para ver a Coquet Island de um monte de outros lugares.

Ela pensa por um tempo e acaba pegando o celular para analisar um mapa.

— Acho que dá para ver a ilha desde Alnmouth até Low Hauxley. Então, sim, ela poderia estar em qualquer lugar entre esses dois pontos; acredito que seja uma faixa de cerca de treze quilômetros, dezesseis no máximo. Só que me ocorreu uma coisa quando estava tentando dormir.

Espero que ela continue.

— Estava pensando nesse sentimento bom entre nós, quando estávamos sentadas na cabana, então lembrei. Pareceu que uma luzinha tinha se acendido em minha cabeça. Quando já estava parando de chover, ela falou: "Esse lugar seria ótimo para poder surtar em paz, não é? Para sumir um pouco, sentar e observar o mar, beber muito vinho."

— Sério?

— Sim. A gente falou que aquele lugar poderia ser um pequeno refúgio. Dava para mobiliar o casebre. Ela disse que tinha quase certeza de que aquele lugar não pertencia ao Fundo Nacional e que ela ia tentar descobrir quem era o dono por meio do Registro do Imóvel. É desse lugar que ela está falando no diário.

Olho para ela.

— Não estou tão convencido disso — confesso. — Entendo o que você está dizendo, mas... Acho improvável. Primeiro, Janice não parece muito o tipo de pessoa que curte coisas rústicas. Claro, não conheço a personalidade dela, mas ela me parece mais o tipo fino. Que gosta do bom e do melhor. Não de uma cabana fria de pedra cheia de cocô de ovelha.

Emma se levanta e coloca a cabeça para fora do nosso galpão, como se tentasse ouvir alguma coisa. Já parou de ventar e de chover.

— Vamos lá para dentro? Não gosto de deixar a Ruby sozinha. Não dá para ouvir se ela acordar.

Ela é uma boa mãe.

Não importa o que eu pense dela como mulher, ela é uma boa mãe e merecia ter criado Charlie.

Dentro de casa, Emma me mostra em seu computador o lugar que estava pesquisando na praia de Alnmouth por meio da visualização por satélite. Logo identifico a cabana; ela deu bastante zoom nela. Um pequeno buraco nas dunas perto do campo de golfe, bem na orla da praia.

— A vista da Coquet Island seria boa daqui. E daria para caminhar até as lojas tranquilamente. Não é tão rústico assim.

— Pensei que Jeremy já tivesse procurado por lá. Que tivesse perguntado por toda parte e que ninguém a tivesse visto.

Após um instante, Emma suspira.

— É, você tem razão. Há um milhão de motivos para ela estar em qualquer outro lugar além dessa cabana estúpida. Mesmo que ela a tivesse comprado, mobiliado, teria feito isso junto com Jeremy. Não sozinha, sem contar para ninguém. Seria muito esquisito. Todo mundo do vilarejo saberia.

Ela olha para a carta em suas mãos.

— É só que... Eu estava lá com ela, naquele dia, quando a esperança era tudo que a gente tinha. Ela me contou qual era o plano dela para quando precisasse dar uma surtada, e agora desapareceu para poder surtar e fica falando da Coquet Island. Isso deve ter alguma coisa a ver, né?

Relutante, acabo concordando.

Vou até a geladeira e pego um pouco de presunto. Emma fica me olhando, e a tristeza quase acaba comigo. Não sei se um dia a gente vai fazer piada sobre meu fracasso como vegano outra vez.

— A questão é... — digo, abrindo o pacote. — O que ainda não entendo é por que você quer encontrar a Janice, para começo de conversa. Como você consegue encontrar forças para se importar com ela, depois de tudo que ela te fez?

— Eu não me importo com ela — diz, baixinho. — Nem um pouco. Pelo menos, não ainda.

Hesito, sem saber o que falar.

— Acho que nunca vou perdoar aquela mulher. Não sei se alguém poderia perdoar uma coisa dessas. A questão é o Charlie. Ele está morrendo de medo de que ela dê um fim à própria vida e acha que é tudo culpa dele. Se tenho como ajudar a encontrá-la, preciso fazer isso.

— Certo — digo, por fim. — Por que você não manda uma mensagem para o Charlie, pedindo para ele te ligar quando acordar?

Então ela faz isso.

Emma. Emily. Pego mais um pouco de presunto do pacote e faço um rolinho com uma fatia.

Ouço o tique-taque do relógio. Engulo o presunto. Emma pega um copo de água.

Guardo o restante do presunto de volta na geladeira e tento convencer John a ir para sua cama, quando o telefone de Emma toca.

— É o Charlie — sussurra. — Charlie? — diz, ao atender o telefone. — Desculpa. Minha mensagem te acordou?

Ela fica ouvindo por um tempo. "Não conseguiu dormir", gesticula com os lábios.

Eu me levanto e encho a chaleira.
— Sim, sei que parece loucura, mas... — diz.

Quinze minutos depois, estamos parados na entrada de nossa casa.

Emma está usando uma capa de chuva e um gorro. Está segurando um chá, que eu fiz, batata chips e algumas maçãs. São quatro e quinze da manhã, e ela está prestes a ir dirigindo até Highbury Fields para buscar Charlie e depois pegar seis horas de estrada rumo ao norte até a praia de Alnmouth. Jeremy já saiu para o trabalho. Ele entra no ar às seis da manhã.

— O que você vai falar para a Ruby? — pergunta Emma.

Ela tentou acordar Ruby há alguns minutos, porque não tinha conseguido vê-la ontem à noite.

— Ei — sussurrou para uma Ruby sonolenta. — Vim só te dar um beijinho, porque tenho que...

— Sai — disse Ruby, no escuro. — Você está me esmagando.

E foi isso.

— Vou pensar em alguma coisa, mas ela vai ficar bem. Ela se divertiu muito com o Oskar e o Mikkel ontem à noite. Ela nem imagina que a gente achava que você tinha desaparecido.

— Não quero que ela pense que eu a abandonei...

— Ela não vai pensar isso — digo, com a voz firme, porque é disso que Emma precisa. — Ela sabe que você é a escrava dela e está bem feliz com isso.

Lá fora, um pássaro tenta cantar. Sua canção não encontra resposta, mas ele tenta mais uma vez, e depois outra.

— Não posso pedir que você me perdoe — diz Emma, depois de parar para ouvir o pássaro.

Estamos tão próximos que consigo sentir o calor de sua pele cansada. Fecho os olhos, pensando em como seria afundar o rosto em seu cabelo, abraçá-la e fingir que ela é a Emma que eu amo e em quem confio.

— Não posso pedir que perdoe o que eu fiz — diz ela, baixinho. — Mas preciso fazer isso por ele. Espero que entenda.

E eu entendo. Eu faria qualquer coisa por Ruby. Qualquer pessoa faria tudo por seus filhos.

— Só preciso te pedir uma coisa — digo.

— Claro.

— Por favor, eu imploro, diga a verdade, Emma.

Ela fica parada no caminho de pedras de nosso jardim, sua imagem enquadrada pelas trepadeiras e heras.

— Se a Janice não tivesse sumido, se eu não tivesse descoberto todas aquelas pistas... Você teria me contado?

Emma fica me olhando por um tempo.

— Não — confessa. — Acho que não.

— Certo.

Ela se vira para ir embora.

— Eu te amo, Leo.

Começo a chorar copiosamente. Não sei se meu sofrimento é por Emma ou por mim. Por Ruby, talvez, ou pela vida caótica e aconchegante que nós três levávamos juntos. Tudo que sei é que só quando uma coisa é completamente destruída é que a gente percebe quanto ela era perfeita.

CAPÍTULO 61

Emma

Charlie e eu estacionamos na praia na hora do almoço. Uma família pega pranchas de *bodyboard* em um carro ali perto. As crianças estão discutindo, e os pais não conversam entre si, mas todos parecem bem com isso, de alguma forma. São uma família. Dividem um carro, uma casa; provavelmente têm apenas segredos inofensivos.

Não sei se ainda terei uma família quando voltar para Londres, mas agora estou concentrada apenas em Charlie. Ontem ele estava usando short; hoje, está de calça jeans. Quero saber cada detalhe sobre ele. Onde compra suas calças — se seus pais pagam ou insistem que ele mesmo pague com o dinheiro de seu trabalho? O emprego temporário em Queens Park é de quê? Em quem vota? Gosta de Marmite? Quando era bebê, se arrastava com o bumbum no chão, como Ruby, ou engatinhava?

Paramos em uma loja de conveniência, e ele compra o tipo de besteira que eu esperaria de alguém de dezenove anos. Pacotes enormes de doces, enroladinhos de salsicha gordurosos e batata chips. Devorou tudo, como John Keats faz com sua tigela de ração. Esse garoto me fascina.

A gente se revezou na direção, para que nós dois pudéssemos dormir, mas tudo que consegui fazer foi ficar observando meu filho crescido dirigindo meu carro, apoiando um cotovelo na porta, dando goladas cuidadosas numa lata de energético.

* * *

A ideia da cabana parece loucura, agora que estamos aqui. Tive tanta certeza ontem à noite, ao lembrar de minha conexão com Janice, quando estávamos sentadas naquele lugar, observando a tempestade. Horas depois, privada de sono e pilhada, parece loucura da minha cabeça. A coisa toda parece uma loucura.

— Tudo bem — diz Charlie. — Vamos nessa.

Ele desce de meu pequeno carro e estica o corpo longilíneo, gemendo de alívio. Desço e observo a praia lá embaixo em toda sua imensidão. A areia clara e dourada, o mar azul, como o desenho de uma criança. As dunas se estendendo nas margens, a grama achatada pelo vento.

Não conversamos muito, embora a gente tenha passado quase oito horas juntos no carro. Charlie está dividido entre a certeza de que sua mãe vai estar aqui, na cabana de pedra, e a de que não vai. Além de tudo, disse ele, nunca viu sua mãe acampar, nem uma noite sequer.

— Ela não gosta de coisas rústicas? — pergunto, hesitante.

— Ela não se sentia segura. Era obcecada com a ideia de que alguém pudesse entrar em nossa barraca e me sequestrar enquanto ela estivesse dormindo.

Fez-se um silêncio constrangedor depois disso.

Sempre que penso em Janice Rothschild, algo se revira em meu estômago. Charlie não falou nada no carro, o que foi um alívio, mas a verdade está ali, pairando: é terrível, assustadora. Eu abandonei meu filho por causa das mentiras dela.

Charlie fecha o zíper do casaco corta-vento e troca os tênis por botas de caminhada gastas.

Sempre adorei essa marca de botas! Quero dizer isso para ele, mas não devo ficar enchendo o saco de Charlie com pequenas coincidências. Temo que ele possa achar que estou sendo forçada. Mais do que isso, tenho medo de que seja tudo perda de tempo, que a gente não encontre nada além de uma cabana empoeirada, cheia de cocô de ovelhas e restos de piqueniques.

Pergunto como ele está.

Ele para e pensa um pouco.

— Ansioso.

— Por quê? Medo de que ela não esteja aqui?
Ele faz uma pausa.
— Não. Medo de que ela esteja.
Demoro alguns segundos para entender o que ele quis dizer.
— Charlie...
— Não é só o paracetamol, tem os diários. Os mais recentes. Ela parecia realmente mal.

Não estou pronta para isso. Devia ter ficado de fora dessa história; deixado que Jeremy e Charlie encontrassem Janice. Quem sou eu para achar que sabia algo sobre ela? Que sabia como sua mente funcionava só porque dividimos uns sanduíches em uma cabana há quase vinte anos?

— Olha, não é melhor a gente dar um pulo na casa dos seus pais antes de ir para a cabana? Dar um tempinho?
Charlie fecha o porta-malas do meu carro.
— Não. Não quero perder mais nenhum minuto. Quero encontrá-la e levá-la a um médico.

Em silêncio, rezo para que Janice fique bem. Espero que a mulher que roubou meu filho esteja bem.

Não demora muito para que eu veja a cabana. Não é bem como eu me recordava, mas esse é o problema com a memória: ela cria suas próprias narrativas. Elas se cristalizam e se solidificam como fatos, e, na maior parte das vezes, a gente não consegue distinguir um do outro.

Eu me lembro dela como um lugar bem maior, com janelas e uma chaminé tosca, e das ruínas de um muro em volta, onde as ovelhas provavelmente passavam a noite.

Agora há um arbusto brotando pelo buraco do que foi, no passado, uma janela, e a porta estava coberta de tábuas. Do lado de fora, há restos do que parece ser uma fogueira deixada por adolescentes que moram nas redondezas, mas esse é o único sinal de vida. Ninguém entra ali há bastante tempo.

Paramos para observar esse casebre ridículo que nos fez encarar horas dentro de um carro. Janice nunca esteve aqui. Há somente o mar e o céu; o céu imenso e sábio, com suas aves marinhas e os segredos que nunca revela.

Charlie enfia as mãos nos bolsos e se vira para observar as espumas se desfazendo na areia.

Janice pode estar em qualquer lugar. Mesmo que esteja perto, como a gente pode encontrá-la? As praias se estendem até a linha do horizonte; é possível passar horas sem ver vivalma. Não foi à toa que os vikings desembarcaram nessa parte da costa britânica. Era quase como a lua.

Eu me sento em uma duna, derrotada pela exaustão. Não parei para descansar desde meu quase sequestro por Jill ontem de manhã. Pego o sanduíche mixuruca que comprei perto de Newcastle e começo a comer.

Mandei algumas mensagens para Jill durante a viagem, mas ela não respondeu.

Sei algumas coisas sobre viver com a culpa. Ela corrói você, como se você tivesse engolido ácido; preenche cada recanto de sua mente. Só espero que ela me deixe ajudá-la a desconstruir essas histórias nas quais acreditou por tanto tempo. Deus sabe quanto devo isso a ela.

Charlie acaba se sentando ao meu lado um pouco depois. Charlie, que só está aqui graças à Jill.

Mando outra mensagem para ela, enquanto ele come um doce.

— Acho que a gente podia ir até a cidade e beber alguma coisa — sugiro, quando terminamos de comer. — Pensar em onde mais podemos procurar.

Charlie se levanta, tirando a areia da roupa.

— Humm. Não sei se é certo ir para um pub quando a gente podia estar procurando por ela.

— Claro. Eu... Olha, Charlie, sinto muito pela ideia da cabana. Pensando agora, parece um absurdo mesmo.

Charlie pensa por um tempo, cutucando um tufo de grama com o pé.

— Na verdade, quanto mais penso nisso, mais concordo com você.

Ele aponta em direção à praia, abaixo de nós.

— Sempre fizemos piqueniques por aqui. Ela estendia nossas toalhas e quebra-ventos aqui em dias de sol.

— É mesmo?

— Aham.

Ele observa a areia, lá embaixo, se lembrando do filtro solar, das garrafas de água, dos castelos de areia e dos botes.

— Esse é o cantinho dela.

Fico de costas para o mar, para olhar a cabana outra vez. Atrás dela, um campo de golfe acompanha a praia por mais ou menos um quilômetro e meio. Fico me perguntando se alguém que está sempre por aqui poderia ter visto uma mulher caminhando por ali, talvez parando para se sentar aqui por perto durante a noite. Vejo algumas pessoas jogando golfe não muito distantes de nós.

— Charlie — digo, mas depois me calo.

Existe uma sinergia estranha entre mim e Janice Rothschild, não importa quanto a gente tenha se evitado desde o nascimento de Charlie. No dia em que esbarrei com ela e Jeremy na praia, quatro anos atrás, eu senti sua presença antes de vê-la.

E eu a sinto de novo agora. Ela está aqui. Está por perto.

Eu me viro para olhar a Coquet Island. O farol, abandonado há anos, fica na extremidade da ilha, piscando brevemente sob o sol. Volto a analisar o local e examino, lentamente, o vilarejo de Alnmouth.

Cadê você?

Procuro pela rua até o estacionamento, pelo campo de golfe, pela orla acima das pedras.

Até o horizonte, depois até onde a grama vai dando lugar a arbustos e dunas. Outra vez pela orla acima das rochas.

— Charlie — digo, cautelosa. — Acho mesmo que a gente devia ir até o vilarejo. Perguntar mais uma vez. Sei que seu pai falou para o pessoal da loja ligar de novo se Janice voltasse, mas ela pode estar em um café, em um pub, ou em alguma *delicatéssen*. Acho que a gente tem que perguntar em tudo quanto é lugar. E depois acho que devíamos ir até a sua casa, sentar e bolar um plano. A gente tem que encontrá-la.

Não demora muito para ele ceder. Está exausto.

Vamos juntos até o vilarejo, meu filho e eu. Quando nos viramos em uma rua, rumo a High Street, eu me viro mais uma vez para olhar discretamente, sem que Charlie me veja.

Ali.

Ela está ali. Tenho certeza, mas não sei se é seguro levar Charlie até lá. Não sei se chegamos tarde demais.

CAPÍTULO 62

Emma

Minutos depois de se sentar no imaculado sofá creme da casa de seus pais, Charlie adormece. Quero buscar um travesseiro decente e um edredom para ele, mas resisto a essa vontade. Ele é adulto, não quer ser paparicado, pelo menos não por mim.

Deixo um bilhete dizendo que fui dar outra caminhada e saio pela porta.

O vento está mais brando, e o tempo, mais quente. Agora a praia está mais cheia, algumas pessoas estão no mar, que brilha alegremente até a linha do horizonte. Uma criança solta pipa, gritando para o pai que ele está fazendo tudo errado.

Os chalés que vi mais cedo ficam acima do caminho, imaculados, recém-pintados. Há espreguiçadeiras alinhadas do lado de fora, sob o sol, e guarda-sóis que parecem caros. É exatamente o tipo de lugar pelo qual as pessoas pagam um valor exorbitante para fingir que estão acampando: a rusticidade artificial de seu exterior, o interior repleto de taças de champanhe e edredons de plumas luxuosos.

É exatamente o tipo de lugar para "surtar em paz", se você não curte muito coisas rústicas, mas adora a praia de Alnmouth.

Ela está aqui. Assim que vi os chalés, alguns metros acima da cabana de ovelhas, eu soube.

* * *

Dois chalés estão fechados; suas persianas elegantes estão baixadas. Um está ocupado. Sua espreguiçadeira está posicionada de frente para a baía e para a Coquet Island.

Enquanto sigo em direção à porta, vejo um caranguejo morto sobre a mesa de piquenique. Sua carapaça está parcialmente esmagada, e falta um pedaço grande, ao redor do sulco cervical. Meu coração dispara, porque as garras estão intactas. Há manchas vermelhas ao longo do restante da carapaça, que tem quatro espinhos.

É ele.

É verdade. Ela encontrou um deles.

Paro do lado de fora. A carapaça do caranguejo parece ter sido polida; acredito que ela o tenha há um bom tempo. Só que, mesmo com o caranguejo — meu caranguejo —, esse lugar não me traz uma boa sensação. Eu costumava sentir a presença de Janice e sua energia caótica, quando seguia Charlie e ela por Islington, mas não sinto nada agora.

Cautelosa, bato à porta.

Nada.

Bato outra vez.

— Janice?

Nada. Olho para o mar, por um instante. Se ela estiver aqui, sem vida, não sei se vou aguentar.

Tento abrir a porta, que está destrancada.

Ela está reclinada na cama, como se estivesse assistindo à TV, mas seus olhos estão fechados.

— Janice — chamo.

Ela abre os olhos, por um instante, fechando-os em seguida. Depois os abre de verdade e se vira para mim:

— Emily? — diz, devagar. — Emma?

— Janice — digo, indo até a cama. — Você está bem?

Ela fecha os olhos outra vez.

— Vai embora. Por favor.

Há cinco embalagens de paracetamol na mesinha de cabeceira de compensado. Em meus devaneios, me pergunto se os proprietários teriam imaginado essa mesinha sendo usada para isso quando decoraram o chalé. Cinco caixas de paracetamol e um frasco de algum outro remédio manipulado, com as informações de Janice impressas na embalagem, estão sobre o móvel.

Pego uma das caixas. Está vazia. Vejo as outras. Todas vazias.

— Janice. Janice, você tomou todos esses comprimidos?

Se ela consegue me ouvir, me ignora — essa mulher cujo belo rosto, agora inchado e pálido, é conhecido e amado por centenas de milhares de pessoas.

Essa mulher que roubou meu filho com seu faz de conta e seu poder de persuasão. Ela me ignora.

— Janice — chamo, mais alto. — Janice, você tomou todos esses comprimidos?

— Você também, não. Só me deixa em paz. Por favor.

Eu também, não?

Saio do chalé, mexendo no celular. Digito o número da emergência, mas a ligação não completa. Estou sem sinal.

Lágrimas de pânico começam a se formar nos meus olhos.

— Janice, preciso colocar você em uma ambulância.

— Não.

— Preciso sair daqui e ir para um lugar que tenha sinal. Por favor, aguenta firme. Por favor.

Ela resmunga alguma coisa, que estou certa de que foi "você também, não" de novo, mas não faço ideia do que ela quer dizer. Saio do chalé, pronta para subir a ladeira, mas vejo alguém vindo em minha direção.

Leo. É o Leo.

— O quê?

Fico observando enquanto ele desce o restante da ladeira.

— Como você... Por quê? Quer dizer, o quê? Como você chegou aqui tão rápido?

— Saí às sete e quinze da manhã. Ela está bem?

— Está, mas...

— Ótimo. Bom. Fica aqui fora. Tem uma ambulância a caminho, mas eles vão precisar de orientação. Acho que vão precisar vir pelo campo de golfe.

— Eu... Leo, cadê a Ruby?

Ele aponta para o carro, estacionado de qualquer jeito no campo de golfe. Devo ter passado por eles.

— Dormindo no banco detrás. Ela não sabe o que está acontecendo. Cheguei tem uns dez minutos.

Fico parada na porta vendo, confusa e pasma, enquanto meu marido entra e se agacha ao lado de Janice.

— Janice — chama ele, baixinho.

Ele toca seu braço, e ela abre os olhos.

— Estou cansada. A sua esposa esteve aqui. Ela é muito mais escandalosa do que você.

Sua voz está arrastada, mas ela continua a mesma Janice de sempre.

— É mesmo — concorda Leo. — Agora, deixa eu te ajudar a ficar mais confortável.

Ele a puxa para a frente, com delicadeza, e coloca outro travesseiro por trás dela.

Fico olhando, boquiaberta.

— Prontinho.

Ele puxa um banquinho e se senta ao seu lado, pegando sua mão.

— A ajuda já está a caminho — avisa ele.

— Não quero ajuda.

— Eu sei. Você pode falar isso para os paramédicos, mas eu tinha que ligar para eles.

Leo fica observando Janice, enquanto os minutos passam. Em certo momento, ele se inclina na direção dela, acho que para ver se ela está respirando.

— Está tudo bem — afirma ele.

Sua voz é muito gentil. Nunca o amei tanto.

Como se pudesse ler meus pensamentos, ele olha para mim.

— Espera lá fora. Para que possam te ver. A ambulância. Ruby.

Depois de mostrar as caixas de comprimidos aos paramédicos e contar a eles o pouco que sabia, Leo vem me fazer companhia do lado de fora.

A grama costeira balança com a brisa, e o mar está fervilhando, a criança da pipa finalmente conseguiu empiná-la. Ela rasga os céus, na praia, mergulhando e atravessando o ar quente enquanto o menininho grita de alegria.

Leo fica de pé à minha frente.

— Você está bem?

Não faço ideia de como estou. Ele se senta comigo, e nenhum de nós diz nada.

CAPÍTULO 63

Leo

Jeremy e Charlie continuam no hospital. Não temos notícias ainda, mas um amigo nosso, que é médico, nos alertou que pode demorar uns dois dias para sabermos se Janice vai sobreviver.

Emma e eu estamos sentados do lado de fora da casa de praia dos Rothschild. Está anoitecendo, mas há uma estranha nuvem cor-de-rosa no horizonte, e a temperatura ainda está suportável.

Não dá para ver o mar direito daqui, mas a vista do quarto de Ruby é incrível. Ela vai acordar às cinco da manhã louca para ir à praia.

John está passeando pelo jardim, farejando tudo e mijando nas coisas.

Só dormi uma hora hoje, antes que Ruby viesse para o quarto, às cinco e quarenta e cinco, querendo comer panqueca. Ela lembrou que Emma havia chegado algumas horas antes. Não pareceu incomodada em saber que a mamãe tinha ido procurar caranguejos outra vez.

Descemos as escadas, e comecei a preparar a massa de panqueca. Ruby mudou de ideia.

— Quero mingau de banana — suspirou, enquanto brincava com sua moto de brinquedo na bancada bagunçada.

Depois de mudar de ideia mais duas vezes e dar um pequeno chilique, a gente acabou comendo torrada enquanto assistia a um desenho animado. Emma ia me matar se visse que eu estava deixando Ruby tomar o café da manhã vendo TV, mas não eram nem sete horas, eu tinha passado a noite em claro e não estava nem aí.

Mandei uma mensagem para Kelvin e para Sheila, dizendo que iria trabalhar de casa outra vez.

Sheila me ligou logo em seguida, mesmo não sendo nem sete da manhã ainda.

— Alguma novidade?

Deixei Ruby vendo desenho e fui até a cozinha para poder contar tudo a ela.

— Meu Deus! Que horror, Leo. A situação toda. Preciso ligar para o Jeremy.

— Liga, sim. Ele parecia arrasado ontem à noite. Mas, só para você saber, ele está no ar agora.

— Você acha que tem alguma chance do palpite da Emma estar certo? Sobre essa cabana?

— Não. Ninguém passaria duas semanas em uma cabana, tendo uma casa maravilhosa tão perto dali. Por outro lado, nada na forma como Janice se comportou nas últimas semanas fez muito sentido.

Sheila não responde.

— Alô?

— Estou pensando — disse ela.

Por um momento, me animei. Talvez Sheila pudesse usar suas habilidades de espiã outra vez. Digitar o nome de Janice em algum acesso remoto do MI5 e conseguir as coordenadas precisas de sua localização por um satélite.

Ouvi um barulho do outro lado da linha.

— Estava pesquisando no Google Maps — explicou. — Onde fica mesmo essa cabana?

Abri o Maps também e indiquei o quadradinho que marcava o lugar.

— É verdade — disse, pensativa. — Não parece nada provável.

E então:

— E esses chalés de luxo?

— Que chalés de luxo?

Sheila suspirou.

— Esses chalés de luxo a cerca de trezentos metros da cabana onde Emma foi procurar.

— Eu... o quê?

— Leo, você está com o Google Maps aberto?

— Estou, mas... ah! É verdade, estou vendo aqui.

Cliquei neles, e meu coração acelerou.

— Parece promissor.

Naveguei pelas fotos do lugar, tentando ver se eles tinham vista para a Coquet Island, mas Sheila foi mais rápida.

— Coquet Island — disse ela. — Na mosca. Certo, agora vamos descobrir se ela está hospedada lá.

— Você tem como descobrir isso? — perguntei, cheio de admiração. — Você ainda tem acesso a sistemas de vigilância ou algo do tipo?

Após uma risada inesperada, Sheila pega o que pareceu ser um telefone fixo e liga para um número. Fiquei aguardando, empolgado, que ela pedisse para ser transferida para algum agente em um bunker de Northumberland.

— Alô. É dos chalés de luxo de Alnmouth? Ótimo. Olha, eu preciso entrar em contato com uma das suas hóspedes, é urgente. O nome dela é Janice Rothschild. Sim...

Alguns segundos depois, a ligação é encerrada.

— Certo — disse. — Era a dona dos chalés. Ela está passando o verão na Sicília, mas o sistema mostra que, sim, Janice está hospedada no chalé número dois. Acho melhor você ligar para a Emma. Fala para ela ir para lá assim que chegar a Alnmouth. Ela está há cerca de quatro horas de lá?

Ela parou de falar.

— E esse trabalho de espiã, hein?

Ela pelo menos foi gentil o bastante para não rir.

Fiquei olhando os chalés na internet, imaginando Janice se embebedando para criar coragem. Meu estômago se revirou. Será que ela escolheu uma roupa? Será que fez uma última refeição? Será que sabia o que ia fazer quando acordou naquele dia?

Fiquei pensando nela caída no chão, e Emma e Charlie entrando no chalé, o choque terrível ao encontrá-la.

Então tudo ficou muito claro.

— Ruby, pega seus sapatos. Vamos fazer um passeio de carro demorado.

Não podia deixar que Emma fizesse isso. Não podia deixar que ela passasse por mais um momento desse pesadelo sozinha.

John vem até mim e Emma, enquanto continuamos sentados em silêncio. Ele balança o rabo por um tempo, antes de entrar na casa à procura de comida.

Não sei se Emma está cansada demais para falar, ou nervosa, mas ela está imóvel, abraçando os joelhos. Está usando o gorro novamente.

Vejo um pássaro cruzando a baía. Emma já me falou sobre esses pássaros antes, mas não me recordo o nome. Ela fica revoltada com esse tipo de coisa: sempre diz que não a escuto, mas não é verdade, escuto, sim. Bem, escutava. Sempre pensava em suas palavras tarde da noite, quando estava quase pegando no sono. Quando estava em minha mesa, escrevendo obituários. Pensava em suas palavras enquanto dirigia, caminhava, comia, e eu fazia isso porque ela era a única pessoa que fazia sentido para mim.

Ergo sua mão esquerda e tiro nossa aliança, guardando-a no meu bolso. Emma fica observando a mão nua, em silêncio, sem olhar para mim.

Após alguns instantes, sinto seu corpo se curvando.

O pássaro canta, voando acima de nós.

— Não somos casados — digo a ela.

Emma balança a cabeça.

— Não.

Pego sua mão outra vez.

— Mas tudo o que sei é que a gente deveria estar.

Ela olha para mim, de repente, mas depois afasta o olhar.

— Emma?

Fico observando, paciente, até ela se virar e me encarar outra vez. Na escuridão que se formava, seus olhos são como o fundo do mar. Oceanos desconhecidos, mas posso desvendá-los de novo. Tudo que quero é nadar neles.

— Vou confiar em você — digo a ela.

Ela hesita. O pássaro voa acima de nossas cabeças outra vez, as asas imóveis aproveitando a corrente de ar.

— Vou confiar em você — falo.

— Será que vai, mesmo?

— Vou.

— De verdade?

Faço que sim com a cabeça.

— Eu te conheço, Leo — diz Emma.

— Eu também me conheço. Mais do que você imagina.

O pássaro some no horizonte tingido, cantando.

— Quero que a gente se case. Como manda o figurino. Com a Ruby usando um vestidinho lindo e roubando a cena. Não precisamos contar para ninguém, você não precisa explicar nada, mas quero que a gente se case.

Após uma longa pausa, ela se apoia nos cotovelos. Eu faço o mesmo.

— Quando a Ruby e eu estávamos a caminho daqui, fiquei pensando nela tendo que ficar indo de uma casa para outra, por causa da guarda compartilhada. Na gente aprendendo a ser amigos, tentando criá-la juntos. Em um dia conhecer outra pessoa. E foi péssimo. Não quero nada disso, quero a gente. É tudo que sempre quis.

Emma faz que sim com a cabeça, de forma quase imperceptível.

— E você? — pergunto, quando ela não diz nada. — É isso que você quer?

Ela se vira para me olhar, apoiada em apenas um dos cotovelos.

— Sim — responde, baixinho. — Mais do que tudo nessa vida.

Nossos rostos estão quase colados. Consigo sentir sua respiração, vejo o cabelo ainda preso atrás da orelha.

Em trinta e nove anos, Emma passou por mais sofrimento do que a maior parte das pessoas enfrenta ao longo da vida. Ainda assim, ela é uma pessoa que todo mundo ama, alguém com quem todos querem conversar durante uma festa. Ela continua sendo a pessoa mais engraçada que conheço, continua sendo aquela que me faria ser demitido pelo meu chefe, se decidisse mudar de área.

Sim, ela é complicada; de vez em quando, ela se fecha. Está se tornando cada vez mais acumuladora, tem essa necessidade compulsiva de ver se Ruby está respirando, e várias outras coisas, mas ela ainda é Emma: vital, brilhante, irritante.

Se ela continua firme, depois de tudo pelo que passou, eu também posso continuar. Tenho de continuar.

E, agora, é como aquela primeira vez que estivemos juntos, no yurt da amiga dela, em um campo na Cornualha, no meio da noite, cercados por vidros de amostras, chapinhas de cabelo, lanches inacabados e revistas de biologia marinha.

Estamos a poucos centímetros um do outro, e nunca quis tanto beijar alguém em minha vida quanto agora.

Desta vez eu tomo a iniciativa. Eu a beijo, e é isso que temos pela frente.

EPÍLOGO

Emma
Seis meses depois

Ver uma água-viva nas praias do Noroeste Pacífico não é um evento muito memorável: aquela massa gelatinosa incolor na areia, em meio aos ossos de chocos e algas marinhas mortas espalhados na orla pela maré alta; é apenas algo para crianças cutucarem com uma pazinha.

No entanto, se você pudesse ver uma dessas águas-vivas nas profundezas do mar, mal acreditaria em seus olhos. Sua cúpula listrada dourada brilhando, os tentáculos coloridos com suas extremidades rosa-shocking. A água-viva pulsa nessas águas frias com uma beleza luminosa de outro mundo; um milagre resplandecente.

Peço que pense em alguma coisa de seu passado que gostaria de apagar.

Você provavelmente tem alguma, mesmo se for jovem. E, se você é bom em esconder, ela estará nos despojos da maré alta de sua própria história: camuflada pela areia, sem chamar a atenção; visível apenas para aqueles que sabem o que procurar.

Eu era boa em esconder a minha. Por vinte anos, a mantive ali, visível a olho nu. Então meu marido veio e começou a cutucá-la com um galho; cutucou, espetou, rolou, empurrou, até que, em algum momento, a massa abandonada e vergonhosa do meu passado foi arrastada de volta para o mar, onde pôde se revelar outra vez. Agora ela brilha nas águas profundas. Iluminada, visível, impossível de esconder.

E aí é que está: para Leo, meu passado é tão bonito quanto aquela água-viva. Quando pôde vê-lo de verdade — depois de se recuperar do choque —, também me viu de verdade, pela primeira vez, e me amou ainda mais.

As coisas nas quais acreditamos. As coisas que escondemos.

Não estou mais vivendo no passado. Estou aqui. Por inteiro.

São seis e quarenta e cinco, e Leo está dormindo. Está com o rosto enfiado no travesseiro. Ele reclama que está parecendo muito velho nesses dias e, como prometi que nunca mais mentiria para ele, tive de concordar: ele precisa de pelo menos uns três meses de spa. No entanto, ele é perfeito para mim. Casar com ele pela segunda vez, sem nada para esconder, foi lindo.

Ele é o amor da minha vida.

No quarto ao lado, nossa filha está dormindo. Ela ainda dorme com o Pato na cama, mas não fica mais agarrada com ele: está crescendo tão rápido. Sinto que os dias do Pato estão contados, mas essas transições agridoces são muito importantes para mim — não vi nada do desenvolvimento de Charlie. Ainda não sei com que brinquedo ele dormia agarrado, quem era seu melhor amigo; quanto ganhava de mesada e no que gastava. Ainda tenho muito a aprender sobre ele, enquanto, com Ruby, posso testemunhar tudo em tempo real. Isso é um privilégio; não me permito encarar de outra forma.

Ela é o amor da minha vida.

Do outro lado do Atlântico, meu filho está em uma festa de Natal. Sei disso porque ele me mandou uma mensagem de texto, que li umas trinta vezes desde que acordei. Uma mensagem de texto. Que ele mandou bêbado!

Volto amanhã para casa às oito da manhã, escreveu. *Tô numa festa, tenho que acordar às quatro para ir para o aeroporto, acho que vou virar a noite bebendo. Você está proibida de me dar conselhos, aliás. O que acha de uma caminhada pelo Heath qualquer hora dessas?*

Charlie nunca vai me chamar de mãe, mas ele tem se esforçado desde que voltou para Boston, em setembro. Mesmo com Janice marcando em cima, ele decidiu manter contato.

Nunca haverá um momento em minha vida em que ter perdido sua infância será tolerável. Nunca vou aceitar o fato de que não pude chorar com ele vestido de pinguim na peça de Natal da escola. No entanto, tenho o bastante agora. Mesmo que nunca evolua para nada além de uma caminhada aqui ou outra ali, haverá uma parte da minha vida da qual Charlie faz parte. E, para mim, uma parte já é o suficiente, porque, por vinte anos, vivi sem nada disso.

Ele, esse jovem rapaz, é o amor da minha vida.

— Leo — sussurro, porque não aguento mais esperar. — Acorda! Me beija!

A manhã começa a se espalhar em tons de âmbar ao leste, e Leo começa a se mexer. A gente se aninha, e conto a ele sobre a mensagem de Charlie.

— Nossa, que bom...

Ele ainda não acordou direito.

Eu o beijo uma vez, e outra, e outra, com a mão sobre seu peito quente. Acho que nunca conseguirei expressar para esse homem o quanto o amo, mas estou tentando.

Alguns minutos depois, checamos a Wikideaths em seu celular, mas ninguém morreu.

Em seguida, solto um pum.

— Lambreta — digo, dando de ombros.

Leo começa a rir; mesmo depois desses anos todos, ele ri, e diz:

— Você é nojenta, Emma.

E essa é minha vida agora. Minha vida por inteiro, não aquele fragmento de vida. Emma e Leo. Leo e Emma.

Estamos casados há três semanas, juntos há onze anos, e ele sabe cada coisinha sobre mim.

AGRADECIMENTOS

Eis, então, um livro!

Para criar este, não foi necessária uma aldeia, mas um pequeno continente. Tenho uma grande dívida com muitas pessoas.

Em primeiro lugar, agradeço àqueles que dedicaram seu tempo e conhecimento: professor John Spicer, professor Mark Bower, Tim Bullamore, Dra. Natalie Smith, Hannah Parry-Wilson, Dr. Karl Scheeres, Hannah Walker, Dr. Mike Rayment, Betty Lou Layland, Andrew Brown e a equipe de obituários do *Telegraph*, Nathan Morris, Melissa Kay, Stuart Gibbon, Dr. Ray Leakey, Dr. David Barnes, Kian Murphy, Rose Child, David Bonser, Richard Hines, Dr. Matt Williams, Rosie Greenwood, professor Carl Sayer, Sarah Denton, Rosie Mason, Max Fisher, Chippy Douglass, Sophie Kenny-Levick e Bill Markham.

E aos amigos que ofereceram de tudo, desde aulas introdutórias à psiquiatria até visitas virtuais pela New Broadcasting House da BBC: Josie Lee, Kate Hannay, Natalie Barrass, Vikki Humphreys, Ed Harrison, Elin Somer, Claire Willers, Angela Waterstone, Emily Koch, Marc Butler, Alex Brown, Jack Bremer, Claudine Pavier, Michael Pagliero, James Pagliero, Jo Nadin e Dave Walters.

Aos maravilhosos amigos escritores que gentilmente deram suas opiniões sobre meus rascunhos ou me ajudaram com ideias para o enredo: Emma Stonex, Emylia Hall, Kate Riordan, Rowan Coleman, Jane Green e Cally Taylor. Agradeço também a George Pagliero, Caroline Walsh e Emma Holland.

Às várias pessoas com quem conversei de maneira informal em *death cafes*, em eventos de caridade, de ecologia marinha, de obituários, em festas: centenas de conversas que tornaram este livro possível. Obrigada a cada um de vocês.

Meu eterno agradecimento às minhas editoras milagrosas, Pan Macmillan (Reino Unido), Viking (Estados Unidos) e às muitas outras ao redor do mundo que publicaram meus livros em quase trinta e cinco idiomas. Dizer que isso é um sonho se transformando em realidade não chega nem perto do seu verdadeiro significado.

Agradeço de coração à minha brilhante editora no Reino Unido, Sam Humphreys, que me devolvia o manuscrito de novo e de novo. Você estava certa todas as vezes. Obrigada pelas várias ideias — inclusive naquela vez em que eu estava morrendo de enjoo matinal —, pelo incentivo e pela gentileza sem-fim durante uma experiência desafiadora de escrita.

À equipe maravilhosa da Pan Macmillan: Alice Gray, Charlotte Wright, Rosie Wilson, Ellie Bailey, Sian Chilvers, Holly Sheldrake e Becky Lloyd. Agradeço, também, à minha incrível editora dos Estados Unidos, Pam Dorman, por aceitar esta história extremamente sombria e me incentivar a transformá-la em algo que as pessoas gostariam de ler. Você melhorou muito este livro de várias maneiras.

À Lizzy Kremer, minha agente inigualável, pelas várias leituras e sugestões editoriais, e por me salvar mais de uma vez dos meus bloqueios e da minha insegurança paralisante. Obrigada por acreditar neste livro, pelo seu amor pelas personagens e por sempre querer o melhor de mim — sem falar nas negociações dos direitos autorais e dos anos de diplomacia. À Allison Hunter, minha agente nos Estados Unidos, pelas várias ideias e pelas leituras, e por segurar minha mão em tempos tão difíceis — como se não bastasse ser uma ótima negociadora, você tem sido meu porto seguro. Agradeço também a Maddelena Cavaciuti e a Kay Begum.

A Alice Howe e a sua incrível equipe de direitos autorais da David Higham Associates — não sei se um dia serei capaz de agradecer por tudo que vocês conquistaram por mim. Obrigada por fazerem com que minhas palavras chegassem às mãos de leitores mesmo nos recantos mais afastados do mundo.

À minha companheira de escrita, a autora Deborah O'Donaghue — Deb, não sei nem por onde começar. Você deve ter passado semanas da sua vida lendo e editando este livro. Muitos dos avanços que tive foram resultados de uma conversa por Skype com você. Muitas das partes boas do livro são graças a você. Obrigada pela gentileza e pelo incentivo, pelas dúvidas respeitosas e por não deixar eu me safar quando as informações não batiam. Você sabe quanto deste livro é graças a você.

Muito obrigada a VOCÊS, que estão lendo este livro, por investirem seu dinheiro suado na história de Leo e Emma. Sem vocês, eu não seria capaz de fazer o que faço — não seria capaz de fazer o que amo. Vocês mudaram a minha vida, e as mensagens de vocês ao longo dos últimos anos têm sido o ponto alto da minha carreira de escritora. Minha sincera gratidão a todos vocês.

Obrigada à Wendy, Clare e às mulheres incríveis que me ajudaram a manter a sanidade e a ser funcional durante a escrita deste livro. Aos meus incríveis amigos, cuja empolgação pela minha carreira continua — de verdade — a ser um motivo de grande alegria em minha vida. Obrigada à minha querida família, Lyn, Brian e Caroline Walsh, de quem morri de saudades durante a loucura da pandemia; também aos familiares de meu marido, Dave Mallows, e os Paglieros de Exton, Clyst St George, Exeter e Londres, que foram grandes incentivadores.

Obrigada a você, George, que saía com nossos filhos várias vezes durante os dias inclementes de inverno na quarentena para que eu pudesse cumprir meu prazo, e que sempre acreditou neste livro — e em mim. Sobrevivemos! (Por pouco.) Obrigada por não guardar segredos de mim e por ser exatamente quem você sempre foi, desde que nos conhecemos.

E obrigada aos meus dois filhos. À minha bebezinha da quarentena, a maior luz durante um período sombrio, e ao meu meninão, que me fez gargalhar quando eu me perguntava se um dia voltaria a sorrir.

Vocês três são os amores da minha vida.

Este livro foi composto na tipografia ITC Galliard Pro,
em corpo 11/16, e impresso em
papel off-white no Sistema Cameron da
Divisão Gráfica da Distribuidora Record.